Vom gleichen Autor
in der Reihe der
ULLSTEIN BÜCHER

Der lange Abschied (715)
Das hohe Fenster (721)
Die kleine Schwester (730)
Gefahr ist mein Geschäft (773)
Der König in Gelb (784)
Spanisches Blut (790)
Mord bei Regen (1195)
Mord aus dem Handgelenk (1200)
Mord in der Salbeischlucht (1239)
Einer weiß mehr (2618)
Der tiefe Schlaf (2705)

RAYMOND CHANDLER

Erpresser schießen nicht

KRIMINALSTORIES

ULLSTEIN BÜCHER

ULLSTEIN BUCH NR. 813
IM VERLAG ULLSTEIN GMBH, FRANKFURT/M – BERLIN – WIEN
Titel der amerikanischen Originalausgabe
NEVADA GAS
THE PENCIL
BLACKMAILERS DON'T SHOOT
Übersetzt von Wilm W. Elwenspoek

INHALT

Umschlagentwurf: Wolfgang Fischer
Printed in Germany 1978 · Gesamtherstellung: Ebner, Ulm
ISBN 3 548 00813 5

NEVADA GAS

I

Hugo Candless stand mitten auf dem Squash=Feld. Seinen großen Körper aus der Hüfte vorgebeugt, hielt er den kleinen schwarzen Ball elegant zwischen dem linken Daumen und Zeigefinger. Er ließ ihn dicht neben der Grundlinie fallen und schlug ihn mit dem langen Schläger fort.

Der schwarze Ball traf die Wand etwas unterhalb der Mitte, flog in einer hohen weichen Kurve zurück, unmittelbar unter der weißen Decke und den durch Maschendraht geschützten Lampen vorbei. Dicht vor der Rückwand fiel er herunter, ohne sie genügend hart zu treffen, um abzuprallen.

George Dial schlug achtlos danach, traf mit dem Rand des Schlägers die zementierte Rückwand. Der Ball war aus.

Er sagte: „Das wäre es, Chef, einundzwanzig zu vierzehn. Sie sind einfach zu gut für mich."

George Dial war groß, dunkel, gut aussehend und paßte nach Hollywood. Er war braun und hager, wirkte hart und sonnengebräunt. Alles an ihm war hart, außer seinen vollen weichen Lippen und seinen großen Kuhaugen.

„Ja, ich war immer zu gut für dich", lachte Hugo Candless schallend.

Er beugte sich trotz seines dicken Bauches weit zurück und lachte mit weit geöffnetem Mund. Auf seiner Brust und seinem Bauch schimmerte Schweiß. Von blauen Shorts, weißen Wollsocken und kräftigen Turnschuhen mit Kreppsohlen abgesehen, war er nackt. Er hatte graues Haar und ein breites Mondgesicht mit kleinem Mund und kleiner Nase und scharfen, zwinkernden Augen.

„Willst du noch mal verlieren?" fragte er.

„Nur, wenn ich unbedingt muß."

Hugo Candless' Miene verfinsterte sich. „Na gut", sagte er knapp. Er schob seinen Schläger unter den Arm und zog einen Gummibeutel aus der Tasche seiner Shorts, nahm eine Zigarette und Streichhölzer heraus. Mit großspuriger Bewegung zündete er sich die Zigarette an und warf das Streichholz mitten auf das Spielfeld, wo jemand anders es wieder aufheben mußte.

Er stieß die Tür der Halle auf und wanderte mit vorgereckter Brust durch den Korridor zu dem Umkleideraum. Dial folgte ihm schweigend, katzenartig und unhörbar, mit geschmeidiger Anmut. Sie gingen zum Duschraum.

Candless sang unter der Dusche, bedeckte seinen großen Körper mit dichtem Seifenschaum, brauste sich nach der heißen Dusche eiskalt ab und genoß es. Mit aufreizender Trägheit frottierte er sich, nahm ein frisches Badetuch, verließ den Duschraum und schrie nach der Aufwartung, ihm Eis und Gingerale zu bringen.

Ein Neger in einer gestärkten weißen Jacke kam eilig mit einem Tablett. Candless zeichnete flüchtig die Rechnung ab, schloß den großen Doppelschrank auf und pflanzte eine Flasche „Johnny Walker" auf den runden Tisch, der im Gang zwischen den Schränken stand.

Die Aufwartung mixte sorgfältig die Drinks, zwei, und sagte: „Sehr wohl, Sir, Mr. Candless", ging davon und polierte das Vierteldollarstück.

George Dial, in elegantem grauem Flanell schon fertig angezogen, kam um die Ecke und nahm einen der Drinks.

„Schluß für heute, Chef?" Mit zusammengekniffenen Augen sah er über das Glas zu dem Oberlicht.

„Ich denke, ja", sagte Candless großzügig. „Ich werde wohl nach Hause fahren und der kleinen Frau etwas Gutes antun." Er warf Dial aus seinen kleinen Augen einen Seitenblick zu.

„Haben Sie was dagegen, wenn ich nicht mitkomme?" fragte Dial gleichgültig.

„Soll mir recht sein. Naomi wird es allerdings bedauern", antwortete Candless unfreundlich.

Dial seufzte leise und unterdrückt, zuckte mit den Schultern und sagte: „Sie bringen andere wohl sehr gern hoch, Chef?"

Candless gab ihm keine Antwort und sah ihn nicht an. Dial stand mit seinem Glas schweigend da und sah zu, wie der große Mann mit Monogrammen geschmückte Seidenunterwäsche anzog, ein mit einem Monogramm geschmücktes Seidenhemd und einen winzig schwarz-weiß karierten Anzug, der ihn so groß wie ein Scheunentor erscheinen ließ.

Als er soweit war, seine purpurne Krawatte zu binden, schrie er dem Neger zu, herzukommen und frische Drinks zu mixen.

Dial lehnte den zweiten Drink ab, nickte und ging leise über die Matten zwischen den hohen grünen Garderobenschränken davon.

Candless zog sich fertig an, trank seinen zweiten Highball, schloß seinen Whisky fort und steckte eine dicke braune Zigarre in seinen Mund. Er ließ sich von dem Neger Feuer reichen. Dann stolzierte er affektiert aus dem Raum, grüßte laut hierhin und dorthin.

Als er draußen war, schien es in dem Umkleideraum sehr leise zu werden. Es fielen ein paar abfällige Bemerkungen.

Vor dem Delmar Club regnete es. Der livrierte Türhüter half Hugo Candless in seinen Regenmantel mit Gürtel und ging hinaus, um den Wagen zu rufen. Als er ihn vor die Auffahrt gewinkt hatte, hielt er einen Regenschirm über Hugo, der über den mit Holzrosten bedeckten Streifen ging. Der Wagen war eine königsblaue, lohfarben abgesetzte Lincoln-Limousine mit der Nummer 5 A 6.

Der Chauffeur, in einem schwarzen, bis zu den Ohren hochgeschlagenen Regenmantel, blickte sich nicht um. Der Türhüter öffnete den Wagenschlag. Hugo Candless stieg ein und ließ sich schwer in den Rücksitz sinken.

„Nacht, Sam. Sag ihm, er soll nach Hause fahren."

Der Türsteher berührte seine Mütze, schlug die Tür zu und gab den Auftrag an den Fahrer weiter, der, ohne sich umzudrehen, nickte. Der Wagen fuhr in den Regen davon.

Der Regen fiel schräg, und an den Kreuzungen fegte er in plötzlichen Stößen gegen die Scheiben der Limousine. An den Straßenecken sammelten sich Menschentrauben an, die versuchten, den Sunset Boulevard zu überqueren, ohne bespritzt zu werden. Hugo Candless grinste mit spöttischem Mitleid auf sie hinaus.

Der Wagen fuhr den Sunset entlang, durch Sherman, bog dann in die Berge ein. Er begann sehr schnell zu fahren. Er hatte jetzt einen Boulevard mit geringem Verkehr erreicht.

In dem Wagen war es sehr warm. Die Fenster waren alle geschlossen, auch die Glaswand, die den Fahrersitz abtrennte, war dicht zugeschoben. Der Rauch von Hugos Zigarre lag schwer und erstickend in der Limousine.

Candless runzelte die Stirn und beugte sich vor, um ein Fenster zu öffnen. Die Kurbel funktionierte nicht. Er versuchte es auf der anderen Seite. Hier funktionierte sie auch nicht. Er wurde ärgerlich, griff nach dem kleinen Sprachrohr, um den Fahrer zu beschimpfen. Es gab kein kleines Sprachrohr.

Der Wagen nahm eine scharfe Kurve und begann eine lange gerade Straße hinaufzufahren, mit Eukalyptusbäumen, aber ohne Häuser auf der einen Seite. Candless beugte sich vor und schlug mit der Faust gegen die Scheibe. Der Fahrer drehte sich nicht um. Sehr schnell raste der große Wagen die lange dunkle Steige hinauf.

Hugo Candless griff wütend nach dem Türgriff. Die Türen hatten keine Griffe, an keiner Seite. Ein krankhaftes, ungläubiges Grinsen breitete sich über Hugos breites Mondgesicht aus.

Der Fahrer beugte sich nach rechts und griff mit seiner behandschuhten Hand nach etwas. Plötzlich war ein scharfes zischendes Geräusch zu hören. Hugo nahm den Geruch von Mandeln wahr.

Sehr schwach zuerst – sehr schwach und recht angenehm. Das zischende Geräusch hielt an. Der Mandelgeruch wurde stärker und scharf und sehr tödlich. Hugo Candless ließ seine Zigarre fallen und trommelte mit aller Kraft gegen die Scheibe des nächsten Fensters. Das Glas brach nicht.

Der Wagen war jetzt hoch in den Bergen, hatte die seltenen Straßenlaternen der Wohnviertel längst hinter sich gelassen.

Candless ließ sich auf den Rücksitz fallen und hob seinen Fuß, um mit aller Gewalt gegen die Glaswand vor sich zu treten. Zu dem Tritt kam er nicht mehr. Seine Augen versagten. Sein Gesicht verzerrte sich zu einer Grimasse, sein Kopf fiel gegen die Polster zurück, sackte zwischen seine breiten Schultern auf die Brust. Sein weicher Filzhut saß zerdrückt und formlos auf seinem großen eckigen Schädel.

Der Fahrer blickte sich kurz um, zeigte einen Augenblick sein hageres raubvogelartiges Gesicht. Er beugte sich wieder nach rechts. Das zischende Geräusch hörte auf. Er lenkte zum Rand der einsamen Straße, hielt und schaltete alle Lichter aus. Dumpf trommelte der Regen auf das Dach der Limousine.

Der Fahrer trat in den Regen hinaus, öffnete die Hintertür des Wagens, wich dann schnell zurück und hielt sich die Nase zu.

Eine Weile blieb er in einigem Abstand von dem Wagen stehen und spähte nach beiden Richtungen die Straße entlang.

Hugo Candless hinten in der Limousine regte sich nicht.

II

Francine Ley saß in einem niedrigen roten Sessel neben einem kleinen Tisch, auf dem eine Alabasterschale stand. Rauch von der Zigarette, die sie gerade in die Schale gelegt hatte, stieg auf und bildete in der stillen warmen Luft Figuren. Ihre Hände hatte sie hinter dem Kopf zusammengelegt, und der Blick ihrer rauchblauen Augen war träge und verführerisch. Sie hatte dunkles, rötlichbraunes Haar in lockeren Wellen. Innen schimmerten in den Wellen bläuliche Schatten.

George Dial beugte sich vor und küßte sie fest auf die Lippen. Seine eigenen Lippen waren heiß, als er sie küßte, und er erschauerte. Sie regte sich nicht. Träge lächelte sie ihn an, als er sich wieder aufrichtete. Mit belegter rauher Stimme sagte Dial: „Hör zu, Francy, wann läßt du diesen Spieler laufen und mich für dich sorgen?"

Francine Ley zuckte die Schultern, ohne ihre Hände hinter ihrem Kopf wegzunehmen. „Er ist ein fairer Spieler, George", sagte sie schleppend, „das ist heutzutage etwas, und du hast nicht genug Geld."

„Ich kann es bekommen."

„Wie?“ Ihre Stimme war tief und vibrierend. Sie erregte George Dial wie ein Cello.

„Von Candless. Ich habe genug gegen ihn in der Hand.“

„Was zum Beispiel?“ fragte Francine Ley gelangweilt.

Dial grinste verhalten auf sie hinunter. Mit gespielt unschuldigem Ausdruck öffnete er die Augen weit. Francine Ley fand, daß das Weiße seiner Augen einen ganz leichten Schimmer einer Farbe aufwies, die nicht weiß war.

Mit seiner unangezündeten Zigarette machte Dial eine großspurige Geste. „Massig. Zum Beispiel, daß er letztes Jahr einen der gefährlichen Männer aus Reno anschmierte. Der Halbbruder dieses Mannes stand hier unter Mordanklage, und Candless nahm fünfundzwanzigtausend, um ihn loszueisen. Dann schloß er mit dem District Attorney ein Geschäft in einem anderen Fall und ließ den Halbbruder hängen.“

„Und was hat der Gefährliche dagegen unternommen?“ fragte Francine Ley leichthin.

„Nichts – bisher. Er glaubte, es wäre nichts zu machen gewesen, nehme ich an. Man kann nicht immer gewinnen.“

„Aber er könnte eine Menge unternehmen, wenn er es wüßte“, sagte Francine Ley nickend. „Wer ist denn der gefährliche Mann aus Reno, George?“

Dial senkte seine Stimme und beugte sich wieder über sie. „Ich bin ein Trottel, daß ich es dir sage. Ein Mann namens Zapparty. Ich bin ihm nie begegnet.“

„Und wirst es auch nicht wünschen, wenn du Verstand hast, George. Nein, danke. Deinetwegen werde ich mich nicht auf eine derart gefährliche Gesellschaft einlassen.“

Dial lächelte leicht, zeigte ebenmäßige Zähne in seinem dunklen glatten Gesicht. „Überlaß das ruhig mir, Francy. Vergiß, was ich dir gesagt habe, außer, daß ich wild auf dich bin.“

„Bring uns was zu trinken“, antwortete sie nur.

Das Zimmer war der große Wohnraum eines Hotelapartments. Es war ganz in Rot und Weiß gehalten, die Einrichtung zu steif, zu würdig, gemalte rote Ornamente auf den weißen Wänden, die weißen

Jalousien von weißen Kästen eingefaßt. Vor einem Gaskamin lag ein halbrunder roter Teppich mit weißem Rand. An der Wand zwischen den Fenstern stand ein nierenförmiger weißer Schreibtisch.

Dial ging zu dem Schreibtisch, goß Scotch in zwei Gläser, fügte Eis und Sodawasser hinzu und brachte die Gläser zu dem Tisch, wo sich immer noch eine dünne Rauchfahne aus der Alabasterschale emporringelte.

„Laß diesen Spieler sausen", sagte Dial und reichte ihr ein Glas. „Er ist derjenige, der dich in eine üble Situation bringen wird."

Sie schlürfte an dem Glas und nickte. Dial nahm ihr das Glas aus der Hand, trank von der gleichen Stelle, an der sie getrunken hatte, beugte sich, beide Gläser in den Händen, vor und küßte sie wieder auf die Lippen.

Vor dem kurzen Vorplatz zur Tür hingen rote Vorhänge. Sie wurden ein paar Zoll auseinandergeschoben, und das Gesicht eines Mannes erschien in der Öffnung. Kühle graue Augen blickten nachdenklich auf den Kuß.

Geräuschlos fielen die Vorhänge wieder zusammen.

Einen Augenblick später wurde eine Tür laut geschlossen und Schritte kamen durch den Gang. Johnny De Ruse trat durch die Vorhänge in den Raum. Dial zündete sich gerade seine Zigarette an.

Johnny De Ruse war groß, hager, gelassen, trug einen elegant geschnittenen dunklen Anzug. Seine kühlen grauen Augen hatten feine Lachfältchen in den Winkeln, und sein langes Kinn war tief gespalten.

Dial starrte ihn an und machte eine ungewisse Handbewegung. De Ruse ging wortlos zu dem Schreibtisch, goß Whisky in ein Glas und trank ihn pur.

Mit dem Rücken zum Zimmer blieb er einen Moment stehen, klopfte auf die Kante des Schreibtisches. Dann drehte er sich um, lächelte schwach und sagte freundlich, etwas schleppend: „Tag, Kinder", und verließ durch eine Innentür wieder das Zimmer.

Er trat in ein großes pompöses Schlafzimmer mit einem Doppelbett. Er ging zu dem Wandschrank, holte einen rindsledernen Koffer heraus, legte ihn offen auf das Bett. Dann begann er in den Schub=

laden einer hohen Kommode zu suchen und Dinge in den Koffer zu legen, packte sie sorgfältig und ohne Hast. Dabei pfiff er leise zwischen den Zähnen.

Als er den Koffer gepackt hatte, schnappte er die Schlösser zu und zündete sich eine Zigarette an. Bewegungslos blieb er einen Moment mitten im Zimmer stehen. Seine grauen Augen waren auf die Wand gerichtet, ohne sie zu sehen. Nach einer kleinen Weile trat er an den Wandschrank zurück und kam mit einer kleinen Waffe in einem weichen Lederhalfter mit zwei kurzen Riemen heraus. Er zog sein linkes Hosenbein hoch und schnallte den Halfter an seinen Unterschenkel. Dann nahm er den Koffer auf und ging in das Wohnzimmer.

Francine Ley kniff schnell die Augen zusammen, als sie den Koffer sah.

„Verreist du?" fragte sie mit ihrer tiefen belegten Stimme.

„Ja. Wo ist Dial?"

„Er mußte fort."

„Das ist zu schade", sagte De Ruse leise. Er stellte den Koffer ab, blieb daneben stehen und ließ seine kühlen grauen Augen über das Gesicht des Mädchens schweifen, an seiner schlanken Figur hinauf und herunter, von den Knöcheln bis zu seinem kastanienbraunen Haar. „Das ist zu schade", wiederholte er. „Ich sehe es gern, wenn er hier ist. Ich bin ein bißchen langweilig für dich."

„Vielleicht bist du es wirklich, Johnny."

Er beugte sich zu dem Koffer, richtete sich wieder auf, ohne ihn zu berühren, und sagte nebenbei: „Erinnerst du dich an Mops Parisi? Ich sah ihn heute in der Stadt."

Ihre Augen weiteten sich und schlossen sich dann fast. Sie schlug leise die Zähne zusammen. Eine Sekunde lang trat die Linie ihres Kiefers sehr deutlich hervor.

De Ruse ließ immer noch seine Blicke über ihr Gesicht und ihren Körper hinauf- und heruntergleiten.

„Willst du etwas dagegen unternehmen?" fragte sie.

„Ich dachte daran, zu verreisen", sagte De Ruse. „Ich bin nicht mehr so unternehmungslustig, wie ich einmal war."

„Also weglaufen", sagte Francine Ley leise. „Wo fahren wir hin?"

„Nicht weglaufen, verreisen", antwortete De Ruse gleichmütig. „Und nicht wir — ich. Ich fahre allein."

Sie saß still, beobachtete sein Gesicht, bewegte keinen Muskel.

De Ruse griff in seine Jacke, zog eine lange Brieftasche, die sich wie ein Buch öffnen ließ. Er warf einen dicken Packen Banknoten dem Mädchen in den Schoß, steckte die Brieftasche wieder ein. Sie berührte das Geld nicht.

„Das wird länger reichen, als du glaubst. Lange genug jedenfalls, um einen neuen Spielgefährten zu finden", sagte er ausdruckslos. „Das soll nicht heißen, daß ich dir nicht mehr schicke, wenn du es brauchst."

Sie stand langsam auf, und das Päckchen Banknoten glitt an ihrem Rock hinunter zu Boden. Sie ließ ihre Arme steif nach unten hängen, die Hände zu Fäusten geballt, so daß die Sehnen auf ihren Handrücken sich scharf abhoben. Ihre Augen waren so glanzlos wie Schiefer.

„Soll das heißen, daß wir miteinander fertig sind, Johnny?"

Er nahm seinen Koffer auf.

Schnell trat sie mit zwei langen Schritten vor ihn. Er stand ganz ruhig, lächelte freundlich mit den Augen, aber nicht mit dem Mund. Der Duft von Shalimar stieg ihm in die Nase.

„Weißt du, was du bist, Johnny?" Ihre heisere Stimme war fast ein Flüstern. Er wartete.

„Ein Gelber, Johnny, ein Feigling."

Er nickte leicht. „Stimmt. Ich habe die Bullen auf Mops Parisi gehetzt. Ich kann Menschenräuber nicht leiden, Kindchen. Ich werde die Polizei jeden Tag auf sie hetzen. Es könnte sogar sein, daß mir selbst was passiert, weil ich mich mit ihnen einlasse. Das ist doch alles alt. Klar?"

„Du hast also die Blauen auf Mops Parisi gehetzt und hoffst, daß er es nicht erfährt. Aber vielleicht weiß er es schon. Darum läufst du vor ihm davon. Und mich läßt du sitzen."

„Vielleicht habe ich auch nur genug von dir, Kindchen."

Sie legte den Kopf zurück und lachte schrill, beinahe mit einem wilden Ton. De Ruse zuckte nicht mit einer Wimper.

„Du bist keiner von den Zähen, Johnny. Du bist weich. George Dial ist viel härter als du. Himmel, wie weich du bist, Johnny."

Sie trat zurück, starrte ihm ins Gesicht. Ein Flackern fast unerträglicher Erregung blitzte in ihren Augen auf und verschwand wieder.

„Du bist so ein hübscher Junge, Johnny. Du bist wirklich hübsch. Zu schade, daß du so weich bist."

De Ruse sagte freundlich, ohne sich zu bewegen: „Nicht weich, Kindchen — nur ein bißchen sentimental. Ich interessiere mich für Pferdchen, ich spiele gern Karten und gebe mich ein bißchen mit roten Würfelchen mit weißen Flecken darauf ab. Ich liebe Glücksspiele, Frauen eingeschlossen. Aber wenn ich verliere, werde ich nicht böse, und ich betrüge nicht. Ich gehe einfach an den nächsten Tisch. Mach's gut, Kindchen."

Er bückte sich, hob den Koffer auf und ging um sie herum. Er ging durch das Zimmer und durch die roten Vorhänge, ohne sich umzusehen.

Francine Ley blickte mit starren Augen zu Boden.

III

De Ruse stand unter dem geschweiften gläsernen Vordach zum Seiteneingang des Chatterton und sah die Irolo nach beiden Seiten entlang, auf das strahlende Licht, das vom Wilshire Boulevard her herüberschien, und in die Richtung des dunklen stillen Endes der Seitenstraße.

Schräg fiel der sanfte Regen vom Himmel. Ein kleiner Tropfen wurde unter das Vordach geweht und traf zischend auf das glühende Ende seiner Zigarette. Er hob seinen Koffer auf, überquerte die Irolo zu seinem Wagen. Er parkte fast an der nächsten Ecke, ein glänzender schwarzer Packard, mit hier und da etwas sparsam verwendetem Chrom.

Er blieb vor dem Wagen stehen und öffnete die Tür. Eine Waffe fuhr aus dem Wagen auf ihn zu. Ihr Lauf drückte gegen seine Brust. Scharf befahl eine Stimme: „Nicht gerührt. Die Hände hoch!"

De Ruse sah den Mann nur undeutlich in dem Wagen. Ein hageres raubvogelartiges Gesicht, auf das nur etwas indirektes Licht fiel, in dem es nicht deutlich zu erkennen war. Er spürte den Druck der Waffe, die fest gegen sein Brustbein gepreßt wurde. Hinter ihm kamen schnelle Schritte, und eine andere Waffe wurde ihm in den Rücken gebohrt.

„Zufrieden?" fragte eine andere Stimme.

De Ruse ließ seinen Koffer fallen, hob seine Hände und legte sie auf das Wagendach.

„Na gut", sagte er mürrisch. „Und was soll das sein? – Ein Raubüberfall?"

Ein schnarrendes Lachen kam von dem Mann in dem Wagen. Eine Hand traf von hinten De Ruse gegen die Hüften.

„Jetzt zurück, langsam."

De Ruse bewegte sich rückwärts und hielt seine Hände sehr hoch in die Luft.

„Nicht so hoch, Kerl", zischte der Mann hinter ihm bedrohlich. „Nur schulterhoch."

De Ruse senkte die Hände. Der Mann in dem Wagen stieg aus, richtete sich auf. Er legte wieder die Waffe gegen De Ruses Brust, streckte einen langen Arm aus und knöpfte De Ruses Mantel auf. De Ruse beugte sich zurück. Die Hand an dem Arm suchte in seinen Taschen, unter seiner Achselhöhle. Das Gewicht der Achtunddreißiger in dem Halfter unter seinem Arm verschwand.

„Hab eine, Chuck. Etwas auf deiner Seite?"

„Nichts an der Hüfte."

Der Mann vor ihm trat zurück und hob seinen Koffer auf.

„Vorwärts! Wir fahren mit unserem Wagen."

Sie gingen weiter die Irolo entlang. Eine große Lincoln-Limousine tauchte auf, ein blauer Wagen mit einem helleren Streifen. Der Mann mit dem Raubvogelgesicht öffnete den hinteren Schlag.

„Da rein."

De Ruse stieg widerwillig ein, spuckte seinen Zigarettenstummel in die nasse Dunkelheit, als er den Kopf beim Einsteigen unter das

Wagendach bückte. Ein schwacher Geruch drang ihm in die Nase, ein Geruch, der von überreifen Pfirsichen oder Mandeln stammen konnte. Er ließ sich auf den Sitz sinken.

„Steig zu ihm, Chuck."

„Hör mal, wir können doch alle vorn sitzen. Ich werd schon mit ihm fertig."

„Nichts da. Steig zu ihm, Chuck", schnauzte der Mann mit dem Raubvogelgesicht. Chuck knurrte, setzte sich neben De Ruse auf den Rücksitz. Der andere schlug die Tür hart zu. Sein hageres Gesicht zeigte durch das geschlossene Fenster ein sardonisches Grinsen. Er ging um den Wagen zu dem Fahrersitz, startete die Maschine, löste den Wagen vom Straßenrand.

De Ruse rümpfte die Nase, schnüffelte den seltsamen Geruch.

Sie glitten um die Ecke, fuhren auf der Achten ostwärts nach Normandie, von Normandie nach Norden über den Wilshire, überquerten andere Straßen, fuhren einen steilen Berg hinauf und glitten die andere Seite nach Melrose hinunter. Der große Lincoln huschte geräuschlos durch den leichten Regen. Chuck saß in seiner Ecke, hielt die Waffe auf seinen Knien, hatte die Stirn gerunzelt. Im Licht der Straßenlampen ging sein eckiges, arrogantes rotes Gesicht, dem nicht wohl zumute war, an und aus.

Der Hinterkopf des Fahrers stand bewegungslos hinter der Glaswand. Sie passierten den Sunset und Hollywood, bogen nach Osten auf die Franklin, wieder nach Norden, nach Los Feliz, und durch Los Feliz zum Flußbett hinunter.

Wagen, die den Berg hinauf entgegenkamen, warfen kurz blendendweiße Lichtstrahlen in das Innere des Lincolns. De Ruse spannte seine Muskeln, wartete. Bei dem nächsten Scheinwerferpaar, das direkt in den Wagen blendete, griff er rasch vor, zog sein linkes Hosenbein hoch. Ehe der blendende Schein vorüber war, lehnte er schon wieder in den Polstern.

Chuck hatte sich nicht gerührt, hatte die Bewegung nicht bemerkt.

Unten, am Ende der Neigung, an der Kreuzung des Riverside Drive, strömte ihnen eine ganze Phalanx Wagen entgegen, als die

Verkehrsampel wechselte. De Ruse wartete, paßte den Strahl der Scheinwerfer sorgfältig ab. Sein Körper beugte sich kurz vor, seine Hand fuhr herunter, riß die kleine Waffe aus dem Halfter an seinem Bein.

Er lehnte sich wieder zurück, die kleine Mauser seitlich an seinen linken Oberschenkel gedrückt, so daß sie für Chuck verborgen war.

Der Lincoln bog in die Riverside ein und passierte den Eingang zum Griffith Park.

„Wo fahren wir denn hin?" fragte De Ruse gleichgültig.

„Schnauze", knurrte Chuck. „Werden's schon merken."

„Doch nicht etwa ein Überfall, was?"

„Schnauze", knurrte Chuck wieder.

„Mops Parisis Leute?" fragte De Ruse dünn und zögernd.

Der rotgesichtige Bandit fuhr auf, hob die Waffe von seinem Knie. „Ich habe gesagt, Schnauze."

„Verzeihung", knurrte De Ruse gekränkt. Er hob die Pistole über seinen Oberschenkel, richtete sie, drückte mit der linken Hand ab. Der Schuß gab einen flachen Knall, ein fast nebensächliches Geräusch.

Chuck schrie auf, und sein rechter Arm zuckte. Seine Waffe fiel aus seiner Hand. Er hob die linke Hand zu seiner rechten Schulter.

De Ruse nahm die kleine Mauser in die rechte Hand, bohrte sie tief in Chucks Seite.

„Ruhig, Junge, ruhig. Vorsicht mit den Händen. Jetzt stoßen Sie die Kanone mit dem Fuß zu mir herüber, schnell!"

Chuck schob seine dicke Pistole über den Wagenteppich. De Ruse bückte sich schnell danach, faßte sie. Der hagere Fahrer warf einen schnellen Blick zurück, der große Wagen taumelte hin und her, fing sich dann wieder.

De Ruse packte die große Waffe; seine Mauser war zum Schlagen zu leicht. Er ließ sie hart seitlich auf Chucks Kopf niedersausen. Chuck stöhnte, sackte nach vorn zusammen, tastete nach Halt.

„Das Gas", quäkte er panisch, „das Gas. Er dreht das Gas an."

De Ruse schlug noch einmal zu, fester. Chuck sank als lebloser Haufen auf den Boden des Wagens.

Der Lincoln bog vom Riverside ab, überquerte eine kurze Brücke, fuhr über einen Reitweg zu einer schmalen Straße, die quer über einen Golfplatz führte. Er raste unter Bäumen in die Dunkelheit hinein, schnell, schwankte nach beiden Seiten, als ob der Fahrer das beabsichtigte.

De Ruse tastete nach einem Halt, suchte nach dem Türgriff. Es war kein Türgriff da. Er zog die Lippen ein und schlug mit der schweren Waffe gegen das Fenster. Das dicke Glas war wie eine Steinmauer.

Der Mann mit dem Raubvogelgesicht beugte sich vor, und plötzlich war ein zischendes Geräusch zu hören.

Dann verschärfte sich der Mandelgeruch sehr stark.

De Ruse riß ein Taschentuch aus seiner Tasche, preßte es gegen Mund und Nase. Der Fahrer saß wieder gerade, nach vorn gebeugt, versuchte, seinen Kopf tief zu halten.

De Ruse hielt die Mündung der großen Waffe dicht an die Glaswand hinter den Kopf des Fahrers, der zur Seite auswich. Schnell hintereinander drückte er viermal ab, die Augen geschlossen, den Kopf zur Seite gewendet, wie eine nervöse Frau.

Keine Glassplitter flogen. Als er wieder aufblickte, war ein rundes ausgezacktes Loch in der Scheibe, und die Windschutzscheibe gerade davor war von Rissen durchzogen. Er schlug mit der Pistole auf den Rand des Loches, und es gelang ihm, ein Stück Glas loszuschlagen. Er spürte jetzt durch das Taschentuch das Gas. Sein Kopf kam ihm vor wie ein Ballon. Was er sah, wogte und schwankte auf und ab, hin und her.

Der Fahrer mit dem Raubvogelgesicht duckte sich zusammen, stieß die Tür an seiner Seite auf, riß das Steuer des Wagens in die andere Richtung und sprang hinaus.

Der Lincoln pflügte durch einen niedrigen Graben, taumelte hoch, krachte seitlich gegen einen Baum. Die Karosserie wurde genügend getroffen, daß eine der Hintertüren aufsprang.

Mit dem Kopf zuerst fuhr De Ruse in einem Hechtsprung durch die Tür. Er prallte mit dem Leib auf weiche Erde, einen Augenblick benahm es ihm den Atem. Dann sogen seine Lungen frische Luft ein. Er stützte sich auf die Ellenbogen, die Waffe schußbereit in der Hand.

Ein Dutzend Schritte entfernt kniete der Mann mit dem Raubvogelgesicht. De Ruse sah, wie er eine Waffe aus seiner Tasche zog und sie hob.

Chucks Pistole zuckte und krachte so lange in De Ruses Hand, bis sie leergeschossen war.

Der Mann mit dem Raubvogelgesicht knickte langsam zusammen, und sein Körper verschmolz mit den dunklen Schatten auf dem nassen Boden. In der Ferne fuhren auf dem Riverside Drive Wagen vorbei. Regen tropfte von den Bäumen. Der Leuchtturm des Griffith Parks schwang seinen Strahl unter dem verhangenen Himmel im Kreis. Das übrige war Dunkelheit und Schweigen.

De Ruse holte tief Luft und richtete sich auf. Er ließ die leergeschossene Waffe fallen, zog eine kleine Taschenlampe aus seiner Manteltasche, hob seinen Mantel über Nase und Mund, preßte den dicken Stoff fest gegen sein Gesicht. Er sprang zu dem Wagen, schaltete die Scheinwerfer ab, ließ den Strahl der Taschenlampe über den Fahrersitz spielen, beugte sich schnell vor und drehte einen Hahn an einem Kupferzylinder, der wie ein Feuerlöscher aussah. Das zischende Geräusch von ausströmendem Gas erstarb.

Vorsichtig näherte er sich dem Mann mit dem Raubvogelgesicht. Er war tot. In seinen Taschen hatte er etwas loses Geld, Noten und Silber, Zigaretten, ein Briefchen Streichhölzer vom Club Egypt, keine Brieftasche, ein paar Reservemagazine mit Patronen, De Ruses Achtunddreißiger. Er steckte seine Waffe an den Platz, an den sie gehörte, und richtete sich von dem zusammengesunkenen Toten auf. Er sah durch die Dunkelheit des Los-Angeles-Flußbettes auf die Lichter von Glendale. Auf halbem Weg blinkte, weit von allen anderen entfernt, eine grüne Neonleuchtschrift, an, aus: Club Egypt.

De Ruse lächelte still vor sich hin und ging zu dem Lincoln zurück. Er zerrte Chuck auf die nasse Erde. Chucks rotes Gesicht erschien jetzt unter dem Strahl der Taschenlampe bläulich. Seine offenen Augen starrten leer. Seine Brust bewegte sich nicht. Er war tot. De Ruse legte die Taschenlampe nieder, durchsuchte weitere Taschen.

Er fand die üblichen Dinge, die ein Mann bei sich trägt, einschließ=

lich einer Brieftasche mit einem Führerschein, ausgestellt für Charles Le Grand, Hotel Metropol, Los Angeles. Er fand weitere Streichhölzer aus dem Club Egypt und einen Hotelschlüssel des Hotels Metropol mit der Nummer 809.

Er schob den Schlüssel in die Tasche, schlug die aufgesprungene Tür des Lincolns zu und setzte sich hinter das Steuer. Der Motor sprang an. Langsam fuhr er den Wagen von dem Baum zurück, das Metall eines eingedrückten Kotflügels schrie und knirschte. Er wendete vorsichtig auf dem weichen Boden und brachte den Wagen auf die Straße. Als er den Riverside erreichte, schaltete er die Scheinwerfer ein und fuhr nach Hollywood zurück. Er parkte den Wagen unter ein paar Pfefferbäumen vor einem großen Apartmenthaus mit einer roten Ziegelfront an der Kenmore, einen halben Block nördlich des Hollywood Boulevard, schaltete die Zündung aus und hob seinen Koffer heraus.

Licht fiel aus dem Eingang des Apartmenthauses auf das vordere Nummernschild, als er davonging. Verwundert fragte er sich, warum Banditen einen Wagen mit der Nummer 5 A 6 benutzen, einer Nummer, die fast schon zu den Privilegierten gehört.

In einem Drugstore telefonierte er nach einem Taxi. Das Taxi brachte ihn zum Chatterton zurück.

IV

Das Apartment war leer. Der Duft von Shalimar und Zigarettenrauch hing in der warmen Luft, als ob erst kürzlich jemand dagewesen sei. De Ruse ging in das Schlafzimmer, betrachtete die Kleider in zwei Schränken, Gegenstände auf dem Toilettentisch, ging dann in das rotweiße Wohnzimmer zurück und mixte sich einen kräftigen Highball.

Er schob den Riegel an der Außentür vor, trug sein Glas in das Schlafzimmer, zog seinen beschmutzten Anzug aus und einen anderen, sehr elegant geschnittenen, aus dunklem Stoff, an. Zwischendurch schlürfte er seinen Drink und knüpfte einen schwarzen Querbinder über einem Hemd aus weichem weißem Leinen.

Er reinigte den Lauf der kleinen Mauser, setzte sie wieder zusammen, ergänzte die Patrone in dem kleinen Magazin, schob die Waffe wieder in das Halfter unter seinem Knie. Dann wusch er sich die Hände und nahm seinen Drink mit ans Telefon. Die erste Nummer, die er wählte, war die des *Chronicle*. Er verlangte die Lokalredaktion, Werner.

Eine schleppende Stimme kam durch den Draht. „Hier Werner. Schießen Sie los mit Ihrem Märchen."

„Hier John De Ruse, Claude. Sieh mal auf deiner Liste für mich nach, wem der Wagen mit der Nummer 5 A 6 gehört."

„Muß so ein Mistpolitiker sein", antwortete die schleppende Stimme, und De Ruse hörte, wie der Hörer auf den Tisch gelegt wurde.

De Ruse saß regungslos, starrte auf eine kannelierte weiße Säule. Darauf stand eine rotweiße Schale mit künstlichen roten und weißen Rosen. Angewidert rümpfte er die Nase.

Werners Stimme kam wieder durch die Leitung. „Eine Lincoln-Limousine, zugelassen für Hugo Candless, Casa de Oro Apartments, 29-42 Clearwater Street, West Hollywood."

De Ruse sagte in einem Ton, der nichts verriet: „Das ist dieses Großmaul, nicht wahr?"

„Ja, der Geschworenenbeschwatzer, ‚Mister — Ihr Zeuge'." Werners Stimme wurde leiser. „Unter uns, Johnny, und nicht zum Weitersagen: Ein großer hinterhältiger Fettkloß, der nicht mal gerissen ist. Nur lange genug in der Landschaft, um zu wissen, wer gekauft werden kann . . . 'ne Geschichte drin?"

„Nee, diesmal nicht", sagte De Ruse leise. „Er hat mich beim Überholen gestreift und nicht angehalten."

Er hängte ein, leerte sein Glas und stand auf, um sich einen neuen Drink einzugießen. Dann warf er das Telefonbuch auf den weißen Schreibtisch und schlug die Nummer des Casa de Oro nach. Er wählte. Die Zentrale gab die Auskunft, Mr. Candless sei nicht in der Stadt.

„Geben Sie mir sein Apartment", verlangte De Ruse.

Eine kühle Frauenstimme beantwortete das Telefon. „Ja, hier spricht Mrs. Hugo Candless. Sie wünschen bitte?"

„Ich bin ein Klient von Mister Candless", sagte De Ruse, „und muß ihn dringend sprechen. Können Sie mir helfen?"

„Tut mir sehr leid", erwiderte die kühle, fast träge Stimme. „Mein Mann wurde sehr plötzlich aus der Stadt gerufen. Ich weiß nicht einmal, wohin er fuhr, obwohl ich erwarte, heute abend noch von ihm zu hören. Er verließ seinen Klub . . ."

„Welchen Klub", fragte De Ruse beiläufig.

„Den Delmar Club. Er fuhr von dort fort, ohne nach Hause zu kommen. Wollen Sie etwas hinterlassen?"

„Vielen Dank, Mrs. Candless. Vielleicht rufe ich später noch einmal an."

Er legte den Hörer auf, lächelte verhalten und grimmig, trank von seinem Glas und schlug die Nummer des Metropol nach. Er rief dort an und verlangte Mr. Charles Le Grand in Zimmer 809.

„609", verbesserte die Telefonistin gleichgültig. „Ich verbinde."

Ein paar Augenblicke später sagte sie: „Der Teilnehmer antwortet nicht."

De Ruse bedankte sich, zog den Schlüssel aus seiner Tasche und sah sich noch einmal die Zimmernummer an. Es war 809.

V

Sam, der Türhüter des Delmar Club, lehnte gegen die Tuffsteineinfassung des Einganges und sah auf den Verkehr, der auf dem Sunset Boulevard vorbeiflitzte. Die Scheinwerfer schmerzten in seinen Augen. Er war müde und wollte nach Hause. Er sehnte sich nach einer Zigarette und einem großen Schluck Gin. Er wünschte, daß es zu regnen aufhörte. Es war tot in dem Klub, wenn es regnete.

Er löste sich von der Wand und ging unter dem Vordach auf dem Bürgersteig ein paarmal auf und ab, schlug seine großen schwarzen Hände in den großen weißen Handschuhen zusammen. Er versuchte, den Schlittschuhläuferwalzer zu pfeifen, traf aber nicht annähernd die Melodie und pfiff statt dessen „Low down Lady". Das hatte keine Melodie.

De Ruse kam um die Ecke der Hudson Street und blieb neben ihm dicht an der Hauswand stehen.

„Ist Hugo Candless im Klub?" fragte er, ohne Sam anzusehen.

Sam klappte mißbilligend die Zähne gegeneinander. „Nein."

„War er drinnen?"

„Fragen Sie bitte bei dem Empfang, Mister."

De Ruse zog seine behandschuhten Hände aus den Taschen und begann eine Fünf=Dollar=Note um seinen linken Zeigefinger zu rollen.

„Die wissen doch auch nicht mehr als Sie."

Sam grinste zögernd, betrachtete die Note, die fest um den behand=schuhten Finger gerollt wurde.

„Das ist Tatsache, Boss. Ja, er war da. Kommt fast jeden Tag."

„Wann ist er fort?"

„Gegen halb sieben, glaube ich."

„In seiner blauen Lincoln=Limousine?"

„Klar. Aber er fährt nicht selbst. Warum fragen Sie?"

„Um die Zeit regnete es", sagte De Ruse ruhig. „Es regnete sehr stark. Vielleicht war es doch nicht der Lincoln?"

„Es war der Lincoln", protestierte Sam beleidigt. „Ich habe ihn selbst hineingesetzt. Er fährt nie was anderes."

„Die Nummer war 5 A 6 ?" bohrte De Ruse unerbittlich weiter.

„Richtig", kicherte Sam. „Eine Nummer wie ein Senator."

„Kennen Sie den Fahrer?"

„Klar", fing Sam an und brach plötzlich ab. Er strich mit einem weißen Finger in der Größe einer Banane über sein schwarzes Kinn. „Aber ich will ein großer schwarzer Esel sein, wenn er nicht schon wieder einen neuen Fahrer hat. Den Mann kannte ich nicht. Bestimmt nicht."

De Ruse schob die zusammengerollte Banknote in Sams große weiße Pratze. Sam grapschte danach, aber seine großen runden Augen wur=den plötzlich argwöhnisch.

„Sagen Sie, Mister — Mann, warum fragen Sie das alles?"

„Ich hab bezahlt, oder nicht?" antwortete De Ruse.

Er ging um die Ecke in die Hudson zurück und stieg in seinen schwarzen Packard. Er fuhr den Sunset entlang nach Westen, fast bis Beverly Hills, wandte sich dann in die Vorberge und begann, an den Straßenecken nach den Straßenschildern Ausschau zu halten. Die Clearwater Street führte oben am Rand eines Abhanges entlang und bot einen Blick auf die ganze Stadt. Die Casa de Oro Apartments an der Ecke der Parkinson bestanden aus einem verwinkelten Block erst=klassiger Bungalows, der von einer hohen Mauer aus ungebrannten Ziegeln, von einem Kranz roter Dachziegel gekrönt, umgeben war. Die Anmeldung befand sich in einem eigenen, flachen Gebäude, und eine große Privatgarage lag gegenüber an der Parkinson.

De Ruse parkte gegenüber der Garage und sah durch eine breite Glaswand in ein Büro, in dem ein Garagenwärter in einem flecken=losen weißen Overall saß, die Füße auf den Schreibtisch gelegt, in einer Zeitschrift las und über die Schulter nach einem unsichtbaren Spucknapf spuckte.

De Ruse stieg aus dem Packard, überquerte weiter oben die Straße, kam zurück und glitt in die Garage, ohne von dem Wärter bemerkt zu werden.

Die Wagen standen in vier Reihen. Zwei Reihen rückwärts gegen die weißen Wände, zwei weitere, die Fronträder gegeneinander, in der Mitte. Es gab reichlich freie Plätze, aber es waren auch schon eine ganze Menge Wagen zu Bett gebracht worden. Die meisten waren große, teure, geschlossene Modelle, aber es waren auch ein paar auf=fällig elegante offene Wagen dabei.

Nur eine Lincoln=Limousine stand in der Garage. Sie hatte die Nummer 5 A 6.

Es war ein gut gepflegter Wagen, leuchtend und glänzend, königs=blau, lohfarben abgesetzt. De Ruse zog seinen Handschuh aus, legte seine Hand auf den Kühler. Ganz kalt. Er betastete die Reifen, sah auf seine Finger. Seine Haut war etwas staubig, aber in den Rillen der Reifen saß kein Lehm, keine feuchte Erde, nur knochentrockener Staub. Er ging die Reihe der dunklen Wagen entlang zurück und beugte sich in die offene Tür des Büros. Nach einem Augenblick sah der Garagenwärter auf, fast erschrocken.

„Haben Sie Candless' Chauffeur hier gesehen?" fragte De Ruse.

Der Mann schüttelte den Kopf und spuckte elegant in den Kupferspucknapf.

„Nicht, seit ich meinen Dienst begonnen habe. Das war um drei."

„Ist er nicht zum Klub gefahren, um den Alten zu holen?"

„Scheint nicht so. Der Lincoln war nicht fort, und er fährt immer nur den."

„Wo wohnt er denn?"

„Wer, Mattick? Hinten, irgendwo im Park sind Unterkünfte für Hauspersonal, aber ich glaube, er sagte mal, daß er irgendwo ein Hotelzimmer hat. Wo war das nur?" Seine Stirn runzelte sich.

„Im Metropol?" fragte De Ruse.

Der Garagenwärter überlegte, während De Ruse ihm aufs Kinn starrte.

„Ja, das könnte es gewesen sein. Bin allerdings nicht ganz sicher. Mattick redet nicht viel."

De Ruse bedankte sich, überquerte die Straße und stieg wieder in den Packard. Er fuhr zur Stadt zurück.

Es war fünfundzwanzig Minuten nach neun Uhr, als er die Ecke der Siebten und der Spring Street erreichte, an der das Metropol lag. Es war ein altes Hotel, früher einmal exklusiv gewesen und steuerte jetzt einen schwankenden Kurs zwischen einer Konkursverwaltung und einem schlechten Ruf bei der Polizei. Es hatte zu viele dunkle, ölige Täfelungen, zu viele abgestoßene, vergoldete Spiegelrahmen. Zuviel Rauch hing unter der niedrigen Balkendecke seiner Halle, und zu viele fragwürdige Existenzen lungerten in seinen abgewetzten ledernen Schaukelstühlen.

Die Blonde, die hinter dem großen hufeisenförmigen Zigarrenstand bediente, war nicht mehr jung, und ihre Augen waren zynisch geworden vom zu häufigen Ablehnen eindeutiger Einladungen. De Ruse stützte sich auf die Glasplatte und schob seinen Hut auf seinem kräftigen schwarzen Haar zurück.

„Camels, Süße", sagte er mit seiner leisen Spielerstimme.

Das Mädchen klatschte die Packung vor ihm auf die Platte, kurbelte fünfzehn Cents auf der Registrierkasse und schob ihm das Wechselgeld mit einem schwachen Lächeln unter den Ellenbogen. Ihre Augen sagten, daß er ihr gefiel. Sie lehnte sich ihm entgegen und kam mit ihrem Kopf nahe genug, daß er den Duft des Parfüms in ihrem Haar wahrnahm.

„Sagen Sie mir etwas", sagte De Ruse.

„Was denn?" fragte sie leise.

„Wer wohnt in 809? Können Sie das feststellen, ohne dem Empfangschef zu sagen, wer es wissen will?"

Die Blonde machte ein enttäuschtes Gesicht. „Warum fragen Sie ihn nicht selbst?"

„Ich bin zu schüchtern", sagte De Ruse.

„Das merkt man."

Sie ging an ihr Telefon und sprach mit einer trägen Anmut hinein, kam zu De Ruse zurück.

„Einer namens Mattick. Sagt Ihnen das was?"

„Nein. Ich habe mich offenbar geirrt", antwortete De Ruse. „Vielen Dank. Wie gefällt's Ihnen hier in diesem hübschen Hotel?"

„Wer hat gesagt, daß es hier hübsch ist?"

De Ruse lächelte, faßte an seinen Hut und schlenderte fort. Sie sah ihm traurig nach, stützte ihre Ellenbogen auf den Verkaufstisch, legte ihr Kinn in die Hände, um hinter ihm herzustarren.

De Ruse durchquerte die Halle, ging drei Treppen hinauf und trat dann in einen Fahrstuhl, der scharf anfuhr. „Achte", sagte er und lehnte sich an die Wand, die Hände in den Taschen.

Die Achte war das Höchste, was das Metropol zu bieten hatte. De Ruse folgte einem langen Korridor, in dem es nach Lack roch. Eine Biegung an seinem Ende brachte ihn unmittelbar vor 809. Er klopfte gegen das dunkellackierte Holz. Keine Antwort. Er beugte sich nieder, sah durch ein leeres Schlüsselloch, klopfte wieder.

Dann zog er den Schlüssel mit dem Nummernschild aus der Tasche, schloß auf und trat ein.

Die Fenster waren geschlossen. In der Luft stand Whiskybrodem, die Deckenbeleuchtung war eingeschaltet. Ein breites Messingbett, eine dunkle Kommode, ein paar braune Ledersessel, ein steifer Schreibtisch, darauf eine flache braune Flasche „Four Roses", die fast leer und nicht verschlossen war. De Ruse schnüffelte daran, lehnte sich gegen die Schreibtischkante und ließ seine Augen durch das Zimmer schweifen.

Seine Blicke glitten von der dunklen Kommode über das Bett zu der Wand mit der Eingangstür, von dort zu einer weiteren Tür, hinter der Licht sichtbar war. Er ging hinüber und öffnete sie.

Der Mann lag mit dem Gesicht auf den gelblichbraunen Fliesen des Badezimmers. Das Blut auf dem Boden sah klebrig und schwarz aus. Von zwei durchtränkten Flecken am Hinterkopf des Mannes war das dunkle Rot über seinen Hals auf den Boden gelaufen. Das Blut hatte schon vor langer Zeit aufgehört zu fließen.

De Ruse streifte seinen Handschuh ab, beugte sich nieder und drückte zwei Finger gegen die Stelle, an der die Arterie schlagen mußte. Er schüttelte den Kopf und zog den Handschuh wieder an.

Er verließ das Badezimmer, schloß die Tür hinter sich und öffnete eines der Fenster. Er beugte sich hinaus, atmete die regenfrische feuchte Luft ein, sah durch den schräg fallenden Regen in die dunkle Schlucht einer Seitengasse.

Bald darauf schloß er das Fenster wieder, schaltete das Licht im Badezimmer aus, nahm ein Schild *Bitte nicht stören* aus der obersten Schublade der Kommode, knipste die Deckenbeleuchtung aus und verließ das Zimmer.

Er hängte das Schild an die Klinke und ging durch den Korridor zu dem Fahrstuhl zurück und verließ das Hotel Metropol.

VI

Francine Ley summte leise, tief in der Kehle, vor sich hin, als sie durch den stillen Korridor des Chatterton ging. Sie summte unstetig, ohne zu wissen, was sie eigentlich summte, und ihre linke Hand mit den kirschroten Fingernägeln bewahrte ein grünes Samtcape davor, von ihrer Schulter zu gleiten. Unter dem anderen Arm trug sie eine eingewickelte Flasche.

Sie drehte den Schlüssel im Schloß, stieß die Tür auf und blieb mit einem plötzlichen Stirnrunzeln stehen. Sie stand regungslos, überlegte, versuchte, sich zu erinnern. Sie war immer noch etwas angetrunken.

Sie hatte das Licht brennen lassen, das war es. Jetzt war es ausgeschaltet. Es konnte natürlich das Zimmermädchen gewesen sein. Sie ging weiter, tastete sich durch die roten Vorhänge in das Wohnzimmer.

Die Glut im Kamin strahlte über den rot und weißen Teppich und überzog etwas glänzendes Schwarzes mit einem roten Schimmer. Das glänzende Schwarze waren Schuhe. Sie bewegten sich nicht.

Francine Ley stöhnte leise. Die Hand, mit der sie ihr Cape hielt, krallte sich mit ihren langen, gut gepflegten Nägeln fast in ihren Hals.

Etwas klickte, und Licht leuchtete in einer Lampe neben einem Sessel auf. In dem Sessel saß De Ruse, sah sie hölzern an.

Er hatte seinen Mantel an und den Hut auf. Sein Blick war umwölkt, fern, von einem abwesenden Brüten erfüllt.

„Aus gewesen, Francy?" fragte er.

Sie setzte sich langsam auf die Kante eines halbrunden Sofas, legte die Flasche neben sich.

„Ich war angetrunken", sagte sie, „und dachte, es sei besser, ich ginge etwas essen. Dann wollte ich mich richtig betrinken." Sie klopfte auf die Flasche.

„Ich glaube, sie haben sich den Boss deines Freundes Dial geschnappt," sagte De Ruse. Er sagte es gleichgültig, als ob es für ihn belanglos wäre.

Francine Ley öffnete langsam ihren Mund, und als sie ihn öffnete, verschwand alles Hübsche aus ihrem Gesicht. Ihr Gesicht wurde zu einer leeren hageren Maske, auf der das Rouge loderte. Ihr Mund sah aus, als wollte er schreien.

Nach einer Weile schloß sie ihn wieder, und ihr Gesicht wurde wieder hübsch, und ihre Stimme sagte wie aus weiter Ferne: „Hätte es einen Sinn, wenn ich sagte, ich weiß nicht, wovon du sprichst?"

De Ruses hölzerner Ausdruck veränderte sich nicht. „Als ich von hier auf die Straße ging, lauerten mir zwei Banditen auf", sagte er.

„Der eine saß in meinem Wagen. Natürlich konnten sie mich schon woanders entdeckt und hierher verfolgt haben."

„Das haben sie", sagte Francine Ley atemlos. „Bestimmt, Johnny."

Sein langes Kinn hob sich etwas. „Sie verluden mich in einen großen Lincoln, eine Limousine. Ein toller Wagen. Er hatte dicke Scheiben, die nicht so leicht zu zerbrechen waren, und keine Türgriffe und war völlig dicht geschlossen. Auf dem Vordersitz hatte er einen Behälter mit Nevada=Gas — Zyangas — den der Fahrer anstellen konnte und aus dem es ins Wageninnere drang, ohne daß er es abbekam. Sie brachten mich auf den Griffith Parkway in Richtung des Club Egypt hinaus. Das ist dieses Lokal vor der Stadt in der Nähe des Flughafens."

Er machte eine Pause, rieb das Ende seiner Augenbraue und fuhr fort: „Sie haben die Mauser übersehen, die ich manchmal an meinem Bein trage. Der Fahrer fuhr gegen einen Baum. Dadurch sprang die Tür auf, und ich kam frei." Er spreizte seine Finger und blickte darauf nieder. Ein schwaches metallisches Lächeln verzog seine Mundwinkel.

Francine Ley sagte: „Ich habe damit nicht das geringste zu tun, Johnny." Ihre Stimme war so tot wie der Sommer von vor zwei Jahren.

De Ruse sagte: „Der Mann, der vor mir in dem Wagen fuhr, hatte wahrscheinlich keine Waffe. Es war Hugo Candless. Der Wagen war ein Zwilling seines Lincoln — das gleiche Modell, die gleiche Lackierung, die gleichen Nummernschilder — aber es war nicht sein Wagen. Jemand hatte sich viel Arbeit gemacht. Candless verließ den Delmar Club gegen halb sieben in dem falschen Wagen. Seine Frau sagt, er ist nicht in der Stadt. Ich habe vor einer Stunde mit ihr gesprochen. Sein Wagen hat die Garage seit Mittag nicht mehr verlassen ... vielleicht weiß seine Frau inzwischen, daß es ihn erwischt hat, vielleicht auch nicht."

Francine Leys Nägel krampften sich in ihren Rock. Ihre Lippen zitterten. Ruhig, tonlos fuhr De Ruse fort. „Jemand hat Candless' Chauffeur heute abend oder heute nachmittag in seinem Hotel erschossen. Die Polizei weiß es noch nicht. Man hat ihn noch nicht gefunden. Jemand hat sich wirklich große Mühe gegeben, Francy. Du würdest dich doch nicht an einer solchen Affäre beteiligen, Schatz?"

Francine Ley beugte den Kopf vor und starrte auf den Boden. Mit belegter Stimme sagte sie: „Ich muß etwas trinken. Was ich gehabt habe, wirkt nicht mehr. Mir ist grauenhaft elend."

De Ruse stand auf und ging zu dem weißen Schreibtisch. Er leerte eine Handbreit in ein Glas und brachte es zu ihr. Er blieb vor ihr stehen und hielt es außer ihrer Reichweite.

„Ich werde nur selten brutal, Kindchen. Aber wenn ich brutal werde, bin ich nicht so leicht aufzuhalten – selbst wenn ich will. Wenn du irgend etwas von dieser Geschichte weißt, wäre es jetzt noch Zeit, daß du auspackst."

Er reichte ihr das Glas. Sie schluckte den Whisky, und in ihre rauchblauen Augen kam wieder etwas Glanz. Langsam sagte sie: „Ich weiß nicht das geringste, Johnny. Nicht in der Art, wie du meinst. Aber George Dial trug mir ein Liebesnest an und sagte, er könne aus Candless Geld herausschlagen, wenn er ihm drohte, einen schmutzigen Betrug, den Candless an einem gefährlichen Mann aus Reno beging, auszuplaudern."

„Verflucht gerissen, dieser geleckte Kerl", sagte De Ruse. „Reno ist meine Stadt, Kindchen. Ich kenne alle gefährlichen Männer in Reno. Wie heißt er?"

„Zapparty."

Sehr leise sagte De Ruse: „Zapparty heißt der Mann, dem der Club Egypt gehört."

Francine Ley stand plötzlich auf und packte seinen Arm. „Halt dich draußen, Johnny. Kannst du dich um Himmels willen nicht dieses eine Mal draußen halten?"

De Ruse schüttelte den Kopf, er lächelte zart und verhalten auf sie herunter. Dann nahm er ihre Hand von seinem Arm und trat zurück.

„Ich bin in ihrem Gaswagen gefahren, Kindchen, und das hat mir nicht gefallen. Ich habe ihr Nevada=Gas gerochen. Ich habe den Re=volvermann von einem der Gefährlichen mit Blei gespickt. Entweder ich gehe selbst zur Polizei, oder die Polizei faßt mich. Wenn sich die Ge=fährlichen noch einen holen und ich gehe dann erst zu den Blauen, ist es nur zu wahrscheinlich, daß sie noch einen schnappen und um=

legen. Zapparty ist einer von den Harten aus Reno, und was Dial dir gesagt hat, kann genau stimmen. Und wenn Mops Parisi mit Zapparty zusammenspielt, muß ich schneller als sie sein. Parisi haßt mich wie die Pest."

„Du brauchst nicht eine Ein=Mann=Mordkommission zu spielen, Johnny", sagte Francine Ley verzweifelt.

Er lächelte weiter auf sie herunter mit fest geschlossenen Lippen und ernsten Augen. „Wir sind zwei, Kindchen. Hol dir einen langen Man=tel. Es regnet immer noch."

Sie starrte ihn mit weit aufgerissenen Augen an. Ihre ausgestreckte Hand, die, mit der sie ihn am Arm gepackt hatte, spreizte steif die Finger, zeigte abwehrend die Handfläche. Ihre Stimme klang hohl vor Angst.

„Ich, Johnny . . . ? Bitte, nein . . . "

Freundlich sagte De Ruse: „Hol den Mantel, Süßes. Mach dich hübsch. Es könnte das letztemal sein, daß wir zusammen ausgehen."

Sie taumelte an ihm vorbei. Er faßte sie sanft am Arm, hielt sie einen Augenblick, fragte fast flüsternd:

„Du hast sie doch nicht auf mich gehetzt, Francy?"

Mit steinernem Ausdruck sah sie auf die schmerzliche Ungewißheit in seinen Augen, stöhnte unterdrückt auf, riß ihren Arm los und ging schnell in das Schlafzimmer.

Nach einem Augenblick verschwand der schmerzliche Ausdruck aus De Ruses Augen, und das metallische Lächeln erschien wieder um seine Mundwinkel.

VII

De Ruse kniff seine Augen halb zu und beobachtete die Finger des Croupiers, als sie über den Tisch glitten und auf der Kante ruhten. Es waren runde feste, konische Finger, geschickte Finger. De Ruse hob den Kopf und sah in das Gesicht des Croupiers. Er war ein kahl=köpfiger Mann unbestimmbaren Alters, mit stillen blauen Augen. Er hatte nicht ein Haar auf dem Kopf, nicht ein einziges Haar.

De Ruse sah wieder auf die Hände des Croupiers. Die rechte Hand drehte sich ein wenig auf der Kante des Tisches. Die Knöpfe am Ärmel der braunen Jacke des Croupiers — im Schnitt wie ein Smoking — berührten die Tischkante. De Ruse lächelte sein dünnes metallisches Lächeln.

Er hatte drei blaue Chips auf Rot gesetzt. Bei diesem Spiel fiel die Kugel in zwei, schwarz. Der Croupier zahlte zweien der vier anderen Männer, die spielten, aus.

De Ruse schob fünf blaue Chips vor und legte sie auf die rote Raute. Dann drehte er den Kopf nach links und beobachtete einen untersetzten, blonden jungen Mann, der drei rote Chips auf Zero setzte.

De Ruse leckte sich über die Lippen, drehte seinen Kopf noch weiter und sah nach der Seite des ziemlich kleinen Raumes, wo Francine Ley auf einer Polsterbank an der Wand, den Kopf zurückgelehnt, saß.

„Ich glaube, ich habe es, Kindchen", sagte De Ruse zu ihr. „Ich bin, glaube ich, dahintergekommen."

Francine Ley blinzelte und löste ihren Kopf von der Wand. Sie griff nach dem Glas auf dem niedrigen runden Tisch vor ihr.

Sie trank, blickte auf den Boden, gab keine Antwort.

De Ruse sah zu dem blonden Mann zurück. Die drei anderen Männer setzten. Der Croupier sah gleichzeitig ungeduldig und wachsam aus.

„Wie kommt es, daß Sie immer Zero setzen, wenn ich Rot setze, und Doppelzero, wenn ich Schwarz setze?"

Der blonde junge Mann lächelte, hob die Schultern und sagte nichts. De Ruse legte seine Hand auf den Spielplan und sagte sehr leise: „Ich habe Sie was gefragt, Mister."

„Vielleicht bin ich Jesse Livermore", grunzte der blonde junge Mann. „Ich verdiene gern billig."

„Was ist denn? Geht's nicht weiter", fragte einer der anderen Männer ungeduldig.

„Machen Sie Ihr Spiel bitte, meine Herren."

De Ruse sah ihn an und sagte: „Nur zu."

Der Croupier brachte das Roulett mit der linken Hand in Schwung, warf die Kugel mit der gleichen Hand in die entgegengesetzte Richtung. Seine rechte Hand ruhte auf der Tischkante.

Die Kugel fiel auf Schwarz, achtundzwanzig, neben Zero. Der blonde Mann lachte. „Dicht vorbei", sagte er, „ganz dicht."

De Ruse zählte seine Chips, häufte sie sorgfältig auf. „Sechstausend habe ich schon drangegeben. Es ist ein bißchen roh, aber wahrscheinlich steckt Geld drin. Wer führt diese Neppbude?"

Der Croupier lächelte zögernd und sah De Ruse direkt in die Augen. Ruhig fragte er: „Sagten Sie Neppbude?"

De Ruse nickte. Er gab sich nicht die Mühe, zu antworten.

„Wenn ich recht gehört habe, sagten Sie Neppbude", wiederholte der Croupier, setzte einen Fuß vor und legte sein Gewicht darauf.

Drei der Männer, die gespielt hatten, sammelten schnell ihre Chips ein, zogen sich an die kleine Bar in der Ecke zurück. Sie bestellten sich zu trinken, lehnten sich mit dem Rücken gegen die Wand neben der Bar, beobachteten De Ruse und den Croupier. Der blonde Mann blieb am Roulettisch und lächelte De Ruse ironisch an.

„Tzä, tzä", sagte er mißbilligend. „Ihre Manieren ..."

Francine Ley leerte ihr Glas, lehnte den Kopf wieder gegen die Wand. Sie schlug die Augen nieder und beobachtete De Ruse heimlich unter ihren langen Wimpern.

Nach einem Augenblick öffnete sich eine Geheimtür, und ein sehr großer Mann mit einem schwarzen Schnurrbart und sehr dichten schwarzen Augenbrauen kam herein.

Der Croupier hob die Augen zu ihm, blickte dann auf De Ruse und wies ihm damit die Richtung.

„Ja, ich glaube, Sie sagten Neppbude", wiederholte er dumpf.

Der große Mann tauchte neben De Ruses Ellenbogen auf, stieß ihn mit seinem eigenen Ellenbogen an. „'raus", sagte er träge.

Der blonde Mann grinste und steckte seine Hände in die Taschen seines dunkelgrauen Anzuges. Der Große beachtete ihn nicht.

De Ruse blickte über den Spieltisch auf den Croupier und sagte: „Geben Sie mir meine sechstausend zurück, dann will ich es dabei belassen."

„'raus", sagte der große Mann mürrisch und stieß mit seinem Ellenbogen De Ruse in die Seite.

Der kahlköpfige Croupier lächelte höflich.

„Sie", sagte der Große zu De Ruse, „wollen Sie hier den starken Mann spielen?"

De Ruse sah ihn mit ironischer Überraschung an. „Sieh mal an, der Rausschmeißer", sagte er leise. „Übernimm du ihn, Nicky."

Der blonde Mann nahm seine rechte Hand aus der Tasche, schwang sie. In dem hellen Licht glänzte die Schlagrute schwarz auf. Sie landete mit einem dumpfen Dröhnen auf dem Hinterkopf des Großen neben De Ruse. Der Große griff nach De Ruse, der schnell zurücktrat und seine Waffe unter dem Arm hervorzog. Der große Mann versuchte, sich an die Kante des Roulettisches zu klammern, stürzte mit einem dumpfen Aufschlag zu Boden.

Francine Ley stand auf, ein würgendes Stöhnen drang aus ihrer Kehle.

Der Blonde trat zur Seite, wirbelte herum und fixierte den Barman. Der Barman legte seine Hände sichtbar vor sich auf die Bar.

Die drei Männer, die Roulett gespielt hatten, sahen sehr interessiert zu, rührten aber keine Hand.

De Ruse sagte: „Der mittlere Knopf an seinem rechten Ärmel, Nicky. Ich glaube, es ist Kupfer."

„So?" Der blonde Mann schlenderte um den Roulettisch herum, schob die Schlagrute in seine Tasche. Er trat dicht an den Croupier heran und packte den mittleren der drei Knöpfe an dessen rechtem Ärmelaufschlag und riß daran. Beim zweiten Ruck löste sich der Knopf, und ein dünner Draht folgte ihm aus dem Ärmel.

„Ich nehme jetzt meine sechstausend wieder an mich", sagte De Ruse, „und dann werden wir uns mit Ihrem Chef unterhalten."

Der Croupier nickte langsam und griff nach dem Tablett mit Chips neben dem Roulettisch.

Der große Mann auf dem Boden regte sich nicht. Der Blonde griff mit der rechten Hand nach hinten an die Hüfte und zog eine Pistole, Kaliber fünfundvierzig, unter dem Gürtelband seiner Hose hervor.

Er schwang sie in der Hand hin und her und lächelte freundlich nach allen Seiten.

Sie gingen über eine Galerie, von der man in den Speisesaal und auf die Tanzfläche hinuntersah. Die Rhythmen von heißem Jazz tönten zu ihnen hinauf, hektisch zuckten die Musiker mit Schultern und Armen im Takt. Mit den Jazzrhythmen kam der Geruch von Speisen und Zigarettenrauch und Schweiß. Der Balkon hing hoch über der Szene, die von oben ein bizarres unwirkliches Bild, wie eine Filmaufnahme, bot.

Der kahlköpfige Croupier öffnete eine Tür in der Ecke des Balkons und ging, ohne zurückzusehen, hindurch. Der Blonde, den De Ruse Nicky genannt hatte, folgte ihm, dann De Ruse und Francine Ley.

Sie kamen in einen kurzen Gang mit einem kalten Licht von der Decke. Die Tür am Ende des Ganges sah aus wie gestrichenes Metall. Der Croupier drückte mit einem dicken Finger in einem bestimmten Rhythmus auf einen kleinen Klingelknopf an der Seite. Es ertönte der summende Ton eines elektrischen Türöffners. Der Croupier drückte gegen die Tür.

Dahinter lag ein heller freundlicher Raum, halb Wohnraum, halb Büro. Es gab einen offenen Kamin und im rechten Winkel davor ein grünes Ledersofa, der Tür zugewandt. Der Mann, der auf dem Sofa saß, legte eine Zeitung nieder und sah auf. Sein Gesicht wurde plötzlich lebendig. Er war klein, mit einem straffen runden Kopf, einem straffen runden, dunklen Gesicht. Er hatte kleine lichtlose Augen, wie Glasknöpfe.

In der Mitte des Zimmers befand sich ein breiter flacher Schreibtisch, und daneben stand ein sehr großer Mann mit einem Cocktailshaker in den Händen. Er drehte langsam den Kopf und sah über die Schulter auf die vier Personen, die in das Zimmer kamen, während seine Hände den Shaker in sanftem Rhythmus weiterschüttelten. Er hatte ein ausgemergeltes Gesicht mit tiefliegenden Augen und schlaffer grauer Haut und kurzgeschorenes rötliches Haar, ohne Glanz oder Scheitel. Eine dünne Zickzacknarbe wie ein Mensurschmiß lief über seine linke Wange.

Der große Mann stellte den Cocktailshaker hin, drehte sich ganz um und starrte auf den Croupier. Der Mann auf dem Sofa bewegte sich nicht. In seiner Bewegungslosigkeit lag eine zusammengeduckte Spannung.

Der Croupier sagte: „Ich halte das für einen Überfall. Aber allein konnte ich mich nicht dagegen wehren. Big George haben sie niedergeschlagen."

Der blonde Mann lächelte fröhlich und zog seine Fünfundvierziger aus seiner Tasche. Er richtete sie auf den Boden.

„Er hält es für einen Überfall", sagte er. „Bleibt einem da nicht einfach die Luft weg?"

De Ruse drückte die schwere Tür zu. Francine Ley entfernte sich von ihm auf die Seite des Zimmers gegenüber dem Feuer. Er sah nicht zu ihr hin. Der Mann auf dem Sofa sah zu ihr, sah auf alle.

De Ruse sagte ruhig: „Der Große ist Zapparty, der Kleine Mops Parisi."

Der Blonde trat zur Seite, ließ den Croupier allein in der Mitte des Zimmers. Die Fünfundvierziger deckte den Mann auf dem Sofa.

„Sicher, ich bin Zapparty", sagte der Große. Er sah De Ruse einen Augenblick neugierig an. Dann drehte er sich um, nahm den Cocktailshaker wieder auf, öffnete den Verschluß und füllte ein flaches Glas. Er leerte das Glas, wischte sich die Lippen mit einem feinen Batisttaschentuch, steckte das Tuch sehr sorgfältig in seine Brusttasche zurück, so daß drei Spitzen herausragten.

De Ruse lächelte sein dünnes metallisches Lächeln und berührte mit dem Zeigefinger das Ende seiner linken Augenbraue. Seine rechte Hand hielt er in der Jackentasche.

„Nicky und ich haben draußen ein bißchen Theater gespielt", sagte er. „Damit die Leute etwas haben, worüber sie reden können, falls es zu laut werden sollte, wenn wir bei Ihnen sind."

„Das klingt interessant", gab Zapparty zu. „Weshalb kommen Sie denn zu mir?"

„Wegen eines Gaswagens, in dem Sie Leute spazierenfahren lassen", antwortete De Ruse.

Der Mann auf dem Sofa machte eine sehr plötzliche Bewegung, und seine Hand schoß von seinem Bein hoch, als ob etwas sie gestochen hätte. Der Blonde sagte: „Nein ... oder doch, wenn Sie lieber wollen, Mr. Parisi. Es ist reine Geschmackssache."

Parisi wurde wieder bewegungslos. Seine Hand fiel auf seinen kurzen dicken Oberschenkel zurück.

Zapparty öffnete seine tiefliegenden Augen ein wenig weiter. „Gaswagen?" Sein Ton zeigte milde Überraschung.

De Ruse trat in die Mitte des Zimmers neben den Croupier. Er wiegte sich auf den Fußballen. Seine grauen Augen hatten einen schläfrigen Ausdruck, und sein Gesicht war gespannt und ermüdet, nicht jung.

„Vielleicht hat es Ihnen nur jemand angehängt, Zapparty", sagte er. „Aber ich glaube es nicht. Ich spreche von dem blauen Lincoln mit der Nummer 5 A 6 und dem Behälter Nevada-Gas vorn. Sie wissen, Zapparty, das Zeug, mit dem in unserem Staat Mörder behandelt werden."

Zapparty schluckte, und sein großer Adamsapfel tanzte hastig auf und ab. Er stülpte die Lippen vor, preßte sie dann gegen die Zähne zurück, stülpte sie wieder vor.

Der Mann auf dem Sofa lachte laut auf und schien sich gut zu unterhalten.

Eine Stimme, die von keinem im Zimmer kam, befahl scharf: „Laß die Knarre fallen, Blondy, die anderen die Hände in die Luft."

De Ruse sah zu einer Öffnung in der Täfelung hinter dem Schreibtisch. In der Öffnung waren eine Waffe und eine Hand zu sehen, aber kein Körper oder Gesicht. Das Licht aus dem Zimmer beleuchtete nur die Hand mit der Waffe.

Sie schien direkt auf Francine Ley gerichtet. „Auch gut", sagte De Ruse und hob schnell seine Hände — leer.

Der Blonde sagte: „Das muß Big George sein, ausgeruht und wieder auf der Höhe." Er öffnete seine Hand und ließ die Fünfundvierziger vor sich zu Boden poltern.

Parisi stand sehr schnell von dem Sofa auf und zog eine Pistole unter dem Arm hervor. Zapparty nahm aus der obersten Schreibtischschublade einen Revolver. Er sagte zu der Öffnung in der Täfelung: „Verschwinde und bleib draußen."

Die Täfelung schloß sich mit einem Klicken. Zapparty ruckte mit dem Kopf in Richtung des kahlen Croupiers, der nicht einen Muskel bewegt zu haben schien, seit er das Zimmer betrat.

„Zurück an die Arbeit, Louis. Nicht den Kopf hängen lassen."

Der Croupier nickte, drehte sich um und verließ den Raum, schloß die Tür vorsichtig hinter sich.

Francine Ley lachte hysterisch auf. Sie hob die Hand und zog den Kragen ihres Umhangs um den Hals fest zusammen, als ob ihr kalt sei. Aber das Zimmer hatte keine Fenster, und es war von dem Feuer sehr warm.

Parisi stieß einen zischenden Laut zwischen den Lippen und Zähnen aus, trat schnell vor De Ruse und stieß ihn mit seiner Waffe ins Gesicht, daß De Ruse den Kopf zurückreißen mußte. Er tastete mit der linken Hand De Ruses Taschen ab, nahm ihm den Colt, fühlte unter seinen Armen, ging um ihn herum, klopfte ihm auf die Hüfttaschen, trat wieder vor ihn.

Er ging einen kleinen Schritt zurück und schlug De Ruse mit der flachen Pistole ins Gesicht. De Ruse stand vollkommen ruhig, nur sein Kopf zuckte etwas, als das harte Metall sein Gesicht traf.

Parisi schlug ihn noch einmal auf die gleiche Stelle. Von De Ruses Backenknochen rann langsam Blut über sein Gesicht. Sein Kopf sackte ein wenig nach vorn, und seine Knie gaben nach. Er sank langsam zusammen, stützte seine linke Hand auf den Boden, schüttelte seinen Kopf. Sein Körper war zusammengekauert, die Beine unter sich zusammengeknickt. Seine rechte Hand hing lose neben seinem linken Fuß.

„Genug, Mops", sagte Zapparty, „werde nicht blutdürstig. Wir wollen von diesen Leuten was hören."

Francine lachte wieder ziemlich sinnlos. Sie schwankte an der Wand entlang, sich mit einer Hand daran stützend.

Parisi atmete schwer und wich mit einem befriedigten Lächeln auf seinem dunklen runden Gesicht von De Ruse zurück.

„Darauf habe ich lange gewartet", sagte er.

Als er etwa drei Schritte von De Ruse entfernt war, schien etwas kleines dunkles Glänzendes aus dem linken Bein von De Ruses Hose in seine Hand zu springen. Es folgte eine scharfe, knappe Explosion, eine winzige orangegrüne Flamme blendete am Boden auf.

Parisis Kopf wurde zurückgerissen. Unter seinem Kinn erschien ein rundes Loch. Fast augenblicklich wurde es groß und rot. Seine Hände öffneten sich zögernd und ließen beide Waffen los. Er begann zu schwanken, fiel mit einem dumpfen Schlag zu Boden.

„Heiliger Himmel", japste Zapparty und riß seinen Revolver hoch.

Francine Ley gellte unterdrückt auf und warf sich auf ihn, kratzend, tretend, schreiend.

Scharf knallte der Revolver zweimal auf. Zwei Kugeln schlugen klatschend in die Wand. Gips bröckelte.

Francine Ley rutschte zu Boden, auf ihre Hände und Knie. Ein langes schlankes Bein erschien unter ihrem Rocksaum.

Der Blonde, auf einem Knie, seine Fünfundvierziger wieder in der Hand, keuchte verblüfft. „Sie hat dem Schuft die Knarre abgenommen."

Zapparty stand mit leeren Händen, sein Gesicht war entsetzt und verzerrt. Über seinen rechten Handrücken lief eine lange rote Kratzspur. Sein Revolver lag neben Francine Ley auf dem Boden. Mit verstörten Augen blickte er ungläubig auf sie nieder.

Parisi auf dem Boden hustete einmal auf, von da an war er still.

De Ruse erhob sich. Die kleine Mauser sah wie ein Spielzeug in seiner Hand aus. Seine Stimme schien von sehr weit herzukommen als er sagte: „Halt die Täfelung im Auge, Nicky."

Von außen drang kein Geräusch in das Zimmer. Von nirgends war ein Laut zu hören. Zapparty stand neben dem Schreibtisch, gebannt, gespenstisch blaß.

De Ruse beugte sich nieder und berührte Francine Leys Schulter. „Alles in Ordnung, Kindchen?"

Sie zog ihr Bein an und stand auf, sah auf Parisi. Ihr Körper zitterte von einem nervösen Schüttelfrost.

„Es tut mir leid, Kindchen", sagte De Ruse leise neben ihr, „ich fürchte, ich habe dir unrecht getan."

Er nahm ein Taschentuch aus der Tasche, befeuchtete es an seinen Lippen und strich leicht über seine linke Backe. Er betrachtete das Blut auf dem Taschentuch.

„Scheinbar ist Big George wieder schlafen gegangen", sagte Nicky. „Dumm, daß ich ihn nicht umgeblasen habe."

De Ruse nickte ein wenig und sagte: „Ja. Unser ganzes Spiel war lausig. Wo haben Sie Ihren Hut und Mantel, Mr. Zapparty? Wir möchten Sie gern auf eine Spazierfahrt mitnehmen."

VIII

Im Schatten unter den Pfefferbäumen sagte De Ruse: „Da ist er, Nicky, dort drüben. Anscheinend hat sich niemand darum gekümmert. Aber wir sehen uns besser trotzdem erst mal um."

Der blonde Mann verließ das Steuer des Packards und verschwand unter den Bäumen. Er blieb eine Zeitlang auf der gleichen Straßenseite wie der Packard stehen, glitt dann auf die andere Seite der North Kenmore hinüber, wo der große Lincoln vor dem Apartmenthaus mit der roten Ziegelfront parkte.

De Ruse beugte sich über die Rücklehne des Vordersitzes und kniff Francine Ley in die Backe. „Du fährst jetzt nach Hause, Kindchen. Mit dem Bus hier. Ich komme bald nach."

„Johnny", sie klammerte sich an seinen Arm. „Was hast du noch vor? Hast du denn um Himmels willen heute abend noch nicht genug?"

„Noch nicht, Kindchen. Mr. Zapparty will uns noch einiges erzählen. Ich nehme an, eine Spazierfahrt in dem Gaswagen wird ihn aufmuntern. Außerdem brauche ich ihn sowieso zum Beweis."

Er blickte seitlich auf Zapparty in der Ecke des Rücksitzes. Zapparty stieß einen rauhen Laut aus und starrte mit düsterem Gesicht vor sich hin.

Nicky kam über die Straße zurück, setzte einen Fuß auf das Trittbrett. „Keine Schlüssel", sagte er. „Hast du sie?"

„Natürlich", antwortete De Ruse. Er zog Schlüssel aus seiner Tasche und gab sie Nicky. Nicky trat auf Zappartys Seite an den Wagen und öffnete die Tür.

„Aussteigen, Mr. Zapparty." Zapparty erhob sich steif, stand in dem sanften, schräg fallenden Regen. Sein Mund zuckte. De Ruse folgte ihm.

„Fahr nach Hause, Kindchen."

Francine Ley glitt über den Vordersitz hinter das Steuerrad des Packards und drückte auf den Starter. Mit einem weichen Summen sprang der Motor an.

„Bis nachher, Kindchen", sagte De Ruse freundlich. „Wärme mir meine Pantoffeln an. Und tue mir einen großen Gefallen: rufe niemanden an."

Der Packard fuhr unter den großen Pfefferbäumen durch die dunkle Straße davon. De Ruse beobachtete, wie er um die Ecke bog. Er stieß Zapparty mit dem Ellenbogen an. „Gehen wir. Sie fahren auf dem Rücksitz in Ihrem Gaswagen. Viel Gas können wir Ihnen nicht geben, weil in der Glaswand ein Loch ist, aber der Geruch wird Ihnen auch so gefallen. Wir werden irgendwo aufs Land fahren. Wir haben die ganze Nacht Zeit, um mit Ihnen zu spielen."

„Sie wissen doch wohl, daß das Menschenraub ist?" sagte Zapparty rauh.

„Das macht mir ja gerade so viel Spaß daran", erwiderte De Ruse sanft.

Sie überquerten die Straße. Drei Männer, ohne jede Eile, gemeinsam. Nicky öffnete die unbeschädigte Hintertür des Lincolns. Zapparty stieg ein. Nicky knallte die Tür zu, setzte sich ans Steuer und schob den Zündschlüssel in das Schloß. De Ruse stieg neben ihm ein, er spürte zwischen seinen Knien den Gasbehälter.

Der ganze Wagen roch noch nach dem Gas.

Nicky startete den Motor, wendete mitten im Block und fuhr nach Norden zur Franklin, zurück über Los Feliz in Richtung Glendale. Nach einiger Zeit beugte Zapparty sich vor und klopfte gegen die Glaswand. De Ruse legte sein Ohr an das Loch hinter Nickys Kopf.

Zappartys leise Stimme sagte: „Steinhaus ... Castle Road ... im Überschwemmungsgebiet von La Crescenta."

„Donnerwetter, der ist aber weich", grunzte Nicky, den Blick auf die Straße vor sich gerichtet.

De Ruse nickte und sagte nachdenklich: „Da steckt mehr dahinter. Da Parisi tot ist, würde er dichthalten, wenn er nicht auf eine Tour gekommen wäre, sich herauszuwinden."

„Ich würde lieber Prügel einstecken und nicht auspacken", sagte Nicky. „Mach mir 'n Stäbchen an, Johnny."

De Ruse zündete zwei Zigaretten an, reichte eine dem Blonden. Er blickte auf Zappartys große Gestalt in der Ecke des Rücksitzes. Vorbeihuschende Lichter erhellten hin und wieder dessen ausgemergeltes Gesicht, ließen die Höhlungen darin noch tiefer erscheinen.

Lautlos glitt der große Wagen durch Glendale und die Gerade in Richtung Montrose hinauf. Von Montrose ging es zur Sunland-Fernstraße und über sie hinüber in das fast verlassene Überschwemmungsgebiet von La Crescenta.

Sie fanden die Castle Road und folgten ihr in Richtung auf die Berge. Ein paar Minuten später erreichten sie das Steinhaus.

Es stand von der Straße zurück hinter einem breiten Platz, der früher mal ein Rasen gewesen sein mochte, aber jetzt von angeschwemmtem Sand, Geröll und ein paar großen Steinen bedeckt war. Kurz vorher bog die Straße im rechten Winkel ab, knapp dahinter endete sie in einer scharfen Kante aus Beton, wo die Überschwemmung am Neujahrstag sie fortgerissen hatte.

Hinter dieser Linie hatte die Überschwemmung die schlimmsten Verwüstungen angerichtet. Jetzt begannen schon Büsche zwischen den vielen riesigen angeschwemmten Steinbrocken zu wachsen. Unmittelbar an der Kante stand ein Baum. Die Hälfte seiner Wurzeln hingt in der Luft über dem Abgrund, den die Flutwelle gerissen hatte.

Nicky brachte den Wagen zum Halten, schaltete die Scheinwerfer aus und zog aus dem Handschuhfach eine große vernickelte Taschenlampe. Er reichte sie De Ruse.

De Ruse stieg aus, blieb einen Augenblick mit der Hand auf der offenen Tür stehen, in der anderen die Taschenlampe. Dann zog er seinen Colt aus der Manteltasche und hielt ihn an seiner Seite.

„Sieht nach 'ner Niete aus", sagte er. „Ich glaube nicht, daß sich hier irgend etwas rührt."

Er blickte zu Zapparty, lächelte hart und schlich über die Sandfläche auf das Haus zu. Die Vordertür stand halb offen, vom Sand festgekeilt. De Ruse ging auf die Ecke des Hauses zu, hielt sich dabei, so gut er konnte, außerhalb der Richtung, die von der Türöffnung übersehen werden konnte. Er glitt an der Mauer entlang, spähte zu den bretterverschalten Fenstern hinauf, hinter denen kein Lichtschimmer zu entdecken war.

Hinter dem Haus stand etwas, was einmal ein Hühnerstall gewesen sein mochte. Ein Haufen rostigen Schrotts in einer eingestürzten Garage war alles, was von dem Familienauto übriggeblieben war. Die Hintertür war wie die Fenster vernagelt. De Ruse stand ruhig im Regen, fragte sich, warum die Vordertür offenstand. Dann erinnerte er sich an die zweite Überschwemmung vor einigen Monaten, nicht so schwer wie die erste, aber das Hochwasser hatte ausreichen können, die Vordertür, die zu den Bergen ging, aufzusprengen.

Zwei verputzte Häuser, beide verlassen, standen auf angrenzenden Grundstücken. Etwas weiter von dem Überschwemmungsgebiet entfernt, auf etwas höherem Gelände, schimmerte ein erleuchtetes Fenster. Es war das einzige Licht in De Ruses Gesichtskreis.

Er schlich lautlos zur Vorderseite des Hauses zurück, glitt durch die Türöffnung, blieb drinnen stehen und lauschte. Er wartete ziemlich lange, ehe er die Taschenlampe anknipste.

Im Haus roch es nicht wie in einem Haus. Es roch wie im Freien. In dem Vorderzimmer war nichts als Sand, ein paar zertrümmerte Möbelreste, an den Wänden, über der dunklen Linie, die das Hochwasser zurückgelassen hatte, ein paar helle Stellen, wo Bilder gehangen hatten.

De Ruse glitt durch den kurzen Gang in eine Küche. Ein Loch im Boden zeigte die Stelle, wo der Ausguß gewesen war, und über dem Loch hing schief ein rostiger Gasherd. Von der Küche ging er in das

Schlafzimmer. Bisher hatte er in dem Haus nicht das geringste Geräusch gehört.

Das Schlafzimmer war quadratisch und dunkel. Ein von getrocknetem Lehm steifer Teppich klebte auf dem Boden. Ein Metallbett mit verrosteten Sprungfedern stand in der Ecke, und eine von Wasserflecken übersäte Matratze verdeckte einen Teil der Federn.

Unter dem Bett ragten Füße heraus.

Es waren große Füße in walnußbraunen Schuhen. Darüber purpurne Socken. Die Socken hatten graue Streifen an den Seiten. Über den Socken hing eine klein schwarz-weiß karierte Hose.

De Ruse stand ganz still, richtete den Strahl der Taschenlampe auf die Füße. Er machte ein leicht saugendes Geräusch mit seinen Lippen. So stand er fast zwei Minuten regungslos da. Dann stellte er die Lampe senkrecht auf den Boden, daß ihr Strahl an die Decke fiel und ihr Widerschein den ganzen Raum trüb erleuchtete.

Er faßte die Matratze und hob sie von dem Bett. Er griff hinunter und berührte die Hand des Mannes, der unter dem Bett lag. Die Hand war eiskalt. Er faßte ihn an den Knöcheln und zog, aber der Mann war groß und schwer.

Es war leichter, das Bett über ihn hinwegzuziehen.

IX

Zapparty lehnte seinen Kopf gegen das Polster zurück, schloß seine Augen und drehte den Kopf etwas zur Seite. Seine Augen waren sehr fest geschlossen, und er versuchte, seinen Kopf weit genug abzuwenden, daß der grelle Strahl der großen Taschenlampe nicht mit voller Kraft durch seine Augenlider hindurchschien.

Nicky hielt ihm die Taschenlampe dicht vor das Gesicht, schaltete sie ein, wieder aus, ein, wieder aus, eintönig, in einer Art Rhythmus.

De Ruse stand mit einem Fuß auf dem Trittbrett neben der offenen Tür und sah in den Regen. Am Rand des verschwommenen Horizonts blitzte schwächlich der Leuchtturm des Flugplatzes auf.

Gleichmütig sagte Nicky: „Man kann nie wissen, wovon einer weich wird. Ich sah mal, wie einer zusammenbrach, weil ein Polizist ihm mit dem Fingernagel gegen das Grübchen am Kinn drückte."

De Ruse lachte leise. „Der hier ist zäh", antwortete er. „Du mußt dir etwas Besseres einfallen lassen als eine Taschenlampe."

Nicky schaltete die Taschenlampe an, aus, an, aus. „Das könnte ich", sagte er, „aber ich will mir nicht die Hände schmutzig machen."

Nach einer kurzen Weile hob Zapparty seine Hände, ließ sie langsam wieder fallen und begann zu sprechen. Er sprach mit leiser, eintöniger Stimme, hielt seine Augen vor der Taschenlampe geschlossen.

„Parisi hat organisiert, daß sie ihn holten. Ich habe vorher nichts davon gewußt. Vor etwa einem Monat kam Parisi mit einem Paar harter Brocken als Mannschaft und setzte mich unter Druck. Irgendwie hat er herausgefunden, daß Candless mich um Fünfundzwanzigtausend für die Verteidigung meines Halbbruders wegen einer Mordanklage betrogen hat und dann den Jungen hängen ließ. Ich habe Parisi nichts davon erzählt. Erst heute abend erfuhr ich, daß er es wußte. Gegen sieben oder etwas später kam er in den Klub 'raus und sagte: ‚Wir haben einen deiner Freunde, Hugo Candless. Dabei fallen Hunderttausend ab, ohne große Mühe. Du hast nicht mehr zu tun, als den Zaster hier auszuzahlen und mit einem Packen anderer Noten zu vermischen. Du mußt mitmachen, denn du kriegst deinen Anteil. Wenn du nicht willst, werden sie hier in deinem Hof einen Bock finden, falls irgendwas schiefgeht.' Das war alles. Dann saß Parisi herum, kaute an seinen Nägeln und wartete auf seine Leute. Er wurde ziemlich nervös, als sie nicht auftauchten. Einmal ging er telefonieren."

De Ruse zog an seiner Zigarette, die er in seiner geschlossenen Hand verdeckt hielt. „Wer hat das Ding gefingert?" fragte er, „und woher wissen Sie, daß Candless hier war?"

„Das hat mir Mops gesagt", antwortete Zapparty.

Nicky lachte und knipste ein paarmal schnell an der Taschenlampe.

„Laß sie einen Moment brennen", sagte De Ruse.

Nicky ließ den Strahl auf Zappartys weißes Gesicht fallen. Zapparty bewegte die Lippen. Einmal öffnete er die Augen. Es waren blinde Augen, wie die Augen eines toten Fisches.

„Es ist verdammt kalt hier", sagte Nicky. „Was machen wir mit dem großen Herrn hier?"

„Wir bringen ihn ins Haus und binden ihn auf Candless fest", sagte De Ruse. „Sie können sich gegenseitig warm halten. Morgen kommen wir wieder und fragen ihn, ob ihm noch was eingefallen ist."

Zapparty schauderte. Das Schimmern von etwas wie einer Träne zeigte sich in seinen Augenwinkeln. Nach einem Augenblick des Schweigens murmelte er: „Also gut. Das Ganze habe ich geplant, der Gaswagen war meine Idee. Ich wollte nicht das Geld, ich wollte Candless, und ich wollte ihn tot. Vor einer Woche wurde mein jüngerer Bruder in Quentin vergast."

Eine Weile herrschte Schweigen. Nicky murrte leise etwas Unverständliches. De Ruse bewegte sich nicht und gab keinen Laut von sich.

„Mattick, Candless' Chauffeur, war mit drin", fuhr Zapparty fort. „Er haßte Candless. Er sollte den falschen Wagen fahren, damit alles richtig aussah, und dann verschwinden. Aber er hatte zuviel aus der Flasche geschlabbert, um sich Mut zu machen, und Parisi wurde er lästig. Darum ließ Mops ihn umlegen. Den Wagen fuhr ein anderer. Es regnete, und das half."

„So ist es schon besser", sagte De Ruse. „Aber das ist noch nicht alles, Zapparty."

Zapparty zuckte ungeduldig mit den Schultern, öffnete ein bißchen seine Augen vor der Taschenlampe, grinste beinahe. „Was zum Teufel wollen Sie noch? Marmelade auf beiden Seiten?"

„Ich will wissen, wer der Vogel war, der mich greifen ließ", sagte De Ruse. „Aber lassen Sie. Ich finde ihn schon selbst."

Er nahm seinen Fuß von dem Trittbrett und schnippte seinen Zigarettenstummel in die Dunkelheit. Er warf die Tür des Wagens zu, stieg vorn ein. Nicky steckte die Taschenlampe fort und setzte sich ans Steuer. Er startete den Motor.

„Irgendwohin, wo ich ein Taxi rufen kann, Nicky", sagte De Ruse. „Dann fährst du den hier noch eine Stunde spazieren und rufst Francy an. Dort hinterlasse ich Nachricht für dich."

Der Blonde schüttelte langsam den Kopf. „Du bist ein guter Freund,

Johnny, und ich kann dich gut leiden. Aber wir sind schon weit genug gegangen. Ich bringe die Karre zum Headquarters. Vergiß nicht, daß ich zu Hause zwischen meinen alten Hemden eine Lizenz als Privat=detektiv liegen habe."

„Gib mir noch eine Stunde", bat De Ruse. „Nur eine Stunde, Nicky."

Der Wagen glitt den Berg hinunter, überquerte die Sunland=Straße, rollte den nächsten Berg hinunter nach Montrose. Nach einer Weile sagte Nicky: „Also gut, eine Stunde."

X

Auf der Standuhr am Ende des Empfangstisches in der Halle des Casa de Oro war es zwölf Minuten nach eins. Die Halle war in an=tikem Spanisch gehalten, mit schwarzen und roten indianischen Tep=pichen, nägelbeschlagenen Sesseln mit Lederkissen und Lederquasten an den Ecken der Kissen. Die graugrünen Olivenholztüren schmückten schwere schmiedeeiserne Beschläge.

Ein dünner gepflegter Mann mit einem gewachsten blonden Schnurr=bart und einer blonden Tolle lehnte gegen den Empfangstisch, sah auf die Uhr und gähnte, schnippte mit seinen schimmernden Fingernägeln gegen seine Zähne.

Die Eingangstür öffnete sich, und De Ruse trat ein. Er nahm seinen Hut ab, schüttelte ihn, setzte ihn wieder auf und zog die Krempe in die Stirn. Langsam sah er sich in der verlassenen Halle um, ging zum Empfangstisch und schlug mit seiner behandschuhten Hand auf die Platte.

„Welche Nummer hat Hugo Candless' Bungalow?" fragte er.

Der Blonde machte ein belästigtes Gesicht. Er sah auf die Uhr, auf De Ruses Gesicht, auf die Uhr zurück. Er lächelte hochmütig und antwortete mit einem leichten Akzent.

„Zwölf C. Wünschen Sie noch angemeldet zu werden – um diese Zeit?"

„Nein", antwortete De Ruse.

Er drehte sich um, ging auf eine große Tür mit einer Glasraute zu. Sie sah aus wie die Tür zu einem erstklassigen WC.

Als er die Hand auf die Tür legte, ertönte hinter ihm schrill eine Glocke.

De Ruse sah über seine Schulter zurück, drehte sich um und ging wieder zu dem Empfangstisch. Der gepflegte Mann nahm seine Hand ziemlich schnell wieder von der Klingel weg.

Seine Stimme war kühl, sarkastisch und unverschämt, als er sagte: „Hier ist nicht die Art Apartmenthaus, die Sie sich vorstellen, wenn's beliebt."

Zwei Stellen auf De Ruses Backenknochen wurden dunkelrot. Er beugte sich über den Tisch, faßte den Revers des Gepflegten und zerrte ihn auf sich zu, halb über die Tischplatte. „Wie war das, Schleimer?"

Der Gepflegte erblaßte, aber es gelang ihm, noch einmal mit zitternder Hand auf die Klingel zu drücken.

Ein fülliger Mann in einem schlotternden Anzug und mit einer sealbraunen Perücke kam um die Ecke des Empfangstisches, hob gemächlich einen dicken Finger und sagte: „He!"

De Ruse ließ den Revers los. Er starrte ausdruckslos auf Zigarrenasche vorn auf der Jacke des Fülligen.

Der kleine Dicke sagte: „Ich bin der Hausbulle. Sie müssen zu mir kommen, wenn Sie grob werden wollen."

„Sie sprechen meine Sprache", sagte De Ruse. „Kommen Sie mit in die Ecke."

Sie gingen zusammen in die Ecke und setzten sich neben eine Palme. Der Gutgenährte grinste liebenswürdig, hob eine Ecke seiner Perücke und kratzte sich darunter.

„Ich heiße Kuvalick", sagte er. „Manchmal könnte ich dem Schweizer da selbst aufs Dach hauen. Um was geht's denn?"

„Sind Sie einer, der den Mund halten kann?" fragte De Ruse.

„Nee, ich rede gern. Das einzige Vergnügen, das man auf diesem Hühnerhof hier hat." Kuvalick holte eine halbe Zigarre aus seiner Tasche und versengte sich die Nase, als er sie anzündete.

„Dieses eine Mal müssen Sie den Mund halten", sagte De Ruse.

Er griff in seine Jacke, zog seine Brieftasche und nahm zwei Zehner heraus. Er rollte die Scheine um seinen Zeigefinger, zog sie dann als Röhre ab und schob sie in die Außentasche der Jacke des Fülligen.

Kuvalick blinzelte, sagte aber nichts.

„In Candless' Apartment ist einer namens George Dial", sagte De Ruse. „Sein Wagen steht draußen, und nur dort kann er sein. Ich muß ihn sprechen, aber ich will nicht, daß er meinen Namen erfährt. Sie können mich 'reinbringen und dabeibleiben."

Der Gutgenährte entgegnete vorsichtig: „Es ist schon reichlich spät. Vielleicht ist er im Bett."

„Wenn, dann ist er im falschen Bett", antwortete De Ruse. „Und es wird Zeit, daß er aufsteht."

Der Füllige erhob sich. „Was ich mir denke, gefällt mir gar nicht. Aber Ihre Zehner gefallen mir ganz gut. Ich geh mal 'rein und sehe nach, ob sie auf sind. Warten Sie hier."

De Ruse nickte. Kuvalick ging an der Wand entlang und verschwand durch eine Tür in der Ecke. Die plumpe kantige Form der Revolver=tasche an seiner Hüfte ragte unter dem Saum seiner Jacke heraus, als er ging. Der Mann am Empfangstisch blickte ihm nach, warf dann einen verächtlichen Blick auf De Ruse und zog eine Nagelfeile aus der Tasche.

Zehn Minuten vergingen. Fünfzehn. Kuvalick kam nicht zurück. De Ruse stand plötzlich auf, runzelte die Stirn und ging auf die Tür in der Ecke los. Der Mann hinter dem Empfangstisch richtete sich auf, und seine Augen wanderten zu dem Telefon auf dem Tisch, aber er berührte es nicht.

De Ruse trat durch die Tür und befand sich auf einer überdachten Galerie. Regenwasser tropfte sanft von den schrägen Ziegeln der Über=dachung. Er ging über einen Patio, in dessen Mitte ein langes, von Kacheln in fröhlichen Farben eingefaßtes Schwimmbecken lag. Am Ende des Hofes zweigten andere Patios ab. In der hinteren Ecke des linken war ein Fenster erhellt. Er ging aufs Geratewohl darauf zu. Als er dicht davor stand, erkannte er die Nummer 12 C an der Tür.

Er stieg zwei flache Stufen hinauf, drückte auf die Klingel, die in der Ferne läutete. Nichts geschah. Nach einer kurzen Zeit klingelte er noch einmal, versuchte dann den Türgriff. Es war abgeschlossen. Irgendwo von drinnen glaubte er schwach ein gedämpftes Klopfen zu hören.

Er stand einen Augenblick im Regen, ging dann um die Ecke des Bungalows, durch einen engen, sehr nassen Gang nach hinten. Er versuchte die Hintertür. Sie war auch verschlossen. De Ruse fluchte, zog seinen Colt unter dem Arm hervor, hielt seinen Hut gegen die Glasscheibe der Tür und schlug die Scheibe mit dem Griff seiner Waffe ein. Klirrend fiel das Glas nach innen.

Er steckte die Waffe wieder ein, richtete den Hut auf seinem Kopf gerade und griff durch das Loch in der Scheibe und schloß die Tür auf.

Die Küche war groß und hell, mit schwarzen und gelben Fliesen. Sie sah aus, als würde sie vorwiegend gebraucht, um Drinks zu mixen. Leere Flaschen, zwei Haig and Haig, eine Hennessy und drei oder vier von verschiedenen Sorten phantasievoller Aperitifs standen in dem gekachelten Ausguß. Ein kurzer Gang führte zu einer geschlossenen Tür, dahinter lag das Wohnzimmer. In der Ecke stand ein Flügel, daneben eine brennende Lampe. Eine andere Lampe brannte auf einem niedrigen Tisch mit Drinks und Gläsern. Ein Holzfeuer verglühte im Kamin.

Das klopfende Geräusch war lauter.

De Ruse ging durch das Wohnzimmer und durch eine weitere, von Vorhängen eingefaßte Tür, durch einen weiteren kurzen Gang und trat in ein schön getäfeltes Schlafzimmer. Das klopfende Geräusch kam aus einem Schrank. De Ruse öffnete ihn und sah einen Mann.

Er saß auf dem Boden, mit seinem Rücken in einem Wald von Kleidern an Kleiderbügeln. Um sein Gesicht war ein Handtuch gewunden. Ein anderes hielt seine Knöchel zusammen. Seine Handgelenke waren ihm auf dem Rücken gefesselt. Er war ein sehr kahler Mann, so kahl wie der Croupier im Club Egypt.

De Ruse starrte mißmutig auf ihn herunter, grinste dann plötzlich, beugte sich vor und befreite ihn.

Der Mann spie einen Waschlappen aus, fluchte gräßlich und tauchte zwischen den Kleidern hinter sich in dem Schrank unter. Er kam wieder hoch und hielt etwas Fellartiges in seiner Hand, zog es glatt und setzte es auf seinen haarlosen Kopf.

Dadurch wurde er wieder zu Kuvalick, dem Hausdetektiv. Immer noch fluchend, stand er auf, wich von De Ruse mit einem harten mißtrauischen Grinsen auf seinem fetten Gesicht zurück. Seine rechte Hand schoß nach der Revolvertasche an seiner Hüfte.

De Ruse spreizte seine Hände. „Erzählen Sie mal", sagte er und setzte sich in einen kleinen chintzüberzogenen Sessel.

Kuvalick starrte ihn einen Augenblick ruhig an. Dann zog er seine Hand von der Waffe zurück.

„Es war Licht", sagte er, „also drückte ich auf die Klingel. Ein großer dunkler Bursche machte auf. Ich habe ihn hier oft gesehen. Das war Dial. Ich sagte ihm, daß draußen in der Halle einer ist, der ihn unauffällig sprechen will und seinen Namen nicht genannt hat."

„Damit lagen Sie drin", kommentierte De Ruse trocken.

„Noch nicht, aber bald", grinste Kuvalick und spuckte einen Stofffetzen aus. „Ich beschrieb Sie. *Damit* lag ich drin. Dial lächelte ganz komisch und sagte, ich solle einen Moment 'reinkommen. Ich gehe an ihm vorbei, und er schließt die Tür und klemmt mir eine Knarre gegen die Niere. Er sagte: ‚Haben Sie gesagt, daß er einen dunklen Anzug anhat?' Ich sagte: ‚Ja, und wozu soll die Knarre gut sein?' Er sagte: ‚Hat er graue Augen und so krisseliges schwarzes Haar? Und sieht er um die Zähne ziemlich hart aus?' Ich sagte: ‚Ja, Sie Stinkstück. Aber wozu soll die Knarre gut sein?' Er sagte: ‚Dafür', und haut sie mir von hinten auf den Kopf. Ich gehe 'runter, benommen, aber nicht aus. Dann kommt die Candless aus einer Tür heraus, und sie binden mir Hände und Füße zusammen und schieben mich in den Schrank. Damit hatte es sich. Eine Weile hörte ich sie noch rumoren, und dann hörte ich nichts mehr. Das war alles, bis Sie klingelten."

De Ruse lächelte träge, zufrieden. Sein ganzer Körper ruhte entspannt in dem Sessel. Seine Haltung war frech und lässig geworden.

„Die sind weg", meinte er leise. „Sie bekamen einen Tip. Das war, glaube ich, nicht sehr klug."

Kuvalick sagte: „Ich bin ein alter Polizist aus Wells Fargo, und ich kann einen Schlag vertragen. Was hatten die vor?"

„Was für eine Frau ist diese Mrs. Candless?"

„Dunkel, sieht gut aus, scharf auf Männer, wie man so sagt. Schon 'n bißchen verbraucht und hager. Alle drei Monate hatten sie einen neuen Chauffeur. Hier im Casa gibt's auch ein paar, die ihr gefallen. Wahrscheinlich war das ihr Gigolo, der mir das verpaßt hat."

De Ruse sah auf seine Uhr, nickte, beugte sich vor, um aufzustehen. „Ich glaube, es ist endlich Zeit, die Polizei zu rufen. Haben Sie irgendeinen Freund im Headquarters, dem Sie gern eine Verschleppungsgeschichte zuschanzen wollen?"

Eine Stimme sagte: „Soweit ist es noch nicht."

George Dial trat aus dem Gang schnell durch die Tür und blieb ruhig darunter stehen, mit einer langen dünnen Pistole mit Schalldämpfer in der Hand. Seine Augen waren groß und erregt, aber sein zitronenfarbener Finger am Abzug der kleinen Waffe schien sehr fest und sicher.

„Wir sind nicht verschwunden", sagte er. „Wir waren noch nicht ganz soweit. Aber für Sie beide wäre es vielleicht gar nicht schlecht gewesen."

Kuvalicks dicke Hand griff nach seiner Hüfte.

Die kleine Pistole mit dem langen schwarzen Rohr sagte zweimal schwach und gedämpft plopp.

Ein Staubwölkchen flog von Kuvalicks Jacke auf. Seine Hände zuckten scharf zur Seite, und er riß seine kleinen Augen sehr weit auf, wie Samenkörner, die von einem Keim bersten. Er fiel schwer gegen die Wand, rutschte ab, lag ganz still auf seiner linken Seite, die Augen halb geöffnet, den Rücken zur Wand. Seine Perücke saß schief auf seinem kahlen Kopf.

De Ruse sah schnell zu ihm hin, sah wieder zu Dial. Sein Gesicht zeigte keine Bewegung, war nicht einmal erregt.

„Sie sind wahnsinnig, Dial", sagte er. „Das zerstört Ihre letzte Chance. Durch Bluff hätten Sie noch herauskommen können. Aber das war nicht Ihr einziger Fehler."

Kalt antwortete Dial: „Nein, das weiß ich jetzt. Ich hätte Ihnen die Burschen nicht auf den Hals schicken sollen. Ich tat es nur, weil ich mir einbildete, ich könnte es mir leisten. Das kommt davon, wenn man kein Professioneller ist."

De Ruse nickte leichthin, betrachtete Dial fast freundlich. „Sie bildeten sich also ein, Sie konnten es sich leisten? — Wer gab Ihnen denn den Tip, daß alles schiefgegangen war?"

„Francy — und sie hat sich verdammt lange Zeit damit gelassen", sagte Dial wild. „Ich verschwinde und werde also eine Zeitlang nicht in der Lage sein, mich bei ihr zu bedanken."

„Das werden Sie nie", sagte De Ruse. „Sie kommen nicht aus der Stadt heraus. Von Candless' Geld werden Sie nie auch nur einen Nickel in die Finger bekommen. Sie nicht, Ihre Kumpane nicht, Ihre Weiber nicht. Die Polizei wird informiert, gerade jetzt."

„Wir kommen schon durch", erwiderte Dial. „Wir haben genug bei uns, um weit herumzukommen, Johnny. Und jetzt Schluß."

Dials Gesicht spannte sich, und er riß die Hand mit der Waffe hoch. De Ruse schloß die Augen halb, erwartete den Schlag. Die Waffe ging nicht los. Hinter Dial raschelte es, und eine große dunkle Frau in einem grauen Pelzmantel glitt in das Zimmer. Ein kleiner Hut saß auf ihrem dunklen Haar, das im Nacken zu einem Knoten verschlungen war. Der Lippenstift auf ihrem Mund war schwarz wie Ruß. Auf ihren Wangen war keine Farbe.

Sie hatte eine kühle schleppende Stimme, die zu ihrem gespannten Ausdruck nicht paßte. „Wer ist Francy?" fragte sie eisig.

De Ruse öffnete seine Augen weit, und sein Körper streckte sich in dem Sessel, seine Hand begann an seiner Brust hinaufzukriechen.

»Francy ist meine Freundin«, sagte er. »Mr. Dial hat versucht, sie mir abspenstig zu machen. Aber das ist sein gutes Recht. Er ist ein hübscher Bursche, und man soll ihm die Chance geben, sich zu suchen, was ihm gefällt.«

Das Gesicht der großen Frau wurde plötzlich dunkel und wild und rasend. Heftig griff sie nach Dials Arm, den, in dem er die Waffe hielt.

De Ruses Hand fuhr nach seinem Schulterhalfter, packte seine Achtunddreißiger. Aber es war nicht sein Colt, der aufbellte. Es war auch nicht das Plopp der Pistole mit dem Schalldämpfer in Dials Hand. Es war ein riesiger Grenzer-Colt mit einem Achtzollauf und einem Knall wie eine Bombenexplosion. Er ging vom Boden aus los, von Kuvalicks rechter Hüfte, wo Kuvalicks dicke Hand ihn hielt.

Er krachte nur einmal. Dial wurde wie von einer Riesenhand gegen die Wand geschleudert. Sein Kopf knallte dagegen, und augenblicklich war sein dunkles attraktives Gesicht eine blutige Maske.

Langsam rutschte er an der Wand in sich zusammen, und die kleine Pistole mit dem schwarzen Rohr daran fiel ihm vor die Füße. Die dunkle Frau sank vor Dial in die Knie, griff nach der Waffe.

Sie faßte sie, hob sie. Ihr Gesicht war verzerrt, ihre Lippen entblößten kleine, wölfisch schimmernde Zähne.

Kuvalicks Stimme sagte: „Ich bin ein harter Bursche. Ich war mal Polizist in Wells Fargo."

Seine große Kanone donnerte wieder. Ein schriller Schrei riß sich von den Lippen der Frau. Sie wurde gegen Dial geworfen. Ihre Augen öffneten und schlossen sich, öffneten und schlossen sich. Ihr Gesicht wurde weiß und leer.

„Schulterschuß. Ihr fehlt nichts", sagte Kuvalick und erhob sich. Er knöpfte seine Jacke auf und klopfte auf seine Brust.

„Kugelsichere Weste", sagte er stolz. „Aber ich hielt es für besser, eine Weile still zu liegen, oder er hätte mir eine ins Gesicht geblasen."

XI

Francine Ley gähnte und streckte ihre langen, in eine grüne Pyjamahose gekleideten Beine von sich und betrachtete die schmalen grünen Pantoffeln an ihren nackten Füßen. Sie gähnte wieder, stand auf und ging nervös durch das Zimmer zu dem nierenförmigen Schreibtisch. Sie goß sich einen Drink ein, trank ihn schnell mit einem scharfen nervösen Schaudern. Ihr Gesicht war erschöpft und müde, ihre Augen lagen tief in den Höhlen, unter ihnen scharfe dunkle Ringe.

Sie sah auf die winzige Uhr an ihrem Handgelenk. Es war fast vier Uhr morgens. Die Hand immer noch erhoben, fuhr sie bei einem Geräusch herum, lehnte sich mit dem Rücken an den Schreibtisch und begann sehr schnell und keuchend zu atmen.

De Ruse trat durch die roten Vorhänge. Er blieb stehen und sah sie ohne Ausdruck an, legte dann langsam Hut und Mantel ab, ließ sie auf einen Sessel fallen. Er zog seine Jacke aus und schnallte sein lohfarbenes Schulterhalfter ab, trat an den Schreibtisch, auf dem die Drinks standen.

Er schnüffelte an einem Glas, füllte es zu einem Drittel mit Whisky, trank ihn auf einen Zug hinunter.

„Du mußtest der Laus also einen Tip geben", sagte er finster und sah in das leere Glas in seiner Hand.

„Ja, ich mußte ihn anrufen", sagte Francine Ley. „Was ist geschehen?"

„Du mußtest die Laus anrufen", sagte De Ruse in genau dem gleichen Ton, „und wußtest ganz genau, daß er beteiligt war. Du wolltest ihm eine Chance zur Flucht geben, selbst wenn er mich dabei umlegte."

„Bist du denn verletzt worden, Johnny?" fragte sie leise, müde.

De Ruse antwortete nicht, sah sie nicht an. Langsam stellte er das Glas ab, goß mehr Whisky hinein, fügte Sodawasser hinzu und suchte nach Eis. Da er keines fand, begann er so zu trinken, seinen Blick auf die weiße Platte des Schreibtisches geheftet.

Francine Ley sagte: „Für mich gibt es keinen in der Welt, der an dich herankommt, Johnny. Und selbst wenn er hätte, was du hast, ich würde ihn nicht wollen."

Langsam antwortete De Ruse: „Wirklich? Das ist gut, Kindchen. Nur bin ich nicht ganz so gut, wie du glaubst. Ich wäre jetzt kalt, wenn nicht ein komischer Hoteldetektiv dagewesen wäre, der eine Buntline Special herumschleppt und eine kugelfeste Weste bei der Arbeit trägt."

Nach einer kleinen Pause fragte Francine Ley: „Willst du, daß ich gehe?"

De Ruse blickte schnell zu ihr hin, sah wieder fort. Er stellte sein

Glas nieder und ging von dem Schreibtisch weg. Über die Schulter sagte er: „Nicht, solange du mir die Wahrheit sagst."

Er setzte sich in einen tiefen Sessel, stützte die Ellenbogen auf die Seitenlehnen und legte sein Gesicht in seine Hände. Francine Ley beobachtete ihn einen Augenblick, ging dann zu ihm hinüber und setzte sich auf eine Lehne des Sessels. Sanft hob sie seinen Kopf, bis er gegen die Rücklehne des Sessels lehnte. Sie begann, seine Stirn zu streicheln.

De Ruse schloß die Augen. Sein Körper lockerte und entspannte sich. Seine Stimme fing an schläfrig zu klingen.

„Vielleicht hast du mir draußen im Club Egypt das Leben gerettet. Mag sein, daß das dir ein Recht gab, den Jüngling einmal auf mich schießen zu lassen."

Francine Ley streichelte seine Stirn, ohne zu sprechen.

„Der Jüngling ist tot", fuhr De Ruse fort. „Der Schlüssellochschnüffler hat ihm das Gesicht weggeschossen."

Francine Leys Hand hielt an. Gleich darauf begann sie, weiter über seine Stirn zu streicheln.

„Candless' Frau war auch beteiligt. Sie ist ein heißes Stück. Sie wollte Hugos Geld und wollte alle Männer in der Welt, außer Hugo. Gott sei Dank hat sie es nicht erwischt. Sie hat einiges ausgeplaudert. Genau wie Zapparty."

„Ja, Liebling", sagte Francine Ley ruhig.

De Ruse gähnte. „Candless ist tot. Er war schon tot, ehe wir anfingen. Vor allem wollten sie ihn erledigen. Parisi war es so oder so egal, solange er bezahlt wurde."

Francine Ley sagte: „Ja, Liebling."

„Den Rest erzähle ich dir morgen", sagte De Ruse müde. „Ich nehme an, daß Nicky und ich bei der Polizei klar sind . . . Wir wollen nach Reno gehen. Heiraten . . . Ich habe dieses Leben eines streunenden Katers satt . . . Gib mir noch was zu trinken, Kindchen."

Francine Ley rührte sich nicht, außer daß ihre Finger sanft und besänftigend über seine Stirn und seine Schläfen strichen. De Ruse sank tiefer in den Sessel. Sein Kopf sank auf die Seite.

„Ja, Liebling."

„Sag nicht Liebling zu mir", sagte De Ruse noch. „Nenn mich einfach Gelber."

Als er fest schlief, stand sie von der Seitenlehne des Sessels auf und setzte sich ihm gegenüber. Sie saß ganz still da und betrachtete ihn, das Gesicht in ihre schlanken zarten Hände mit den kirschroten Fingernägeln gestützt.

DER BLEISTIFT

I

Er war ein etwas dicklicher Mann mit einem unehrlichen Lächeln, das seine Mundwinkel zwei Zentimeter nach jeder Seite zog, seine wulstigen Lippen fest zusammenpreßte und seinen Blick kalt ließ. Für einen Mann, der zum Fett neigte, war sein Gang langsam. Die meisten Dicken sind flink und leicht auf den Füßen. Er trug einen grauen Fischgrätanzug und eine handgemalte Krawatte, auf der ein tauchendes Mädchen zu einem Teil sichtbar war. Sein Hemd war sauber, was ich tröstlich fand, und seine braunen Sportschuhe, die so wenig wie die Krawatte zu seinem Anzug paßten, glänzten frisch geputzt.

Er glitt seitwärts an mir vorbei, als ich ihm die Tür zwischen dem Wartezimmer und meiner Denkwerkstatt aufhielt. Als er drin war, sah er sich mit einem schnellen Blick um. Wenn man mich gefragt hätte, hätte ich ihn als einen zweitklassigen Gangster bezeichnet. Diesmal hatte ich recht. Falls er eine Waffe bei sich trug, mußte er sie in der Hose haben, seine Jacke saß zu stramm, um die Wölbung eines Halfters unter dem Arm zu verbergen.

Er setzte sich vorsichtig, und ich setzte mich ihm gegenüber, und wir sahen einander an. Sein Gesicht hatte eine fuchsartige Wachsamkeit. Er schwitzte ein bißchen. Mein Gesichtsausdruck sollte Interesse ohne Aufdringlichkeit zeigen. Ich griff nach einer Pfeife und dem ledernen Kasten, in dem ich meinen Tabak aufbewahre. Ihm schob ich die Zigaretten hin.

„Ich rauche nicht.“ Er hatte eine knarrende Stimme. Sie gefiel mir nicht besser als sein Aufzug oder sein Gesicht. Während ich die Pfeife stopfte, griff er in die Innentasche seiner Jacke, wühlte darin und zog eine Note heraus, betrachtete sie und ließ sie vor mich auf den Schreibtisch fallen. Es war eine hübsche Note, und sie war sauber und neu. Eine Eintausenddollarnote.

„Haben Sie jemals jemand das Leben gerettet?"

„Gelegentlich mal, vielleicht."

„Retten Sie meines."

„Was ist denn los?"

„Ich habe gehört, Sie seien ehrlich zu Ihren Klienten, Marlowe."

„Deshalb bleibe ich auch arm."

„Ich habe noch zwei Freunde. Wenn Sie der dritte sind, kommen Sie aus allem Druck heraus. Sie haben fünftausend zu erwarten, wenn Sie mich aus der Geschichte herausbringen."

„Aus was?"

„Sie sind verdammt redselig heute morgen. Haben Sie keine Ahnung, wer ich bin?"

„Nicht die geringste."

„Sie waren wohl nie im Osten?"

„Doch – aber ich kam nicht in Ihre Gesellschaftskreise."

„Welche Gesellschaftskreise sollten das sein?"

Ich bekam das satt. „Hören Sie auf, so verdammt geheimnisvoll zu sein, oder nehmen Sie Ihren Tausender und treten Sie ab."

„Ich bin Ikky Rosenstein. Ich werde ein für allemal abtreten, wenn Sie mir nicht heraushelfen. Raten Sie mal, woraus."

„Ich habe schon genug geraten. Erzählen Sie es mir, wenn Sie wollen, und tun Sie es schnell. Ich habe nicht den ganzen Tag Zeit, um es mir von Ihnen tröpfchenweise eingeben zu lassen."

„Ich bin aus einem Verein ausgestiegen. Der Vorstand hat dafür nichts übrig. Er glaubt dann, man bildete sich ein, etwas zu wissen, womit man handeln könnte, oder hätte eigene Absichten, oder man hätte den Mumm verloren. Ich habe den Mumm verloren. Mir langt es bis hier." Mit dem ausgestreckten Zeigefinger einer Hand berührte er seinen Adamsapfel. „Ich habe heiße Sachen gemacht, Leute eingeschüchtert und geschädigt, aber ich habe nie einen umgebracht. Das ist für den Verein nichts, das paßt nicht in seine Richtung. Darum nahmen sie einen Bleistift und machten einen Strich durch meinen

Namen. Ich wurde gewarnt, daß die Leute schon unterwegs sind. Ich habe einen bösen Fehler begangen. Ich versuchte, mich in Las Vegas zu verstecken. Ich bildete mir ein, sie würden nie damit rechnen, daß ich mich in ihrem eigenen Nest verkrieche. Sie kamen aber schnell dahinter. Das hatten schon andere vor mir versucht, doch das wußte ich nicht. Als ich das Flugzeug nach Los Angeles nahm, muß jemand in der gleichen Maschine gewesen sein. Sie wissen, wo ich bin."

„Verschwinden Sie doch einfach."

„Geht nicht mehr, ich werde beschattet."

Ich wußte, daß er recht hatte. „Warum hat man Sie denn nicht schon fertiggemacht?"

„Die machen das nicht einfach so. Dafür haben sie ihre Spezialisten. Wissen Sie denn nicht, wie die arbeiten?"

„Mehr oder weniger. Einer hat ein hübsches Eisenwarengeschäft in Buffalo, ein anderer einen kleinen Milchladen in Cansas City. Sie haben immer eine gute Fassade nach außen. Sie melden sich in New York oder sonstwo. Wenn sie das Flugzeug nach Westen besteigen oder wohin sie sonst geschickt werden, tragen sie ihre Waffen in ihren Aktentaschen. Sie verhalten sich unauffällig, sind gut gekleidet und setzen sich nicht zusammen. Es könnten ein Paar Rechtsanwälte oder Steuerinspektoren sein, jemand beliebiges, der gute Manieren zeigt und unverdächtig wirkt. Alle möglichen Leute tragen Aktentaschen, sogar Frauen."

„Hundert Prozent richtig. Wenn sie landen, werden sie auf meine Spur gesetzt, aber nicht vom Flugplatz aus. Sie haben da ihre Methoden. Wenn ich zur Polizei gehe, werden sie es erfahren. Vielleicht haben sie ein paar Leute direkt im Stadtrat. Das hat's alles schon gegeben. Die Polizei wird mir vierundzwanzig Stunden Frist geben, aus der Stadt zu verschwinden. Das ist witzlos. Und in Mexiko? Da ist es schlimmer als hier. Und Kanada? Besser, aber noch nicht gut genug. Auch da haben sie Verbindungen."

„Australien?"

„Kann keinen Paß bekommen. Ich bin seit fünfundzwanzig Jahren in den Staaten, illegal eingewandert. Sie können mich nicht ausweisen, solange mir kein Verbrechen nachgewiesen werden kann, und das wird der Verein schon verhindern. Und angenommen, man sperrt mich ein? Innerhalb von vierundzwanzig Stunden bin ich gegen Kaution wieder draußen. Und meine lieben Freunde schicken einen Wagen, um mich abzuholen — nur geht's dann nicht nach Hause."

Ich hatte meine Pfeife angezündet und richtig in Gang gebracht. Stirnrunzelnd sah ich auf die Tausenddollarnote. Ich konnte sie sehr gut gebrauchen. Mein Bankkonto war so niedrig, daß es das Pflaster küssen konnte, ohne sich zu bücken.

„Hören wir auf, drumherum zu reden", sagte ich. „Angenommen — nur einmal angenommen — ich fände für Sie einen Weg heraus. Was täten Sie als nächstes?"

„Ich kenne eine Stadt. Wenn ich dorthin kommen könnte, ohne beschattet zu werden ... Ich würde meinen Wagen hierlassen und mir einen anderen mieten. Kurz vor der Kreisgrenze würde ich mir einen gebrauchten kaufen. Wenn ich die halbe Strecke zurückgelegt habe, würde ich ihn gegen einen neuen vom letztjährigen Modell tauschen, einen übriggebliebenen. Dazu ist jetzt gerade die richtige Zeit. Sie sind günstig zu haben, weil die neuen Modelle bald herauskommen. Nicht um Geld zu sparen, sondern um weniger aufzufallen. Die Stadt, wohin ich gehe, ist ziemlich groß, aber auch noch ziemlich sauber."

„Soso", sagte ich. „Wichita, nach allem, was man hört. Aber das kann sich auch geändert haben."

Er runzelte finster die Stirn. „Werden Sie ruhig frech, Marlowe, aber nicht zu frech."

„Ich werde so frech wie ich will. Versuchen Sie nicht, mir Vorschriften zu machen. Wenn ich das übernehme, gibt es für mich keine Vorschriften. Ich nehme für diesen Tausender an, und den Rest, falls es mir gelingt. Betrügen Sie mich nicht, ich könnte etwas durchsickern lassen. Wenn ich dabei umgelegt werde, setzen Sie nur eine rote Rose auf mein Grab. Ich mag keine Schnittblumen, ich sehe Blumen gern wachsen. Aber weil Sie ein so reizender Mensch sind, nehme ich an. Wann trifft das Flugzeug ein?"

„Sie kommen heute irgendwann. Von New York sind es neun Stunden. Wahrscheinlich treffen sie gegen halb sechs ein."

„Sie können auch über San Diego kommen oder über San Franzisko und dort umsteigen. Von San Diego und Frisco kommen viele Maschinen. Ich brauche einen Helfer."

„Verdammt, Marlowe . . ."

„Ruhig. Ich kenne ein Mädchen, die Tochter eines Polizeichefs, der seinen Posten verlor, weil er ehrlich war. Sie wird auch nichts verraten, wenn sie gefoltert wird."

„Sie haben kein Recht, sie in Gefahr zu bringen", sagte Ikky wütend.

Ich war so erstaunt, daß mir der Kiefer fast bis zum Gürtel herunterhing. Langsam schloß ich den Mund und schluckte.

„Mein Gott, ein Mann mit einem Herzen."

„Frauen sind für diese Art Arbeit nicht da", knurrte er unwillig.

Ich nahm die Tausenddollarnote und schnippte dagegen. „Tut mir leid, aber Quittung gibt es nicht", sagte ich. „Ich kann es mir nicht leisten, daß Sie meinen Namen in der Tasche tragen. Wenn ich Glück habe, wird es nicht heiß werden, sonst ist es aussichtslos. Es gibt nur eine Möglichkeit, daß es gelingt. Jetzt geben Sie mir Ihre Adresse und sagen Sie mir alles, was Sie wissen. Namen und Personalbeschreibungen von allen, die Sie selbst persönlich gesehen haben."

Das tat er. Er war ein ziemlich guter Beobachter. Ärgerlich war nur, daß der Verein wußte, wen er alles kannte. Die Beauftragten würden für ihn Fremde sein.

Er stand schweigend auf und streckte mir seine Hand hin. Ich mußte sie nehmen. Aber das, was er über Frauen gesagt hatte, erleichterte es mir. Seine Hand war feucht. Meine wäre es an seiner Stelle auch gewesen. Er nickte und ging schweigend hinaus.

II

Es war eine stille Straße in Bay City, sofern es in unserem Zeitalter der Beatniks noch stille Straßen gibt. Das kleine eingeschössige Haus war so sauber wie ein frisches Kinderlätzchen. Der Rasen davor war liebevoll gemäht und sehr grün. Eine glatte, geteerte Auffahrt wies keine Ölflecken von abgestellten Wagen auf, und die Hecke, die sie säumte, sah aus, als ob sie täglich von einem Friseur gestutzt würde.

Die weiße Tür hatte einen Klopfer in Form eines Tigerkopfes, ein Fensterchen, um unerwünschte Besucher abzuweisen, und so eine Vorrichtung, mit der jemand von innen mit jemandem draußen sprechen konnte, ohne das Fensterchen zu öffnen.

Ich hätte eine Hypothek auf mein linkes Bein aufgenommen, um in so einem Häuschen leben zu können. Ich glaube nicht, daß ich je dazu kommen werde. Innen schlug eine Glocke an, und nach einer Weile öffnete sie die Tür in einem blaßblauen Sporthemd und weißen Shorts, die kurz genug waren, um erfreulich zu sein. Ihre Augen waren graublau, das Haar dunkelrot und ihre Gesichtsknochen fein geformt. In den graublauen Augen lag die übliche Spur von Erbitterung. Sie konnte nicht vergessen, daß das Leben ihres Vaters durch die Niedertracht des korrupten Besitzers eines Spielschiffes ruiniert worden und daß auch ihre Mutter darüber gestorben war. Es gelang ihr, diese Erbitterung zu unterdrücken, wenn sie für grell aufgemachte Zeitschriften Schmonzetten über Liebe schrieb, aber das war nicht ihr Lebensinhalt. Einen wirklichen Lebensinhalt hatte sie nicht. Sie führte ein Dasein ohne großen Kummer und verdiente genug Geld, um gut durchzukommen. Aber in einer bedrängten Situation blieb sie so kühl und wußte sich genausogut zu helfen wie ein guter Polizist. Sie hieß Anne Riordan.

Sie trat zur Seite, und ich ging ziemlich dicht an ihr vorbei. Aber auch ich habe meine Regeln für mein Verhalten. Sie schloß die Tür, machte es sich auf einem Sofa bequem und ging durch die übliche Zigarettenroutine. Sie war eines der Mädchen, das es sich leisten kann, sich eine Zigarette selbst anzuzünden.

Ich blieb stehen und sah mich um. Sie hatte einiges geändert, nicht viel.

„Ich brauche deine Hilfe“, sagte ich.

„Sonst bekäme ich dich wohl auch nicht zu sehen.“

„Ich habe einen Klienten, der ein Ehemaliger ist. Er fingerte einmal Sachen für die Organisation, das Syndikat, die große Bande, oder wie du es sonst nennen willst. Du weißt genau, daß sie existiert und ebensoviel Geld hat wie Rockefeller. Man kann sie nicht ausrotten, weil es nicht genug Leute gibt, die das wollen, besonders nicht die Anwälte, die für sie arbeiten und dabei jährlich eine Million machen. Und die Anwaltsverbände, die größeren Wert darauf zu legen scheinen, die Interessen ihrer Kollegen zu schützen als ihr eigenes Land."

„Mein Gott, willst du dich wählen lassen? Ich habe dich noch nie so erhaben und hochtrabend daherreden hören."

Sie zog ihre Beine an sich, nicht provozierend — dazu war sie nicht der Typ — aber es fiel mir trotzdem schwer, mich auf meine Gedanken zu konzentrieren.

„Halte deine Beine ruhig", sagte ich, „oder ziehe dir wenigstens lange Hosen an."

„Verdammt noch mal, Marlowe, kannst du nie an etwas anderes denken?"

„Ich werde es versuchen. Ich denke aber gern daran, daß ich wenigstens ein hübsches und anziehendes weibliches Wesen kenne, das keine runden Fersen hat." Ich schluckte und fuhr fort. „Der Mann heißt Ikky Rosenstein. Er ist nicht schön, und es ist nichts an ihm, was mir gefällt, außer einem. Er wurde wütend, als ich sagte, daß ich ein Mädchen zur Hilfe brauchte. Er sagte, Frauen seien nicht für gefährliche Sachen dieser Art gemacht. Deshalb nahm ich den Auftrag an. Für einen echten Gangster bedeutet eine Frau nicht mehr als ein Sack Mehl. Sie geben sich mit Frauen in der üblichen Weise ab, zögern aber nicht eine Sekunde, wenn sie es für ratsam halten, eine zu beseitigen."

„Bisher hast du mir nicht mehr als einen Haufen nichtssagenden Unsinn erzählt. Vielleicht brauchst du eine Tasse Kaffee oder einen Drink."

„Du bist reizend, aber vormittags trinke ich nicht, außer in Ausnahmefällen, und jetzt liegt keiner vor. Kaffee vielleicht später. Ikky wurde ausgestrichen."

„Was soll das bedeuten?"

„Man hat eine Namensliste. Man nimmt einen Bleistift und streicht damit einen Namen aus. Der Mann ist so gut wie tot. Die Organisation hat ihre Gründe. Sie tun es heute nicht mehr, nur weil es ihnen Spaß macht. Sie tun nichts nur zum Spaß. Für sie gehört es mit zur Buchhaltung."

„Und was kann ich in aller Welt dagegen tun? Ich könnte sogar fragen, was du dagegen tun kannst?"

„Ich kann es versuchen. Was du tun kannst, besteht darin, sie zu entdecken, wenn sie mit dem Flugzeug ankommen, und aufzupassen, wohin sie gehen — die Beauftragten nämlich, die die Sache durchführen sollen."

„Gut, aber was kannst du dagegen tun?"

„Ich sagte schon, ich kann es versuchen. Wenn sie ein Nachtflugzeug genommen haben, sind sie schon hier. Wenn sie ein Morgenflugzeug genommen haben, können sie vor fünf etwa nicht ankommen. Wir haben also reichlich Zeit, uns vorzubereiten. Du weißt doch, wie sie aussehen."

„Selbstverständlich. Ich treffe täglich mit Mördern zusammen. Sie kommen zu mir und bekommen Whisky Sours und heißen Toast mit Kaviar." Sie lächelte.

Während sie lächelte, machte ich vier lange Schritte über die lohfarbenen Ornamente des Teppichs, zog sie zu mir hoch und küßte sie auf den Mund. Sie wehrte sich nicht gegen mich, aber sie fing auch keineswegs an, am ganzen Körper zu zittern. Ich ging zu meinem Platz zurück und setzte mich.

„Sie werden aussehen wie jeder andere, der ein gutgehendes Geschäft betreibt oder einen anständigen Beruf ausübt. Sie werden unauffällig angezogen und sie werden sehr höflich sein, wenn es ihnen paßt. Sie werden Aktentaschen tragen und darin Pistolen haben, die so oft den Besitzer wechselten, daß unmöglich festgestellt werden kann, wem sie gehören. Wenn sie ihren Auftrag erfüllt haben, werden sie die Waffen wegwerfen. Wahrscheinlich verwenden sie Revolver, aber es können auch Pistolen sein. Schalldämpfer werden sie nicht benutzen, weil Schalldämpfer Ladehemmungen verursachen können und weil ihr Gewicht es erschwert, genau zu schießen. Sie werden in dem Flugzeug nicht zusammensitzen, aber sobald sie aussteigen, werden sie so tun, als ob sie sich kennen würden und sich während des Fluges einfach nicht bemerkt hätten. Wahrscheinlich schütteln sie sich mit freundlichem Lächeln die Hände und steigen in das gleiche Taxi. Ich vermute, daß sie zuerst zu einem Hotel fahren. Aber sehr bald werden sie in ein anderes Haus umziehen, von wo sie Ikky beobachten und sich mit seinen Gewohnheiten vertraut machen können. Sie werden es nicht eilig haben, solange Ikky sich ruhig verhält. Daran würden sie erkennen, daß Ikky gewarnt wurde. Er habe noch ein paar Freunde dabei, sagte er."

„Werden sie ihn aus diesem Zimmer oder Apartment auf der anderen Straßenseite erschießen, vorausgesetzt, daß sie eins finden?"

„Nein. Sie werden ihn aus drei Fuß Abstand abschießen. Sie werden von hinten an ihn herantreten und sagen: ‚Hallo, Ikky.' Dann wird er entweder starr stehenbleiben oder sich umdrehen. Sie werden ihn voll Blei pumpen, ihre Waffen fallen lassen und in einen Wagen springen, der für sie bereitstehen wird. Dann werden sie hinter einem Schrittmacher den Schauplatz verlassen."

„Und wer wird den Schrittmacher fahren?"

„Irgendein wohlsituierter und ehrenwerter Mitbürger, gegen den nichts vorliegt. Er wird in seinem eigenen Wagen fahren, und er wird ihnen auf der Straße freie Bahn schaffen, auch wenn er dabei zufällig oder vorsätzlich einen anderen anfahren muß, selbst wenn es ein Polizeiwagen wäre. Er wird so verdammt unglücklich darüber sein, daß er sich sein mit einem Monogramm besticktes Hemd vollweint. Doch inzwischen sind die Mörder längst verschwunden."

„Du lieber Himmel", sagte Anne. „Wie kannst du dein Leben nur ertragen? Aber wenn es dir gelingt, diesem Ikky fortzuhelfen, schicken sie dir doch ihre Leute auf den Hals."

„Das glaube ich nicht. Sie legen keinen Außenseiter um. Die Schuld wird den Beauftragten zugeschoben. Vergiß nicht, daß die Leiter der Organisation Geschäftsleute sind. Sie wollen nur Geld, davon aber jede

Menge. Wirklich scharf werden sie nur, wenn sie glauben, daß sie sich jemand vom Hals schaffen müssen, und das tun sie nicht gern. Es besteht immer die Möglichkeit, daß etwas dabei schiefgeht. Groß ist die Möglichkeit nicht. Weder hier noch woanders ist ein Mord durch eine Organisation je aufgeklärt worden, von zwei oder drei Ausnahmen abgesehen. Lepke Buchalter wurde erledigt, und erinnerst du dich an Anastasia? Er war ungeheuer mächtig und ungeheuer hart. Zu mächtig, zu hart. Bleistift her — Strich durch."

Sie schauderte. „Ich glaube, ich muß selbst einen Schluck trinken."

Ich grinste ihr aufmunternd zu. „Das entspricht genau meiner Stimmung, Liebling. Ich werde schwach."

Sie brachte zwei Highballs mit Scotch. Als wir tranken, sagte ich: „Wenn du sie entdeckst oder zu entdecken glaubst, dann folge ihnen, wohin sie gehen, falls du es unbemerkt tun kannst, sonst nicht. Wenn es ein Hotel ist, und ich wette zehn zu eins, es ist ein Hotel, nimm dir dort ein Zimmer und rufe mich so lange an, bis du mich erreicht hast."

Sie kannte die Telefonnummer meines Büros, und ich wohnte noch in der Yuccar Avenue. Das wußte sie auch.

„Du bist ein verfluchter Kerl", sagte sie. „Frauen tun alles für dich, was du willst. Weshalb bin ich mit meinen achtundzwanzig Jahren immer noch unschuldig?"

„Wir brauchen ein paar wie dich. Weshalb heiratest du eigentlich nicht?"

„Wen denn? Irgendeinen zynischen Weiberheld, der nichts mehr anderes als seine Technik zu bieten hat? Ich kenne keinen wirklich netten Mann — außer dir. Durch weiße Zähne und ein süßes Lächeln bin ich nicht umzuwerfen."

Ich trat zu ihr und zog sie auf die Füße. Ich küßte sie lange und fest. „Ich bin ehrlich", flüsterte ich fast. „Das ist etwas. Aber ich bin durch meinen Beruf für ein Mädchen wie dich zu verdorben. Ich habe viel an dich gedacht. Ich habe mich nach dir gesehnt, aber wenn ich einen Blick in dein reines, klares Gesicht werfe, weiß ich, daß ich meine Finger von dir lassen muß."

„Nimm mich", sagte sie leise, „auch ich habe meine Träume."

„Das kann ich nicht. Ich erlebe das nicht zum erstenmal. Ich habe zu viele Frauen gekannt, um eine wie dich zu verdienen. — Wir müssen einem Menschen das Leben retten. Ich gehe jetzt!"

Sie stand auf und sah mir mit ernstem Gesicht nach.

Die Frauen, die man bekommt, und die Frauen, die man nicht bekommt — sie gehören in zwei verschiedene Welten. Ich verachte keine von beiden. Ich gehöre selbst in diese beiden Welten.

III

Auf dem internationalen Flugplatz in Los Angeles kommt man nicht an die Flugzeuge heran, wenn man nicht mit einem abfliegt. Man sieht sie landen, wenn man zufällig am richtigen Platz steht, aber wenn man die Passagiere sehen will, muß man hinter einer Barriere warten. Die Gebäude des Flughafens erleichtern es einem auch nicht. Sie erstrecken sich von hier bis zum nächsten Frühstück, und man bekommt Blasen, wenn man zu Fuß vom Schalter der TWA zu dem der PAA läuft.

Ich notierte mir die Ankunftszeiten von den angeschlagenen Fahrplänen und streunte herum wie ein Hund, der vergessen hat, wo er seinen Knochen vergrub. Flugzeuge landeten, Flugzeuge stiegen auf, Gepäckträger trugen Koffer, Reisende schwitzten und drängten sich durcheinander, Kinder wimmerten, die Lautsprecher überdröhnten alle anderen Geräusche.

Ich kam ein paarmal an Anne vorbei. Sie schenkte mir keine Beachtung.

Um fünf Uhr fünfundvierzig mußten sie eingetroffen sein. Anne war verschwunden. Ich legte noch eine halbe Stunde dazu für den Fall, daß sie aus einem anderen Grund nicht mehr da war. Nein, sie war tatsächlich fort. Ich ging zu meinem Wagen und zwängte mich die paar langgezogenen Meilen nach Hollywood zu meinem Büro durch den Verkehr. Ich trank ein Glas und saß herum. Um sechs Uhr fünfundvierzig klingelte das Telefon.

„Ich glaube, sie sind es", sagte sie. „Beverly=Western Hotel, Zimmer 410. Namen konnte ich nicht erfahren. Du weißt, die Portiers lassen heutzutage die Meldescheine nicht mehr herumliegen, und ich wollte lieber keine Fragen stellen. Aber ich fuhr mit ihnen im Fahrstuhl hinauf und stellte ihre Zimmernummer fest. Ich ging einfach an ihnen vorbei, als der Page den Schlüssel in ihre Tür steckte, fuhr dann in den Zwischenstock hinunter und ging mit einem Schwarm Weiber über die Treppe, der aus dem Teeraum kam. Ein Zimmer habe ich mir dann nicht mehr genommen."

„Wie sehen sie aus?"

„Sie kamen zusammen über die Rampe, aber ich hörte sie nicht sprechen. Beide hatten Aktentaschen, beide trugen unauffällige Anzüge, nichts Angeberisches. Weiße, gestärkte Hemden, der eine hatte eine blaue Krawatte, der andere eine schwarze mit grauen Streifen. Schwarze Schuhe. Ein paar Geschäftsleute von der Ostküste. Sie konnten Verleger oder Rechtsanwälte oder Ärzte oder Bücherrevisoren sein. Nein, streich das letzte wieder, dazu waren sie nicht auffallend genug angezogen. Kein Mensch würde sie sich zweimal ansehen."

„Sieh sie ein zweites Mal an. Ihre Gesichter."

„Beide haben mittelbraunes Haar, der eine einen Schein dunkler als der andere. Glatte, ziemlich ausdruckslose Gesichter. Der eine hat graue Augen, der mit dem helleren Haar blaue. Ihre Augen waren interessant. Sie bewegten sie sehr schnell, sehr aufmerksam, beobachteten alles in ihrer Nähe. Das dürfte ihr Fehler gewesen sein. Sie hätten sich etwas mehr mit ihren Plänen, die sie hier haben, beschäftigen oder sich für Kalifornien interessieren müssen. Sie schienen aber vor allem auf Gesichter zu achten. Es ist gut, daß ich auf sie gewartet habe und nicht du. Du siehst zwar nicht wie ein Polizist aus, du siehst aber auch nicht wie ein Mann aus, der kein Polizist ist. Du trägst Male an dir."

„Pfui. Ich bin ein verdammt gut aussehender Herzensbrecher."

„Ihre Gesichtszüge sind völlig alltäglich. Keiner von ihnen sieht wie ein Italiener aus. Jeder holte sich einen Luftkoffer ab. Der eine ist grau und hat zwei rot und weiße Streifen über dem Deckel, etwa sechs oder sieben Zentimeter von den Enden entfernt, der andere ist in einem blauweißen Tartanmuster. Ich wußte gar nicht, daß es so einen Tartan gibt."

„Den gibt es, aber ich habe seinen Namen vergessen."

„Ich denke, du weißt alles?"

„Nur fast alles. Gehe jetzt nach Hause."

„Bekomme ich kein Abendessen und vielleicht einen Kuß?"

„Später. Und wenn du nicht vorsichtig bist, bekommst du vielleicht mehr, als dir lieb ist."

„Mädchenschänder! Sei vorsichtig, ich habe eine Waffe. Übernimmst du sie jetzt und beobachtest sie?"

„Wenn sie die richtigen Leute sind, werden sie mich beobachten. Ich habe mir schon ein Apartment gegenüber von Ikky genommen. Der Block an der Pointer Avenue und die beiden angrenzenden haben etwa sechs halbseidene Apartmenthäuser in jedem Block. Ich wette, daß der Bevölkerungsanteil an Amseln dort sehr hoch ist."

„Heutzutage ist der überall hoch."

„Bis später, Anne. Du hörst von mir."

„Ich weiß – wenn du Hilfe brauchst."

Sie hängte ein. Ich hängte ein. Sie machte mich nachdenklich. Sie war zu klug, um so hübsch zu sein. Vielleicht sind aber alle hübschen Frauen auch klug. Ich rief Ikky an. Er war nicht zu Hause. Ich trank ein Glas aus der Büroflasche, rauchte eine halbe Stunde lang und rief wieder an. Diesmal erreichte ich ihn.

Ich informierte ihn über den Stand der Dinge und sagte, ich hoffte, Anne habe die richtigen Männer herausgegriffen. Ich berichtete ihm von dem Apartment, das ich gemietet hatte.

„Bekomme ich Auslagen erstattet?" fragte ich.

„Mit den fünftausend sollte alles gedeckt sein."

„Wenn ich sie verdiene und falls ich sie bekomme. Ich habe gehört, Sie besitzen eine viertel Million." Das war nichts als aufs Geratewohl geraten.

„Könnte sein, mein Freund, aber wie soll ich darankommen? Die da oben wissen, wo sie ist. Sie wird lange Zeit kaltliegen müssen."

Ich sagte, es sei schon gut. Ich hatte selbst lange kaltgelegen. Selbstverständlich rechnete ich nicht damit, die viertausend zu bekommen, selbst wenn ich den Auftrag erfüllte. Männer wie Ikky Rosenstein konnten ihrer Mutter die Goldkronen aus dem Mund stehlen. Allerdings schien er auch eine winzige Idee Anstand zu besitzen — aber in diesem Falle lag der Akzent auf winzig.

Ich verbrachte die nächste halbe Stunde damit, daß ich versuchte, einen Plan auszudenken. Ich brachte keinen zusammen, der etwas zu versprechen schien. Inzwischen war es fast acht, und ich brauchte etwas zu essen. Ich glaubte nicht, daß die Leute in der Nacht etwas unternehmen würden. Am nächsten Morgen würden sie an Ikkys Wohnung vorbeifahren und die Umgebung erkunden.

Ich war so weit, mein Büro zu verlassen, als von der Tür zu meinem Wartezimmer der Summer ertönte. Ich öffnete die Verbindungstür. Ein kleiner, hart aussehender Mann stand mitten im Zimmer, schaukelte sich, die Hände auf dem Rücken, auf den Absätzen. Er lächelte mich an, aber es wirkte nicht überzeugend. Dann kam er auf mich zu.

„Sind Sie Marlowe?"

„Wer sonst? Was kann ich für Sie tun?"

Er war jetzt dicht vor mir. Er zog schnell seine rechte Hand vor. Er hatte eine Waffe darin. Die Waffe drückte er mir gegen den Bauch.

„Sie können Ihre Finger von Ikky Rosenstein lassen", sagte er mit einer Stimme, die zu seinem Gesicht paßte, „oder Sie können Ihren Bauch voll Blei kriegen."

IV

Er war ein Amateur. Wenn er mir vier Fuß vom Leib geblieben wäre, hätte es vielleicht etwas genützt. Ich hob die Hand, nahm die Zigarette aus meinem Mund und hielt sie achtlos.

„Weshalb glauben Sie, daß ich einen Ikky Rosenstein kenne?"

Er stieß ein hohes, gezwungenes Lachen aus und drückte seine Waffe fester gegen meinen Leib.

„Möchten Sie gern wissen, was?" Der billige Hohn, der hohle Tri=

umph aus dem Machtgefühl, wenn man eine dicke Kanone in einer kleinen Hand hält.

„Es wäre fair, mir das zu sagen."

Als er den Mund zu seiner nächsten Bemerkung öffnete, ließ ich die Zigarette fallen und schlug mit einer Hand zu. Ich kann schnell sein, wenn es sein muß. Es gibt Leute, die schneller sind, aber die drücken einem nicht einen Revolver in den Bauch. Ich bekam meinen Daumen hinter den Abzug und meine Hand über seine. Ich stieß ihn mit dem Knie in den Unterleib. Mit einem Wimmern sackte er in sich zusammen. Ich drehte seinen Arm nach rechts und hatte seine Waffe in der Hand. Ich setzte einen Absatz hinter seine Füße, und er lag am Boden. Dort lag er, blinzelte vor Überraschung und Schmerzen, die Knie zum Bauch heraufgezogen. Stöhnend wälzte er sich von einer Seite auf die andere. Ich beugte mich nieder, packte seine linke Hand und riß ihn auf die Füße. Ich war ihm um sechs Zoll Größe und vierzig Pfund Gewicht überlegen. Sie hätten mir einen schicken sollen, der größer war und das Geschäft besser verstand.

„Gehen wir in meine Denkwerkstatt", sagte ich. „Dort können wir plaudern, und Sie können einen Drink haben, damit Sie wieder auf die Beine kommen. Das nächstemal gehen Sie nicht so nah an einen Kunden heran, daß er an Ihre Hand mit dem Revolver kommt. Lassen Sie mich mal nachsehen, ob Sie noch mehr Eisen bei sich haben."

Er hatte keins. Ich stieß ihn durch die Tür und in einen Sessel. Sein Atem ging nicht mehr ganz so stoßweise. Er tastete nach einem Taschentuch und wischte sich das Gesicht.

„Das nächstemal", versprach er mir zwischen den Zähnen. „Warten Sie's nur ab."

„Seien Sie nicht optimistisch. Die Rolle paßt nicht zu Ihnen."

Ich goß ihm einen Schluck Scotch in einen Papierbecher ein und setzte ihn vor ihn hin. Ich öffnete seine Achtunddreißiger und schüttelte die Patronen in die Schreibtischschublade. Dann schnappte ich die Waffe wieder zu und legte sie hin.

„Sie können sie wiederhaben, wenn Sie gehen — falls Sie gehen."

»Das ist eine schmutzige Kampfmethode«, sagte er stöhnend.

„Stimmt. Einen Mann erschießen, ist viel sauberer. Und jetzt: wie kamen Sie hierher?"

„Sie können mich mal."

„Seien Sie nicht dämlich. Ich habe Freunde, nicht viele, aber ein paar. Ich kann Sie wegen Bedrohung mit der Waffe festsetzen lassen, und was dann passiert, wissen Sie. Sie würden auf ein Habeaskorpus hin oder gegen Kaution freigelassen, und das wäre das letzte, was man je von Ihnen hören würde. Ihre Chefs haben etwas gegen Versager. Also noch mal: wer hat Sie geschickt und woher wußten Sie, wo Sie hingehen mußten?"

„Ikky wurde beschattet", antwortete er mürrisch. „Er ist dumm. Ich habe ihn ohne Schwierigkeiten hierher verfolgt. Warum suchte er einen Privatdetektiv auf? Die Leute wollen das wissen."

„Weiter."

„Gehen Sie zum Teufel."

„Dabei fällt mir ein, ich brauche Sie gar nicht wegen Bedrohung mit einer Waffe festsetzen zu lassen, ich kann es ja auch sofort und hier aus Ihnen rausquetschen."

Ich stand aus meinem Sessel auf, und er streckte mir seine flache Hand entgegen.

„Wenn mir was passiert, bekommen Sie von zwei wirklich harten Burschen Besuch. Und wenn ich mich nicht wieder melde, passiert das gleiche. Sie haben keine wirklich hohen Karten in der Hand. Die sehen nur so aus, als seien sie hoch", sagte er.

„Sie brauchen mir gar nichts zu sagen. Wenn dieser Ikky zu mir gekommen ist, dann wissen Sie nicht, weshalb, und ebensowenig, ob ich ihn angenommen habe. Wenn er zu einer Bande gehört, ist er nicht mein Typ als Klient."

„Er kam, damit Sie ihm helfen, seine Haut zu retten."

„Vor wem?"

„Das wäre ausgeplaudert."

„Reden Sie ruhig weiter. Ihr Mund scheint ganz gut zu funktionieren. Und sagen Sie Ihren Leuten, sobald ich mich mit einem Lumpen einließe, wäre ich dran."

In meinem Gewerbe muß man gelegentlich ein bißchen lügen. Ich log ein bißchen. „Was hat Ikky angestellt, um sich unbeliebt zu machen? Oder wäre das auch geplaudert?"

„Sie haben wohl eine hohe Meinung von sich", höhnte er und rieb sich die Stelle, die ich mit meinem Knie getroffen hatte. „In meinem Verein wären Sie nicht mal in der Reservemannschaft."

Ich lachte ihm ins Gesicht. Dann packte ich sein rechtes Handgelenk und drehte ihm den Arm hinter den Rücken. Er begann zu jaulen. Mit der linken Hand griff ich in seine Brusttasche und zog seine Brieftasche heraus. Ich ließ ihn los. Er griff nach seiner Waffe auf dem Schreibtisch, und ich lähmte seinen Arm mit einem harten Handkantenschlag auf den Bizeps. Stöhnend fiel er in meinem Klientensessel zurück.

„Sie können Ihre Waffe wiederhaben", erklärte ich ihm, „wenn ich sie Ihnen gebe. Und jetzt seien Sie artig, oder ich muß Sie nur zum Spaß ein bißchen hart anfassen."

In der Brieftasche fand ich einen Führerschein auf den Namen Charles Hickon. Es nützte mir gar nichts. Gesindel seiner Sorte führt immer unverfänglich klingende Pseudonyme. Wahrscheinlich nannten sie ihn Tiny oder Slim oder Murmel oder einfach „He du". Ich warf ihm die Brieftasche wieder zu. Sie fiel auf den Boden. Er konnte sie nicht einmal fangen.

„Teufel", sagte ich, „Sie müssen Sparmaßnahmen eingeführt haben, um einen Burschen wie Sie zu etwas anderem loszuschicken, als Zigerettenkippen zu sammeln."

„Sie können mich mal."

„Also schön, Kerl, machen Sie, daß Sie zurück in die Wäscherei kommen. Hier ist Ihr Revolver."

Er nahm ihn, veranstaltete eine große Schau damit, daß er ihn unter seinen Hosenbund schob, stand auf, warf mir den heimtückischsten Blick zu, über den er verfügte, und schlenderte zur Tür so nonchalant wie eine Amsel mit einer neuen Nerzstola. An der Tür drehte er sich um und sah mich giftig an.

„Halten Sie Ihre Finger sauber, Blechbüchse. Blech kann man leicht zerbeulen."

Mit diesem überwältigenden Abschiedsgruß öffnete er die Tür und verschwand.

Nach einer kleinen Weile verschloß ich meine andere Tür, stellte den Summer ab, drehte das Licht aus und ging. Ich sah keinen, der wie ein Totschläger aussah. Ich fuhr zu mir nach Hause, packte einen Koffer, fuhr zu einer Tankstelle, wo man mich beinahe liebte, stellte meinen Wagen unter und mietete einen Hertz Chevrolet. Ich fuhr zur Poynter Street, stellte meinen Koffer in dem schäbigen Apartment ab, das ich früh am Nachmittag gemietet hatte, und ging zu Victors, um zu essen. Es war neun Uhr, zu spät, um nach Bay City zu fahren und Anne zum Abendessen abzuholen. Sicher hatte sie ihres schon lange gemacht.

Ich bestellte mir einen doppelten Gibson mit frischem Limesaft und trank ihn und war so hungrig wie ein Schuljunge.

V

Auf dem Rückweg zur Poynter Street fuhr ich viel im Zick=Zack hin und her, umkreiste Blocks und hielt an, eine Waffe auf dem Sitz neben mir. Soweit ich es beurteilen konnte, versuchte niemand, mich zu verfolgen.

Auf dem Sunset Boulevard hielt ich bei einer Tankstelle und führte aus der Telefonzelle zwei Gespräche. Ich erwischte Bernie Ohls gerade noch, als er im Begriff stand, nach Hause zu gehen.

„Hier ist Marlowe, Bernie. Wir haben uns seit Jahren nicht mehr herumgeschlagen. Ich fange an, mich einsam zu fühlen."

„Dann heirate doch. Ich bin jetzt Chefermittler in der Dienststelle des Sheriffs. Ich habe den Dienstgrad eines Hauptmanns, bis ich endgültig die Prüfung bestanden habe. Mit Privatdetektiven unterhalte ich mich kaum noch."

„Unterhalte dich mit mir. Ich könnte Hilfe brauchen. Ich habe eine kitzelige Geschichte in der Hand, bei der ich umgelegt werden könnte."

„Und du erwartest von mir, daß ich mich dem natürlichen Ablauf der Dinge in den Weg stelle?"

„Jetzt mal im Ernst gesprochen, Bernie. So übel bin ich schließlich nicht. Ich versuche, einen Exgangster vor einem Paar Henkern zu retten."

„Je mehr von denen sich gegenseitig umlegen, desto lieber ist es mir."

„Schon, aber wenn ich dich anrufe, dann komme schnell oder schicke ein paar gute Leute. Du hast ja inzwischen Zeit gehabt, ihnen was beizubringen."

Wir tauschten noch ein paar gemäßigte Beleidigungen aus und hängten ein. Dann wählte ich Ikky Rosensteins Nummer. Seine ziemlich unangenehme Stimme sagte: „Ja, was gibt's?"

„Marlowe. Seien Sie gegen Mitternacht bereit, abzufahren. Wir haben Ihre Freunde entdeckt, und sie haben sich im Beverly-Western eingenistet. Heute nacht werden sie in Ihrer Straße noch nicht auftauchen. Vergessen Sie nicht, sie wissen nicht, daß Sie gewarnt wurden."

„Das klingt mir gefährlich."

„Gütiger Gott, ein Sonntagsschulpicknick konnten Sie doch nicht erwarten. Sie waren unvorsichtig, Ikky. Sie wurden zu meinem Büro verfolgt. Dadurch haben wir weniger Zeit."

Er schwieg einen Augenblick. Ich hörte seinen Atem. „Von wem?" fragte er.

„Irgendeinem kleinen Lumpen, der mir einen Revolver in den Bauch drückte, daß ich mir die Mühe machen mußte, ihm das Ding abzunehmen. Ich kann mir nur denken, sie schickten mir diesen Anfänger, weil sie nicht wollten, daß ich zuviel erfuhr, für den Fall, daß ich nicht schon alles wußte."

„Machen Sie sich auf einiges gefaßt, Marlowe."

„Das bin ich sowieso. Gegen Mitternacht komme ich zu Ihnen. Seien Sie dann fertig. Wo haben Sie Ihren Wagen?"

„Vor dem Haus."

„Bringen Sie ihn in eine Seitenstraße und schließen Sie ihn umständlich ab. Wo ist die Hintertür an Ihrem Kasten?"

„Auf der Rückseite, wo soll sie sonst sein?"

„Lassen Sie Ihre Koffer dort stehen. Wir gehen zusammen aus dem Haus und zu Ihrem Wagen. Wir fahren in die Hintergasse und holen die Koffer und was Sie sonst haben ab."

„Angenommen, es stiehlt sie einer da?"

„Na und? Angenommen, man macht Sie tot? Was gefällt Ihnen besser?"

„Also gut", grunzte er, „ich warte. Aber wir riskieren verdammt viel."

„Das tun Rennfahrer auch. Lassen die sich dadurch abhalten? Es gibt keine andere Möglichkeit, als schnell zu verschwinden. Machen Sie um zehn das Licht aus und bringen Sie das Bett gründlich in Unordnung. Es wäre auch gut, wenn Sie einen Teil Ihres Gepäcks zurücklassen. Es sieht dann nicht so geplant aus."

Er grunzte zustimmend, und ich hängte ein.

Die Telefonzelle war von außen gut beleuchtet. Das sind sie auf Tankstellen im allgemeinen. Ich sah mich gründlich nach allen Richtungen um, während ich in der Tankstelle in den Karten blätterte, die sie dort als Reklame verteilten. Ich sah nichts, was mich beunruhigte. Nur so nahm ich eine Karte von der Strecke nach San Diego mit und stieg in meinen gemieteten Wagen.

In der Poynter Street parkte ich um die Ecke und ging in den zweiten Stock in mein schäbiges Apartment hinauf, setzte mich im Dunkeln hin und beobachtete von meinem Fenster aus. Ich sah nichts, was einen beunruhigen konnte.

Ein paar mittelklassige Mädchen kamen aus Ikkys Apartmenthaus und wurden von einem Wagen des vorjährigen Modells aufgenommen. Ein Mann etwa von Ikkys Größe und Körperbau ging in das Apartmenthaus hinein. Verschiedene Leute kamen und klingelten. Auf der Straße war es ziemlich still. Seit sie die Hollywood-Fernstraße in Betrieb genommen haben, ist in den vom Boulevard abgelegenen Straßen kaum noch starker Verkehr, es sei denn, die Leute wohnen in dieser Gegend.

Es war ein schöner Herbstabend — oder so schön, wie sie in dem verdorbenen Klima von Los Angeles werden — fast klar, aber nicht einmal frisch. Ich weiß nicht, was in unserer überfüllten Stadt aus dem

Wetter geworden ist, aber es ist nicht mehr das Wetter, das ich kennenlernte, als ich hierherkam.

Es schien mir eine lange Zeit bis Mitternacht. Ich konnte niemand entdecken, der irgend etwas beobachtete, und auch kein Paar unauffällig gekleideter Männer hielt sich vor irgendeinem der sechs verfügbaren Apartmenthäuser auf.

Ich war ziemlich sicher, daß sie es in meinem zuerst versuchen würden, wenn sie kamen, und falls Anne die richtigen Männer entdeckt hatte, und falls überhaupt jemand gekommen war, und falls die Nachricht des kleinen Gauners an seine Chefs mir etwas genutzt hatte, oder überhaupt.

Trotz der hundert Möglichkeiten, daß Anne sich geirrt haben konnte, hatte ich das Gefühl, daß sie recht hatte. Die Mörder hatten keinen Grund, übertrieben vorsichtig zu sein, solange sie nicht wußten, daß Ikky gewarnt worden war.

Keinen, außer einem. Er war in mein Büro gekommen und war auf dem Weg dorthin beschattet worden. Aber die Organisation konnte mit der Arroganz der Mächtigen über die Vorstellung, daß er gewarnt worden war und bei mir Hilfe gesucht hatte, auch einfach gelacht haben. Ich war so klein, daß sie kaum in der Lage waren, mich zu sehen.

Um Mitternacht verließ ich das Apartment, schlenderte zwei Blocks weit und paßte auf, ob ich verfolgt würde, überquerte die Straße und ging in das Haus, in dem Ikky wohnte. Die Tür war nicht verschlossen, und einen Fahrstuhl gab es nicht. Ich kletterte die Treppe in den dritten Stock hinauf und suchte nach seinem Apartment. Ich klopfte leicht. Mit einer Waffe in der Hand öffnete er die Tür. Wahrscheinlich sah er verängstigt aus.

Neben der Tür standen zwei Koffer und ein weiterer an der hinteren Wand. Ich ging hinüber und hob ihn hoch. Er war schwer genug. Ich drückte auf die Schlösser, er war unverschlossen.

„Sie brauchen sich nicht zu sorgen“, sagte er, „er enthält alles, was ein Mann für drei bis vier Tage braucht, und nichts außer ein paar Kleidungsstücken, die ich nicht in jedem beliebigen Konfektionsgeschäft wieder bekommen kann.“

Ich nahm einen der anderen. „Bringen wir die jetzt zur Hintertür."

„Wir können auch zur Hintertür aus dem Haus gehen."

„Wir gehen zur Vordertür hinaus. Nur für den Fall, daß wir beobachtet werden – obwohl ich das nicht glaube. Wir sind einfach zwei, die zusammen ausgehen. Vor allem merken Sie sich eins. Halten Sie beide Hände in Ihren Manteltaschen und Ihre Waffe in der Rechten. Wenn irgend jemand Sie von hinten mit Namen anruft, drehen Sie sich schnell um und schießen Sie. Das macht nämlich nur einer, der Ihnen an den Kragen will. Ich tue das gleiche."

„Ich habe Angst", sagte er mit seiner knarrenden Stimme.

„Ich auch, wenn Ihnen das was nützt. Aber wir müssen es so tun. Wenn Sie einer anruft, hat er eine Waffe in der Hand. Halten Sie sich nicht damit auf, ihm Fragen zu stellen. Mit Worten gibt er keine Antwort. Wenn es nur mein kleiner Freund ist, werden wir ihn abkühlen und hinter eine Tür packen. Haben Sie verstanden?"

Er nickte, leckte sich die Lippen. Wir trugen die Koffer hinunter und stellten sie draußen vor der Hintertür ab. Ich spähte die Hintergasse entlang. Niemand zu sehen. Es war nur ein kurzes Stück bis zur Seitenstraße. Wir traten wieder in das Haus und gingen durch den Gang zur Vorderseite. Wir gingen mit der ganzen Gelassenheit einer Hausfrau, die ihrem Mann zum Geburtstag eine Krawatte kauft, auf die Poynter Street hinaus.

Niemand zeigte sich. Die Straße war leer. Wir gingen um die Ecke zu Ikkys Wagen. Er schloß ihn auf. Ich ging mit ihm zurück, um die Koffer zu holen. Nichts regte sich. Wir stellten die Koffer in den Wagen, stiegen ein und fuhren bis zur nächsten Straße. Wir kamen an einer Verkehrsampel vorbei, die nicht funktionierte, mußten auf dem Boulevard ein- oder zweimal anhalten, erreichten die Einfahrt in die Fernstraße.

Selbst um Mitternacht herrschte hier noch starker Verkehr. Kalifornien ist von Leuten bevölkert, die unterwegs sind und die es eilig haben. Wenn man keine hundertzwanzig fährt, überholt einen alles. Wenn man dieses Tempo mithält, muß man im Rückspiegel auf die Streifenwagen aufpassen. Es ist das Rattenrennen aller Rattenrennen.

Ikky fuhr gemäßigte Siebzig. Wir erreichten die Kreuzung mit der Straße 66, und er bog in sie ein. Bisher war nichts geschehen. Ich fuhr mit ihm bis Pomona.

„Das ist mir weit genug", sagte ich. „Ich nehme einen Bus zurück, wenn es einen gibt, oder übernachte in einem Motel. Halten Sie bei einer Tankstelle und lassen Sie mich fragen, wo die Bushaltestelle ist. Sie müßte in der Nähe der Fernstraße sein. Fahren wir in die Innenstadt weiter."

Das tat er und hielt dann in der Mitte eines Blocks an. Er griff nach seiner Brieftasche und hielt mir vier Tausenddollarnoten hin.

„Ich glaube eigentlich nicht, daß ich es verdient habe. Es ging zu leicht."

Er lachte mit einer Art schiefer Belustigung auf seinem schwammigen Gesicht. „Seien Sie kein Dummkopf. Ich habe es geschafft. Sie wußten nicht, worauf Sie sich eingelassen haben. Vor allem, für Sie fängt der Ärger erst an. Die Organisation hat überall Augen und Ohren. Wenn ich verdammt vorsichtig bin, bin ich vielleicht sicher, vielleicht auch nicht so sicher, wie ich glaube. Jedenfalls taten Sie, was ich von Ihnen verlangt habe. Nehmen Sie das Geld. Ich habe reichlich."

Ich nahm es und steckte es ein. Er fuhr zu einer Nachttankstelle weiter, wo man uns sagte, wo wir die Bushaltestelle finden konnten. „Um zwei Uhr fünfundzwanzig fährt ein Überland-Greyhound", sagte der Tankwart, während er auf den Fahrplan sah. „Der nimmt Sie mit, wenn Platz ist."

Ikky fuhr zu der Bushaltestelle. Wir schüttelten uns die Hand, und er brauste in Richtung der Fernstraße davon. Ich sah auf meine Uhr, fand einen noch geöffneten Schnapsladen und kaufte mir eine halbe Flasche Scotch. Dann fand ich eine Bar und bestellte mir einen doppelten Whisky mit Wasser.

Meine Schwierigkeiten beginnen erst, hatte Ikky gesagt. Er hatte völlig recht.

Auf dem Busbahnhof in Hollywood stieg ich aus, nahm mir ein Taxi und fuhr zu meinem Büro. Ich bat den Fahrer, ein paar Minuten zu warten. Um diese Zeit in der Nacht tat er das gern. Der farbige Nachtwächter ließ mich in das Haus ein.

„Sie arbeiten heute wieder spät, Mr. Marlowe. Aber das tun Sie ja immer."

„In meinem Beruf ist das so", antwortete ich.

Oben in meinem Büro tastete ich den Fußboden nach Post ab und fand nur ein längliches, schmales Päckchen, das mit Eilboten gekommen war. Die Briefmarke war in Glendal abgestempelt.

Es enthielt nichts außer einem frisch gespitzten Bleistift. Die Todeswarnung der Bande.

VI

Ich nahm sie nicht zu ernst. Wenn es wirklich ihre Absicht ist, schicken sie einem das nicht. Ich betrachtete es als eine scharfe Warnung, mich draußen zu halten. Vielleicht hatten sie die Absicht, mich verprügeln zu lassen. Von ihrem Standpunkt aus würde das der Disziplin nützlich sein. „Wenn wir einen Namen ausstreichen, muß jeder, der versucht, den Mann zu retten, Prügel bekommen." Das etwa konnte es bedeuten.

Ich überlegte, ob ich nach Hause in die Yucca Avenue gehen sollte. Zu einsam. Ich überlegte, ob ich zu Anne nach Bay City fahren solle. Noch schlechter. Wenn sie ihr auf die Spur kamen, würden sich wirkliche Schufte nichts daraus machen, sie zu vergewaltigen und anschließend zusammenzuschlagen.

Für mich gab es im Moment nur die Bude in der Poynter Street. Das war der bei weitestem sicherste Platz. Ich ging zu dem wartenden Taxi hinunter und ließ mich zu einer Stelle drei Blocks entfernt von dem sogenannten Apartmenthaus fahren. Ich ging nach oben, zog mich aus und schlief schlecht. Nichts störte mich, außer einer gebrochenen Sprungfeder. Sie bohrte mir in den Rücken. Bis halb vier lag ich wach, und mein Gehirn beschäftigte sich angestrengt mit der vorliegenden Situation. Ich hatte mich mit meiner Waffe unter dem Kissen hingelegt. Das ist ein wenig geeigneter Platz, um eine Waffe aufzubewahren, wenn das Kissen so dick und so weich wie ein Schreibmaschinenfilz ist. Sie störte mich, darum nahm ich sie in die rechte Hand. Die Übung hatte mich gelehrt, sie selbst im Schlaf darin zu halten.

Ich erwachte bei strahlender Sonne. Ich fühlte mich wie ein Stück schlecht gewordenes Fleisch. Ich kämpfte mich in das Bad und tunkte mich selbst in kaltem Wasser, wischte es mit einem Handtuch ab, das man nicht sehen konnte, wenn man es seitlich hielt. Dieses Apartment war wirklich überwältigend. Es fehlte nur noch eine Chippendale=Garnitur, und es wäre reif für die Slums gewesen.

Zu essen gab es in dem Apartment nichts, und wenn ich es verlassen würde, konnte der nie etwas verpassende Marlowe vielleicht doch etwas verpassen. Ich hatte eine halbe Flasche Whisky. Ich betrachtete sie und roch daran, aber als Frühstück auf leeren Magen schien sie mir ungenießbar, selbst wenn ich das Zeug herunterbekommen hätte, denn mein Magen schwankte irgendwo unter der Decke. Ich sah in den Schränken nach für den Fall, daß einer der früheren Mieter bei seinem überstürzten Auszug eine Brotkruste zurückgelassen hatte. Vergeblich. Sie hätte mir sowieso nicht geschmeckt, nicht einmal mit dem Whisky dazu. Also setzte ich mich ans Fenster. Eine Stunde später wäre ich fähig gewesen, ein Stück von einem Hausdiener abzubeißen.

Ich zog mich an, ging um die Ecke zu dem Mietwagen und fuhr zu einem Speiselokal. Auch die Kellnerin war schlecht gelaunt. Sie wischte mit einem Lappen vor mir über den Tisch und fegte mir die Krümel des letzten Gastes auf die Knie.

„Hören Sie mal, meine Süße“, sagte ich, „seien Sie nicht so großzügig. Heben Sie die Krümel für schlechte Zeiten auf. Ich möchte nur zwei Eier, drei Minuten gekocht, länger nicht, eine Scheibe von eurem berühmten Betontoast, ein großes Glas Tomatensaft mit einem Spritzer Worcestersoße, ein glücklich strahlendes Lächeln, und geben Sie auf keinen Fall irgend jemand anderem Kaffee. Wahrscheinlich brauche ich ihn restlos für mich.“

„Ich bin erkältet“, antwortete sie, „darum hetzen Sie mich nicht so. Es könnte sein, daß ich Ihnen eine schmiere.“

„Vertragen wir uns, ich habe auch eine schlechte Nacht hinter mir.“

Sie zeigte den Ansatz zu einem halben Lächeln und schob sich seitwärts durch die Klapptür. Das stellte ihre Kurven besser zur Schau, die ausgeprägt, sogar überschwenglich waren. Aber ich bekam die Eier so, wie ich sie haben wollte. Der Toast war mit geschmolzener Butter bestrichen, die ihre beste Zeit hinter sich hatte.

„Worcestersoße gibt es nicht", sagte sie, als sie den Tomatensaft vor mich hinstellte. „Wie wäre es mit etwas Tabasco? Arsenik ist uns auch gerade ausgegangen."

Ich nahm zwei Tropfen von der Tabasco, verschlang die Eier, trank zwei Tassen Kaffee und stand im Begriff, den Toast als Trinkgeld zurückzulassen, als ich weich wurde und statt dessen einen Vierteldollar hinlegte. Das heiterte sie wirklich auf. Es war ein Lokal, in dem man zehn Cent oder gar nichts gab. Meistens gar nichts.

In der Poynter Street hatte sich nichts verändert. Ich trat wieder zu meinem Fenster und setzte mich. Gegen halb neun kam der Mann, den ich in das Apartmenthaus auf der anderen Straßenseite hatte gehen sehen — der eine, der etwa die gleiche Größe und Figur wie Ikky hatte — mit einer kleinen Aktentasche heraus und wandte sich nach Osten. Zwei Männer stiegen aus einer dunkelblauen Limousine. Sie waren von gleicher Größe, sehr unauffällig gekleidet und hatten weiche Hüte tief in ihre Stirn gezogen. Jeder zog einen Revolver.

„He, Ikky", rief der eine von ihnen.

Der Mann drehte sich um.

„Das wär's, Ikky", sagte der andere.

Schüsse krachten zwischen den Häuserwänden. Der Mann sackte zusammen und blieb bewegungslos liegen. Die beiden stürzten zu ihrem Wagen und fuhren los nach Westen. Einen halben Block weiter sah ich einen Cadillac abfahren, der sich vor sie setzte.

Sie waren im Nu verschwunden.

Es war hübsche, schnelle, saubere Arbeit. Das einzige, was daran falsch war, sie hatten sich nicht genug Zeit zur Vorbereitung genommen.

Sie hatten den falschen Mann erschossen.

VII

Ich kam schnell aus dem Haus, fast so schnell wie die beiden Mörder. Um den toten Mann hatte sich eine kleine Gruppe gebildet. Ich brauchte ihn mir nicht zweimal anzusehen, um zu wissen, daß er wirklich tot war. Diese Jungens waren Experten. Er lag auf der anderen Straßenseite auf dem Bürgersteig. Sehen konnte ich ihn nicht. Leute standen im Weg. Aber ich wußte genau, wie er aussehen würde, und ich hatte in der Ferne schon Sirenen gehört. Es hätte zwar auch nur eine Routinestreife auf dem Sunset Boulevard sein können, aber das war es nicht. Folglich hatte jemand telefoniert.

Ich schlenderte mit meinem Koffer in der Hand um die Ecke, warf ihn in den Mietwagen und verließ die Gegend. Sie hatte für mich jeden Reiz verloren. Ich hörte die Fragen schon im Ohr.

Was brachte Sie in diese Gegend, Marlowe? Sie hatten sich dort ein Apartment gemietet. Wozu?

Ich wurde von einem Exgangster engagiert, der Schwierigkeiten mit seiner Organisation hatte. Sie hatten Scharfschützen auf ihn angesetzt.

Nun sagen Sie bloß nicht, daß er anständig werden wollte.

Das weiß ich nicht, aber sein Geld konnte ich gebrauchen.

Sie taten aber nicht viel, um es zu verdienen. Meinen Sie nicht?

Gestern nacht schaffte ich ihn fort. Wo er jetzt ist, weiß ich nicht. Ich will es auch nicht wissen.

Sie schafften ihn fort?

Das habe ich gesagt.

Ah, so. Nur ist er jetzt mit zahlreichen Schußverletzungen im Leichenschauhaus. Denken Sie sich was Besseres aus. Oder es kommt noch jemand ins Leichenschauhaus.

Und wieder und wieder. Dialoge mit Polizisten. Altes, abgedroschenes Zeug. Was sie sagen, ist sinnlos, was sie fragen, ist auch sinnlos. Sie bohren einfach nur immer weiter, bis man so fertig ist, daß man sich bei einer Einzelheit verrät. Dann lächeln sie glücklich und reiben sich die Hände und sagen: Das war wohl ein bißchen unvorsichtig. Fangen wir doch noch mal ganz von vorn an.

Je weniger ich damit zu tun hatte, um so besser. Ich parkte auf meinem üblichen Parkplatz und ging in mein Büro hinauf. Es war nichts drin außer abgestandener Luft. Jedesmal, wenn ich das Loch betrat, fühlte ich mich müder und müder. Warum, zum Teufel, hatte ich mir nicht vor zehn Jahren einen Posten bei einer Behörde beschafft? Oder sagen wir vor fünfzehn Jahren. Mein Verstand hätte gereicht, um in einem Fernkursus eine juristische Prüfung zu bestehen. Das Land ist voll von Rechtsanwälten, die ohne Textvorlage keine Klageschrift aufsetzen können.

Ich setzte mich also in meinen Bürosessel und verhehlte mir meinen Mangel an Bewunderung für mich selbst nicht. Nach einer Weile fiel mir der Bleistift ein. Ich traf gewisse Vorkehrungen mit einer Fünfundvierziger, eine zu große Waffe, als daß ich sie je bei mir trüge — sie wiegt so viel. Ich wählte die Nummer der Dienststelle des Sheriffs und verlangte Bernie Ohls. Ich erreichte ihn. Seine Stimme klang mürrisch.

„Hier Marlowe. Ich stecke in Schwierigkeiten — in wirklichen Schwierigkeiten."

„Warum sagst du das mir?" knurrte er. „Daran mußt du dich doch inzwischen gewöhnt haben."

„Das sind Schwierigkeiten, an die man sich nie gewöhnt. Ich möchte zu dir kommen und sie dir erzählen."

„Hast du noch das gleiche Büro?"

„Ja, das gleiche."

„Ich muß in deine Gegend. Ich komme bei dir vorbei."

Er hängte ein. Ich öffnete zwei Fenster. Die sanfte Brise wehte den Geruch nach Kaffee und abgestandenem Fett aus Joe's Kneipe von nebenan herein. Ich fand ihn abscheulich, ich fand mich selbst abscheulich, ich fand alles abscheulich.

Ohls hielt sich nicht in meinem eleganten Vorzimmer auf. Er klopfte an meiner eigenen Tür, und ich ließ ihn ein. Mit gerunzelter Stirn begab er sich zu meinem Besuchersessel.

„Also schieß los."

„Je von einer Type namens Ikky Rosenstein gehört?"

„Warum sollte ich? Ist er vorbestraft?"

„Er ist ein Exgangster, der sich bei seinem Haufen unbeliebt gemacht hat. Sie nahmen den Bleistift und strichen seinen Namen aus und schickten ihm die beiden üblichen harten Burschen mit einem Flugzeug auf den Hals. Er wurde gewarnt und engagierte mich, um ihm zu helfen, fortzukommen."

„Hübsche, saubere Arbeit."

„Laß das jetzt, Bernie."

Ich zündete mir eine Zigarette an und bließ ihm Rauch ins Gesicht. Zur Vergeltung begann er an einer Zigarette zu kauen. Er steckte sich nie eine an, aber er verschlang sie buchstäblich.

„Hör zu", fuhr ich fort. „Nehmen wir an, der Mann wollte ehrlich werden, oder nehmen wir auch an, er wollte nicht. Solange er niemand umgebracht hat, hat er ein Recht auf sein Leben. Mir sagte er, er hätte keinen umgebracht."

„Und du hast dem Lumpen geglaubt, was? Wann fängst du an, in der Sonntagsschule zu unterrichten?"

„Ich habe ihm weder geglaubt, noch habe ich ihm nicht geglaubt. Ich habe den Auftrag angenommen. Ich hatte keinen Grund, es nicht zu tun. Ein Mädchen, das ich kenne, und ich beobachteten gestern die ankommenden Flugzeuge. Sie entdeckte das Paar und folgte ihm in ein Hotel. Sie war überzeugt, daß es die Richtigen waren. Sie sahen bis zur Spitze ihrer schwarzen Schuhe ganz danach aus. Sie verließen das Flugzeug jeder für sich und taten dann so, als ob sie sich kennen würden, sich in dem Flugzeug aber nicht bemerkt hätten. Dieses Mädchen . . ."

„Hat sie auch einen Namen?"

„Nur für dich."

„Wenn sie gegen kein Gesetz verstoßen hat, kümmere ich mich um sie."

„Sie heißt Anne Riordan und wohnt in Bay City. Ihr Vater war da mal Polizeichef. Und nun behaupte nicht, daß er deswegen schon ein Schuft war. Er war es nämlich nicht."

„Soso. Und nun erzähl den Rest. Beeil dich ein bißchen dabei."

„Ich nahm mir ein Apartment gegenüber von Ikky. Die beiden waren noch in ihrem Hotel. Um Mitternacht holte ich Ikky heraus und brachte ihn bis nach Ponoma. Er fuhr in seinem Mietwagen weiter, und ich kam mit dem Bus zurück. Ich ging in das Apartment in der Poynter Street, direkt gegenüber von seiner Wohnung."

„Warum das, wenn er schon fort war?"

Ich öffnete die Mittelschublade des Schreibtisches und nahm den schön gespitzten Bleistift heraus. Ich schrieb meinen Namen auf ein Stück Papier und strich ihn dann mit dem Bleistift durch.

„Weil mir jemand das hier geschickt hat. Ich glaube nicht, daß sie mich umlegen wollen, aber ich denke, daß sie mich genügend verprügeln wollen, um mich davon abzuhalten, mich weiter um die Geschichte zu kümmern."

„Wissen sie denn, daß du daran beteiligt warst?"

„Ikky wurde auf dem Weg hierher von einem kleinen Kerl verfolgt, der später zu mir kam und mir einen Revolver in den Bauch drückte. Ich habe ihn ein bißchen hart angefaßt, aber ich mußte ihn laufen lassen. Danach hielt ich Poynter Street für sicherer. Ich lebe ziemlich einsam."

„Ich komme herum", meinte Bernie Ohls, „ich lese die Polizeiberichte. Sie haben also den Falschen umgelegt."

„Er hatte die gleiche Größe, die gleiche Figur, die gleiche allgemeine Erscheinung. Ich sah, wie sie ihn umlegten. Ich könnte nicht sagen, ob es die beiden Burschen aus dem Beverly-Western-Hotel waren. Die habe ich nie gesehen. Es waren einfach zwei Männer in dunklen Anzügen, die sich die Hüte ins Gesicht gezogen hatten. Sie sprangen in eine blaue Pontiac-Limousine, etwa zwei Jahre alt, und rasten davon, wobei ein großer Cadillac ihnen den Weg bahnte."

Bernie stand auf und starrte mich einen langen Augenblick an. „Ich glaube nicht, daß sie sich jetzt mit dir abgeben werden", sagte er. „Sie haben den Falschen umgelegt. Die Bande wird sich eine Weile sehr still verhalten. Ich will dir was sagen. Diese Stadt wird bald ebenso miserabel wie New York, Brooklyn und Chikago. Wenn es so weitergeht, wird sie noch wirklich korrupt."

„Wir sind auf dem besten Wege dazu."

„Du hast mir nichts gesagt, woraufhin ich etwas unternehmen kann,

Phil. Ich werde mit den Leuten von der Mordkommission sprechen. Ich glaube nicht, daß du in Gefahr bist. Aber du hast die Schießerei gesehen. Darüber werden sie mehr von dir wissen wollen."

„Ich könnte niemand identifizieren, Bernie. Ich kannte den Mann nicht, der erschossen wurde. Aber woher weißt du, daß es der Falsche war?"

„Das hast du mir gesagt, Dummkopf."

„Ich dachte, die Mordkommission wüßte vielleicht was von ihm."

„Falls es so ist, sagen sie es mir nicht. Außerdem haben sie kaum Zeit zum Frühstücken gefunden. Für sie ist er einfach eine Leiche im Leichenschauhaus, bis sie vom Erkennungsdienst etwas über ihn erfahren. Aber sie werden sich mit dir unterhalten wollen, Phil. Die sind einfach verliebt in ihre Tonbandgeräte."

Er ging, und die Tür fiel hinter ihm ins Schloß. Ich saß da und fragte mich, ob es nicht eine Dummheit gewesen war, mit ihm zu reden. Oder mich um Ikkys Schwierigkeiten zu kümmern. Fünftausend kleine grüne Scheine sagten nein. Aber auch die können sich irren.

Jemand polterte an meine Tür. Es war eine Uniform, die mir ein Telegramm hinhielt. Ich quittierte und riß es auf.

Es lautete: „Auf dem Weg nach Flagstaff Mirador Motor Court. Glaube, wurde entdeckt, schnell kommen."

Ich zerriß das Telegramm in kleine Fetzen und verbrannte sie in meinem großen Aschbecher.

VIII

Ich rief Anne Riordan an.

„Eine komische Geschichte ist passiert", sagte ich ihr und berichtete ihr die komische Geschichte.

„Der Bleistift gefällt mir nicht", sagte sie, „und daß der falsche Mann erschossen wurde, gefällt mir nicht. Wahrscheinlich irgendein armer Buchhalter in einem bescheidenen Unternehmen. Sonst würde er nicht in dieser Gegend leben. Du hättest dich auf die Angelegenheit nicht einlassen sollen, Phil."

„Ikky ist ein Mensch. Vielleicht wird er dort anständig, wo er hin=

geht. Er kann einen anderen Namen annehmen. Er muß reichlich Geld haben, sonst hätte er mich nicht so hoch bezahlt."

„Noch einmal, mir gefällt der Bleistift nicht. Es ist besser, wenn du eine Zeitlang hierherkommst. Du kannst dir deine Post nachschicken lassen, falls überhaupt Post kommt. Du brauchst ja jetzt sowieso nicht sofort wieder zu arbeiten. Und Los Angeles ist von Privatdetektiven überschwemmt."

„Du verstehst nicht, worauf es ankommt. Ich bin mit der Geschichte noch nicht fertig. Die Polypen müssen erfahren, wo ich bin, und wenn sie es wissen, erfahren es auch alle Polizeireporter. Die Polypen werden vielleicht sogar auf die Idee kommen, mich zu verdächtigen. Keiner, der die Schießerei sah, wird von den Tätern eine Beschreibung geben, mit der man was anfangen kann. Die Leute in Amerika wissen heute zu gut Bescheid, um sich als Zeugen bei einer Gangsterschießerei herzugeben."

„Wie du willst, Überkluger, aber mein Angebot bleibt bestehen."

Der Summer in dem Vorzimmer schnarrte. Ich sagte Anne, daß ich einhängen müsse. Ich öffnete die Verbindungstür, und ein gutgekleideter — man könnte sogar sagen — elegant gekleideter Mann mittleren Alters stand sechs Fuß von der Außentür entfernt. Er hatte ein freundliches, unehrliches Lächeln im Gesicht. Er trug einen breitkrempigen, weißen Stetson und eine dieser schmalen Krawatten, die durch eine Schmuckschnalle gezogen werden. Sein rahmfarbener Flanellanzug war vorzüglich geschnitten.

Er zündete sich mit einem goldenen Feuerzeug eine Zigarette an und sah mich über die erste Rauchwolke, die er ausblies, an.

„Mr. Marlowe?"

Ich nickte.

„Ich bin Foster Grimes aus Las Vegas. Ich leite das Rancho Esperanza an der South Fifth. Ich hörte, Sie hatten eine Kleinigkeit mit einem Mann namens Ikky Rosenstein zu tun."

„Wollen Sie nicht hereinkommen?"

Er schlenderte an mir vorbei in mein Büro. Seine Erscheinung sagte mir nichts. Ein erfolgreicher Mann, der gern zeigte, daß er aus dem

Westen stamme oder es für eine gesunde Geschäftspraxis hielt. In der Wintersaison sieht man in Palm Springs diesen Typ dutzendweise. Sein Akzent verriet mir jedoch, daß er aus dem Osten kam, aber nicht Neu England. Aus New York oder Baltimore wahrscheinlich, vielleicht auch Long Island oder die Birkshires – nein, das war zu weit von der Stadt entfernt.

Ich deutete mit einer Handbewegung auf den Besuchersessel und setzte mich auf meinen alten, knarrenden Drehstuhl. Ich wartete.

„Wo ist Ikky jetzt, falls Sie es wissen?"

„Ich weiß es nicht, Mr. Grimes."

„Weshalb haben Sie sich mit ihm eingelassen?"

„Des Geldes wegen."

„Ein verdammt guter Grund." Er lächelte. „Wie weit ist es gegangen?"

„Ich half ihm die Stadt verlassen. Ich sage Ihnen das – obwohl ich zum Teufel nicht weiß, wer Sie sind – weil ich bereits einem meiner alten Freundfeinde gesagt habe. Einem leitenden Mann aus dem Office des Sheriffs."

„Was ist ein Freundfeind?"

„Die Gesetzeshüter lieben mich hier nicht besonders. Aber ich kenne ihn seit Jahren, und wir sind so befreundet miteinander wie ein Privatschnüffler mit einem amtlichen Greifer sein kann."

„Ich habe Ihnen gesagt, wer ich bin. In Vegas haben wir eine einmalige Situation. Das Städtchen gehört uns, abgesehen von einem lausigen Zeitungsredakteur, der uns und unseren Freunden ständig in die Haare gerät. Wir lassen ihn am Leben, weil es sich für uns besser macht, ihn am Leben zu lassen, als ihn umzulegen. Umlegen ist heutzutage keine gesunde Geschäftspraxis mehr."

„Wie bei Ikky Rosenstein."

„Das ist kein Umlegen, das ist eine Hinrichtung. Ikky wollte ausbrechen."

„Darum mußten Ihre Revolverhelden den Falschen kaltmachen. Sie hätten sich ein bißchen mehr Zeit lassen können, um sich zu überzeugen, daß sie den Richtigen hatten."

„Das hätten sie auch getan, wenn Sie Ihre Nase dort gelassen hätten, wo sie hingehört. Die beiden waren zu hastig. Das schätzen wir nicht. Wir wünschten kühle Tüchtigkeit."

„Und wer sind diese dicken, fetten ‚Wir', von denen Sie ständig reden?"

„Reden Sie keinen jugendlichen Unsinn, Marlowe."

„Also gut, nehmen wir an, ich wüßte es."

„Wir wünschen folgendes." Er griff in seine Tasche und zog eine lose Banknote heraus. Er legte sie auf seiner Seite auf den Schreibtisch. „Finden Sie Ikky und sagen Sie ihm, er solle zurückkommen und sich unterordnen und alles sei in Ordnung. Nachdem ein unschuldiger Außenseiter erschossen wurde, wollen wir keine Schwierigkeiten und kein zusätzliches öffentliches Aufsehen. Das ist es ganz einfach. Sie bekommen jetzt das hier" — er deutete mit dem Kopf auf den Schein, es war ein Tausender, wahrscheinlich die kleinste Banknote, die er bei sich hatte — „und einen weiteren, wenn Sie Ikky finden und ihm die Nachricht übermitteln. Wenn er nicht will — Vorhang runter."

„Und wenn ich sage, nehmen Sie Ihren verdammten Tausender und wischen Sie sich die Nase damit?"

„Das wäre unklug." Er zog eine Colt Woodsman mit einem kurzen Schalldämpfer. Eine Colt Woodsman verträgt einen Schalldämpfer, ohne daß sie Ladehemmung bekommt. Er war auch schnell, schnell und elegant. Der freundliche Ausdruck auf seinem Gesicht veränderte sich nicht.

„Ich habe nie Las Vegas verlassen", sagte er gleichmütig. „Ich kann es beweisen. Sie sitzen tot in Ihrem Schreibtischstuhl, und niemand weiß etwas davon. Wieder so ein Privatdetektiv, der es am falschen Ende angefaßt hat. Legen Sie Ihre Hände auf den Tisch und überlegen Sie. Übrigens bin ich ein blendender Schütze, selbst mit diesem verdammten Schalldämpfer."

„Nur um etwas tiefer auf der gesellschaftlichen Skala zurückzurutschen, Mr. Grimes, werde ich meine Hände auf keine Schreibtischplatte legen. Aber sagen Sie mir, was das bedeutet."

Ich schnippte den sauber gespitzten Bleistift zu ihm hinüber. Er griff danach, nachdem er die Waffe schnell in seine linke Hand genommen hatte — es ging sehr schnell. Er hielt den Bleistift hoch, so daß er ihn betrachten konnte, ohne die Augen von mir zu wenden.

„Ich erhielt ihn durch Eilboten", sagte ich, „ohne jede Mitteilung, ohne Absender. Nur den Bleistift. Denken Sie, ich hätte nie etwas von dem Bleistift gehört, Mr. Grimes?"

Er runzelte die Stirn und warf den Bleistift auf die Tischplatte. Ehe er seine lange, schlanke Waffe wieder in die rechte Hand nehmen konnte, hatte ich meine unter den Tisch geschoben und den Griff der Fünfundvierziger gepackt und meine Finger fest um den Abzug gelegt.

„Sehen Sie unter den Schreibtisch, Mr. Grimes. Sie werden dann eine Fünfundvierziger in einem Halfter mit offenem Ende sehen. Ich habe es dort angebracht, und es ist direkt auf Ihren Bauch gerichtet. Selbst wenn Sie mich ins Herz schießen könnten, ginge der Fünfundvierziger von dem unwillkürlichen Verkrampfen meiner Hand los, und Ihr Bauch wäre in Fetzen und Sie würden aus dem Stuhl geschleudert. Ein Fünfundvierziger-Geschoß kann Sie sechs Fuß weit zurückreißen. Das haben Sie endlich sogar beim Film gelernt."

„Sieht wie eine mexikanische Verteidigung aus", sagte er ruhig. Er schob seine Waffe in sein Halfter zurück. Er grinste. „Saubere, glatte Arbeit, Marlowe. Wir könnten Sie brauchen. Aber Sie müßten sich verdammt beeilen, während wir uns Zeit lassen können. Seien Sie nicht dumm, und suchen Sie Ikky. Er wird vernünftig werden. Er wird für den Rest seines Lebens nicht ständig davonlaufen wollen. Schließlich würden wir ihn doch einmal erwischen."

„Sagen Sie mir eines, Mr. Grimes. Weshalb hacken Sie auf mir herum? Was habe ich, von Ikky abgesehen, getan, weshalb Sie mich nicht leiden können?"

Unbeweglich dachte er einen Augenblick nach oder tat wenigstens so. „Der Fall Larsen. Sie haben geholfen, einen unserer Leute in die Gaskammer zu schicken. So etwas vergessen wir nicht. Sie sollten für Ikky den Kopf hinhalten. Sie werden immer den Kopf hinhalten müssen, wenn Sie nicht unser Spiel spielen. Etwas wird Ihnen zustoßen, wenn Sie am wenigsten darauf gefaßt sind."

„Ein Mann in meinem Beruf hält immer seinen Kopf hin, Mr. Grimes. Nehmen Sie Ihren Tausender und verschwinden Sie unauffällig. Vielleicht entschließe ich mich, Ihr Spiel zu spielen, aber ich muß es mir überlegen. Und in dem Fall Larsen hat die Polente die ganze Arbeit getan. Ich wußte nur zufällig, wo er war. Ich kann mir nicht vorstellen, daß Sie ihn so schrecklich vermissen."

„Wir schätzen keine Einmischung." Er stand auf. Er schob die Tausendernote gleichgültig in seine Tasche zurück. Während er das tat, ließ ich die Fünfundvierziger los und zog schnell meine fünf Zoll achtunddreißiger Smith and Wesson.

Er sah verächtlich darauf hinunter. „Ich werde in Las Vegas sein, Marlowe. Tatsächlich habe ich Las Vegas nie verlassen — Nein, Larsen war uns persönlich völlig gleichgültig, interessierte uns nicht mehr als irgendein anderer Revolvermann. Die gibt es haufenweise. Aber es störte uns sehr, daß irgendein lächerlicher privater Schnüffler ihn angeschmiert hat."

Er nickte und ging aus meinem Büro hinaus.

Ich brütete eine Weile. Ich wußte, daß Ikky nicht zu der Organisation zurückkehren würde, selbst wenn er die Chance hatte. Er traute ihnen nicht genug. Aber jetzt gab es noch einen anderen Grund.

Ich rief Anne Riordan wieder an.

„Ich gehe nach Ikky suchen. Ich muß einfach. Wenn ich dich innerhalb von drei Tagen nicht anrufe, setze dich mit Bernie Ohls in Verbindung. Ich fahre nach Flagstaff, Arizona. Ikky teilte mir mit, er sei dort."

„Du bist ein Narr", protestierte sie, „es ist bestimmt eine Falle."

„Ein Mr. Grimes aus Las Vegas besuchte mich mit einer Woodsman mit Schalldämpfer. Ich kam ihm gerade noch zuvor, aber soviel Glück werde ich nicht immer haben. Wenn ich Ikky finde und Grimes berichte, wo er ist, wird mich die Bande in Ruhe lassen."

„Willst du einen Mann zum Tode verurteilen?" Ihre Stimme klang scharf und ungläubig.

„Nein. Wenn ich mich bei Grimes melde, wird er nicht mehr dort sein. Er wird sich ein Flugzeug nach Montreal nehmen müssen, dort gefälschte Papiere kaufen – in Montreal ist es fast so korrupt wie bei uns – und nach Europa fliegen. Dort ist er vielleicht einigermaßen sicher. Aber die Organisation hat lange Arme, und Ikky wird sich verdammt anstrengen müssen, um am Leben zu bleiben. Er hat einfach keine Wahl. Für ihn gibt es entweder sich verstecken, oder er bekommt den Bleistift."

„Wie klug von dir, Liebling. Aber was ist mit deinem Bleistift?"

„Wenn sie es ernst meinten, hätten sie ihn mir nicht geschickt. Das gehört nur zu ihrer Einschüchterungstechnik."

„Aber du bist so groß und stark, daß dir keiner angst machen kann, wie?"

„Man kann mir angst machen, aber sie lähmt mich nicht. Mach's gut, und nimm dir keinen Liebhaber, ehe ich zurück bin."

„Du bist ein Mistvieh, Marlowe."

Sie hängte ein. Ich hängte auch ein.

Das Falsche zu sagen, ist eine meiner Spezialitäten.

Ich verschwand aus der Stadt, ehe die Mordkommission etwas von mir erfahren haben konnte. Sie würden eine ganze Weile brauchen, um auf meine Spur zu kommen. Und Bernie Ohls schenkte denen von der städtischen Polizei nicht einmal eine alte Tüte. Die Leute des Sheriffs und die städtische Polizei arbeiten etwa ebenso vertraut zusammen wie zwei streunende Kater auf einer Gartenmauer.

IX

Ich erreichte Phönix am Abend und fand ein Unterkommen in einem Motel am Stadtrand. Phönix war verdammt heiß. Das Motel hatte einen Speiseraum, darum aß ich. Ich wechselte mir an der Kasse einige Vierteldollar- und Zehncentstücke ein, schloß mich in eine Telefonzelle und begann das Mirador in Flagstaff anzurufen. Wie dämlich ich doch manchmal bin. Ikky konnte sich unter einem beliebigen Namen von Cohen bis Cordileone oder von Watson bis Woichehovski eingetragen haben. Ich rief trotzdem an und bekam nichts als ein Lächeln, sofern ein Telefon lächeln kann. Also fragte ich nach einem Zimmer für den kommenden Abend. Es sei aussichtslos, falls nicht jemand ausziehe, aber sie würden mich vormerken für den Fall, daß einer nicht komme oder sonst etwas passiere. Flagstaff liegt zu nahe am Grand Canyon. Ikky mußte sich im voraus ein Zimmer bestellt haben. Das war etwas, worüber ich nachgrübelte.

Ich kaufte mir einen Kriminalroman und las ihn. Ich stellte meinen Wecker auf halb sieben. Der Kriminalroman machte mich so verängstigt, daß ich zwei Revolver unter mein Kopfkissen legte. Er handelte von einem Kerl, der sich mit dem Gangsterboss von Milwaukee einließ und alle fünfzehn Minuten verprügelt wurde. Ich konnte mir nur vorstellen, daß von seinem Kopf und seinem Gesicht nicht mehr übrigblieb als ein Stück Knochen, von dem ein Fetzen Haut herunterhing. Aber im nächsten Kapitel war er so vergnügt und fidel wie eine Lerche. Dann fragte ich mich, weshalb ich diesen Schund läse, denn ich konnte doch die Brüder Karamasow auswendig lernen. Da mir keine einleuchtende Antwort einfiel, schaltete ich das Licht aus und drehte mich zum Schlafen um.

Um halb sieben rasierte ich mich, duschte, frühstückte und fuhr ab nach Flagstaff. Ich kam dort zur Mittagszeit an und fand Ikky im Restaurant, wie er Gebirgsforellen aß. Ich setzte mich ihm gegenüber. Er schien überrascht, mich zu sehen.

Ich bestellte Gebirgsforelle und aß sie von außen nach innen, was die richtige Methode ist. Wenn man sie entgrätet, verdirbt man den Geschmack etwas.

„Was ist los?“ fragte er mit vollem Mund. Ein empfindsamer Esser.

„Lesen Sie die Zeitungen?“

„Nur den Sportteil.“

„Gehen wir auf Ihr Zimmer und reden wir darüber. Es steht noch einiges andere darin.“

Wir bezahlten für unser Essen und gingen in ein hübsches Doppelzimmer. Die Motels werden so gut, daß neben ihnen viele Hotels billig aussehen. Wir setzten uns und steckten uns eine Zigarette an.

„Die beiden Kerle sind zu früh aufgestanden und zur Poynter Street gefahren. Sie parkten vor Ihrem Apartmenthaus. Sie waren nicht sorgfältig genug eingewiesen worden. Sie erschossen einen Mann, der Ihnen ähnlich sah."

„Das ist ja prächtig", sagte er grinsend. „Aber die Polypen werden dahinterkommen, und die Organisation wird dahinterkommen. Meine Lage bleibt also die gleiche."

„Sie müssen mich für dumm halten", antwortete ich. „Ich bin es."

„Ich finde, Sie haben erstklassige Arbeit geleistet, Marlowe. Was ist daran dumm?"

„Was für Arbeit habe ich geleistet?"

„Sie haben mich da ziemlich elegant herausgebracht."

„War da etwas bei, was Sie nicht allein gekonnt hätten?"

„Mit etwas Glück — nein. Aber es ist angenehm, einen Helfer zu haben."

„Sie meinen, einen Dummkopf."

Sein Gesicht spannte sich. Seine rauhe Stimme klang knurrig. „Ich verstehe Sie nicht. Und geben Sie mir einen Teil von den Fünftausend zurück. Ich bin knapper bei Kasse, als ich dachte."

„Ich werde sie Ihnen zurückgeben, wenn Sie einen Kolobri in einem Salzstreuer finden."

„Reden Sie nicht so zu mir", sagte er fast mit einem Seufzer und hatte nach einer schnellen Bewegung eine Waffe in der Hand. Ich brauchte keine schnelle Bewegung. Ich hielt eine schußbereit in meiner Seitentasche.

„Ich hätte nicht angeben sollen", sagte ich. „Stecken Sie die Knarre ein. Sie zahlt nicht mehr aus als ein Spielautomat in Las Vegas."

„Falsch. Die Automaten werfen ziemlich oft einen Hauptgewinn aus, sonst finden sie keine Kunden."

„Ziemlich selten, meinen Sie. Nun hören Sie mir zu und hören Sie mir gut zu."

Er grinste. Sein Zahnarzt war es schon müde, auf ihn zu warten.

„Die Geschichte reizte mich", fuhr ich fort, überlegen, wie Milo Vance in einem van-Dyne-Roman, aber dafür viel heller im Kopf. „Erstens weil, war es zu schaffen? Zweitens, wenn es zu schaffen war, wie würde ich dastehen? Aber nach und nach sah ich kleine Lichtflecke, die das Bild aufhellten. Warum kamen Sie überhaupt zu mir? So naiv ist die Organisation nicht. Warum sollte sie einen kleinen Lumpen, wie diesen Charles Hickon oder wie er sich sonst nennt, am Donnerstag zu mir schicken? Warum sollte ein alter Fuchs wie Sie sich von irgend jemand bei einer so gefährlichen Begegnung beschatten lassen?"

„Sie überwältigen mich einfach, Marlowe. Sie sind so helle, daß ich Sie im Dunkel leuchten sehen könnte. Sie sind so dämlich, daß Ihnen eine rot=weiß=blaue Giraffe nicht auffallen würde. Ich wette, Sie haben in Ihrer Bude dagesessen und mit den fünf Tausendern ge=spielt wie eine Katze mit ihrem Wollknäuel."

„Nicht, nachdem Sie sie in die Hand genommen hatten. Ferner, warum wurde mir der Bleistift geschickt, diese große, gefährliche Dro=hung? Es bestätigte nur das übrige. Aber wie ich Ihrem Chorknaben aus Las Vegas schon gesagt habe, schicken sie einem das nicht, wenn sie es ernst meinen. Er hatte übrigens auch eine Knarre, eine Woodsman Kaliber zweiundzwanzig mit einem Schalldämpfer. Ich mußte ihn ver=anlassen, sie wieder einzustecken. Er nahm das nicht weiter übel. Er begann, mir Tausender unter die Nase zu halten, um festzustellen, wo Sie waren, und es ihm dann zu sagen. Ein gutangezogener, angenehm wirkender Strohmann für eine Bande schmutziger Ratten. Die Women's Christian Temperance Association und ein paar stiefelleckende Politi=ker gaben diesen Kerlen das Geld, um sie groß zu machen, und sie lernten, wie sie es benutzen und mehr daraus machen konnten. Nun sind sie fast nicht mehr aufzuhalten. Aber sie sind trotzdem eine Bande schmutziger Ratten geblieben. Und sie sind immer da, wo sie keinen Fehler machen können. Das ist unmenschlich. Jeder Mensch hat das Recht auf ein paar Fehler. Aber die Ratten nicht. Sie müssen immer vollkommen sein, sonst bleiben Kerle an ihnen hängen wie Sie."

„Ich weiß, zum Teufel, nicht, wovon Sie reden. Ich weiß nur, daß es zuviel ist."

„Nun, dann will ich es Ihnen einfacher sagen. Irgendein armer Kerl aus dem Osten fiel den niedrigeren Dienstgraden einer Bande in die Hände. Sie wissen doch, was ein Dienstgrad ist, Ikky?"

„Ich war auch in der Armee", höhnte er.

„Er stieg in der Bande auf, aber er war nicht durch und durch verfault, war für das Geschäft nicht verfault genug. Also versuchte er, davon loszukommen. Er kam hier nach dem Westen, suchte sich irgendeinen billigen Job, änderte seinen Namen und lebte still in einem billigen Apartment. Aber die Bande hat jetzt an vielen Orten ihre Agenten. Irgend jemand stößt auf ihn und erkennt ihn. Das kann ein Schlepper für eine Spielhölle sein, ein Vermittler für einen Buchmacher, ein Strichmädchen oder sogar ein bestochener Polyp. Dann sagt die Bande — oder nennen Sie sie die Organisation — durch den Rauch ihrer Zigarren: ‚Das kann Ikky nicht mit uns machen. Es hat zwar nur geringfügige Bedeutung, weil er geringfügig ist, aber es ist uns unangenehm. Es verdirbt die Disziplin. Schickt ein paar Leute los, sie sollen den Bleistiftstrich durch seinen Namen machen.' Aber was für Leute rufen sie? Ein Paar, das sie los haben wollen. Sie sind zu lange dabei. Sie könnten anfangen, Fehler zu machen oder kalte Füße kriegen. Vielleicht macht es ihnen auch Spaß, andere umzulegen. Auch das ist schlecht. Es verführt zur Unvorsichtigkeit. Die besten Leute sind solche, die dabei völlig unbeteiligt bleiben. Und damit sind diese Leute abgeschrieben, obgleich sie es nicht wissen. Aber wäre es nicht witzig, dabei auch einem etwas anzuhängen, den sie nicht leiden können, weil er einen Schuft namens Larsen unschädlich gemacht hat? Das ist einer dieser kleinen Scherze, die der Organisation solchen Spaß machen. ‚Seht, Kollegen, wir haben sogar Zeit, mit einem Schnüffler unser Spielchen zu treiben. Beim Himmel, wir können alles. Wir können sogar am Daumen nuckeln.' Und dann schicken sie einen falschen Fünfziger los."

„Die Torris sind keine falschen Fünfziger. das sind wirklich harte Burschen. Sie haben's bewiesen — selbst wenn sie einen Fehler machten."

„Kein Fehler. Sie erwischten Ikky Rosenstein. Bei dem Geschäft traten Sie unter einer falschen Firma auf. Und jetzt sind sie wegen Mordes festgenommen. Aber Sie sind noch schlimmer dran. Die Organisation wird Sie mit einem Habeaskorpus aus der Haft holen und umblasen. Sie haben Ihren Zweck erfüllt, und es ist Ihnen mißlungen, mich in die Tinte zu reiten."

Sein Finger krümmte sich um den Abzug. Ich schoß ihm die Waffe aus der Hand. Die Waffe in meiner Jackentasche war klein, aber auf diese Entfernung schoß sie genau. Und es war einer der Tage, an denen ich selbst genau war.

Er stieß ein schwaches Stöhnen aus und saugte an seiner Hand. Ich trat vor ihn und gab ihm einen festen Tritt gegen die Brust. Freundlich zu Mördern sein, gehört nicht zu meinem Repertoire. Er stürzte rückwärts um, rollte zur Seite, kam auf die Füße und taumelte vier oder fünf Schritte. Ich nahm seine Waffe auf und hielt ihn damit in Schach. Während ich alle Stellen abklopfte — nicht nur Taschen oder Halfter — wo ein Mann eine zweite Waffe tragen konnte. Er war sauber — in dieser Hinsicht jedenfalls.

„Was wollen Sie mit mir tun?" winselte er. „Ich habe Sie bezahlt. Ihnen kann nichts passieren. Ich habe Sie verdammt gut bezahlt."

„Wir haben beide unsere Probleme. Ihres besteht darin, am Leben zu bleiben." Ich nahm ein Paar Handschellen aus meiner Tasche, zog ihm die Hände hinter dem Rücken zusammen und schnappte sie zu. Seine eine Hand blutete. Ich band das Taschentuch aus seiner Brusttasche darum. Dann ging ich zum Telefon.

Flagstaff war groß genug, daß es hier eine Polizei geben mußte. Vielleicht hatte sogar die Staatsanwaltschaft hier eine Zweigstelle. Wir waren in Arizona, einem verhältnismäßig armen Staat. Vielleicht waren die Polizisten sogar unbestechlich.

X

Ich mußte mich ein paar Tage noch in Flagstaff aufhalten, aber ich hatte nichts dagegen, solange ich Forellen bekam, die in zweitausend Meter Höhe gefangen worden waren. Ich rief Anne und Bernie Ohls an. Ich rief den Fernsprechauftragsdienst an. Der Staatsanwalt in Arizona war ein junger, scharfäugiger Mann und der Polizeichef einer der größten Leute, die ich je gesehen hatte.

Ich kam schließlich wieder nach Los Angeles zurück und lud Anne ins Romanoff zum Abendessen und Champagner ein.

„Was ich nicht verstehe", sagte sie über dem dritten perlenden

Glas, „ist, weshalb sie dich hineingezogen haben. Warum haben sie den falschen Ikky Rosenstein zu dir geschickt? Warum haben sie ihre beiden Revolverhelden nicht einfach ihre Arbeit tun lassen?"

„Das weiß ich wirklich auch nicht. Vielleicht fühlen die an der Spitze sich so sicher, daß sie Humor entwickeln, oder dieser Larsen, den sie in die Gaskammer schickten, war wichtiger, als es den Anschein hatte. Höchstens drei oder vier wirkliche Spitzengangster sind auf den elektrischen Stuhl oder an den Galgen oder in die Gaskammer gekommen. Ich weiß von keinem, der in einem der Staaten ohne Todesstrafe wie Michigan lebenslänglich bekommen hätte. Wenn Larsen wichtiger war, als alle annahmen, kann es sein, daß sie meinen Namen auf ihre Warteliste gesetzt haben."

„Aber warum warteten sie?" fragte sie. „Sie hätten sich dann doch gleich über dich hergemacht."

„Sie können es sich leisten zu warten. Wer kann ihnen etwas anhaben — Kefauver etwa? Er gab sich die größte Mühe. Aber hast du gemerkt, daß sich etwas geändert hätte? Außer, wenn sie selbst dafür sorgten?"

„Und was war mit Costello?"

„Steuerhinterziehung wie bei Capone. Capone hat vielleicht ein paar hundert Menschen getötet, verschiedene davon persönlich mit eigener Hand. Aber die Steuerbehörden mußten erst kommen, um ihn fassen zu können. Die Organisation wird diesen Fehler nicht oft begehen."

„Was mir an dir gefällt, ist, von deinem ungeheuren persönlichen Charme abgesehen, daß du dir eine Antwort ausdenkst, wenn du keine weißt."

„Das Geld beunruhigt mich", sagte ich. „Fünftausend von ihrem schmutzigen Geld. Was soll ich damit anfangen?"

„Bleib nicht dein ganzes Leben lang ein Dummkopf. Du hast das Geld verdient und dein Leben dafür riskiert. Du kannst Schatzanweisungen, Serie E, kaufen. Dadurch wird es sauber. Und meiner Ansicht nach gehört das mit zu dem Witz."

„Aber sage du mir einen vernünftigen Grund, warum sie das Ganze angedreht haben?"

„Du hast einen größeren Ruf, als du selbst weißt. Und besteht nicht die Möglichkeit, daß der falsche Ikky es sich allein ausgedacht hat? Er scheint mir einer dieser überklugen Typen zu sein, die nichts schlicht und einfach tun können."

„Die Organisation wird ihn sich schon greifen, weil er eigene Pläne machte, falls du recht hast."

„Wenn der Staatsanwalt nicht für ihn sorgt. Und nichts kann mir gleichgültiger sein als das, was aus ihm wird. Gib mir noch ein Glas Champagner, bitte."

XI

Sie lieferten „Ikky" aus, und bei seiner Vernehmung brach er zusammen und nannte die Namen der beiden Revolvermänner, nachdem ich sie schon genannt hatte, die Brüder Torri. Aber niemand konnte sie finden. Sie kamen nie nach Hause zurück. Und man kann einen einzelnen Mann nicht der Verschwörung beschuldigen. Gesetzlich konnte man Ikky nicht einmal Beihilfe nach der Tat vorwerfen. Man konnte ihm nicht beweisen, daß er wußte, daß der wirkliche Ikky erschossen worden war.

Sie hätten ihm irgendeine Kleinigkeit anhängen können, aber sie hatten einen besseren Einfall. Sie überließen ihn seinen Freunden. Sie ließen ihn laufen.

Wo er jetzt ist? Ich vermute, nirgends.

Anne Riordan war froh, daß alles vorbei und ich sicher war. Sicher — das ist ein Wort, das man in meinem Gewerbe nicht kennt.

ERPRESSER SCHIESSEN NICHT

I

Der Mann in dem lichtblauen Anzug, der in der Beleuchtung des Klub Bolivar nicht lichtblau erschien, war groß, hatte weitstehende, graue Augen, eine schmale, scharfe Nase und einen Unterkiefer wie von Stein. Dagegen erschien sein Mund recht empfindsam. Sein Haar war störrisch und dunkel, von einem leichten Hauch Grau überdeckt, als sei es mit zarter Hand aufgetupft worden. Sein Anzug saß ihm, als ob er eine eigene Seele besäße und nicht nur eine fragwürdige Vergangenheit. Übrigens lautete sein Name Mallory.

Zwischen den kraftvollen, sicheren Fingern seiner einen Hand hielt er eine Zigarette. Die andere legte er flach auf das weiße Tischtuch und sagte: „Diese Briefe kosten Sie zehntausend, Miss Farr. Das ist nicht zuviel."

Er sah das Mädchen ihm gegenüber mit einem knappen Blick an. Dann sah er über die leeren Tische hinweg zu der herzförmigen Tanzfläche, auf der sich Paare in ständig wechselndem farbigem Licht durcheinanderdrängten.

Sie bedrängten auch die Gäste, die um die Tanzfläche saßen, so eng, daß sich die schwitzenden Kellner wie Seiltänzer zwischen ihnen hindurchbalancieren mußten, um die Tische zu erreichen. Aber in Mallorys Nähe saßen nur vier Personen.

Eine schlanke, dunkle Frau trank einen Highball. Ihr gegenüber am Tisch saß ein Mann, auf dessen fettem, rotem Nacken feuchte Borsten schimmerten. Die Frau starrte stumpfsinnig in ihr Glas und fingerte an einem großen, silbernen Flakon auf ihrem Schoß. Einen Tisch weiter rauchten zwei Männer mit gelangweiltem Stirnrunzeln lange, dünne Zigarren, ohne miteinander zu sprechen.

Nachdrücklich sagte Mallory: „Zehntausend sind angemessen."

Rhonda Farr war sehr schön. Sie hatte sich für die Begegnung ganz in Schwarz gekleidet, von einem weißen Pelzkragen, leicht wie Disteldaunen, an ihrem Abendcape abgesehen. Abgesehen auch von einer weißen Perücke, die sie aufgesetzt hatte, um nicht erkannt zu werden, und die ihr ein sehr mädchenhaftes Aussehen gab. Ihre Augen waren kornblumenblau, und sie hatte die Art Haut, von der ältere Herren träumen.

Ohne den Kopf zu heben, antwortete sie bösartig: „Das ist lächerlich."

„Warum ist das lächerlich?" fragte Mallory und blickte sie leicht überrascht, aber merklich ungehalten an.

Rhonda Farr hob ihr Gesicht und warf ihm mit marmorkalten Augen einen Blick zu. Dann zog sie eine Zigarette aus dem silbernen Etui, das offen auf dem Tisch lag, und schob sie in eine gleichfalls schwarze, lange, schlanke Zigarettenspitze. Sie fuhr fort:

„Für die Liebesbriefe eines Filmstars? Die sind heute nicht mehr so viel wert. Das Publikum ist schon lange keine alte, zimperliche Jungfer in spitzenbesetzten Hosen mehr."

Ein verächtliches Funkeln tanzte in ihren strahlendblauen Augen. Mallory hielt ihrem Blick mit kalten Augen stand.

„Aber Sie waren schnell bereit", entgegnete er, „sich darüber mit einem Mann zu unterhalten, von dem Sie nie gehört hatten."

Mit einer Bewegung ihrer Zigarettenspitze antwortete sie: „Ich muß nicht ganz bei mir gewesen sein."

Mallory lächelte mit den Augen, ohne die Lippen zu verziehen. „Nein, Miss Farr. Dazu hatten Sie einen verdammt schwerwiegenden Grund. Soll ich Ihnen sagen, welchen?"

Rhonda Farr sah ihn wütend an. Dann blickte sie fort, schien ihn fast zu vergessen. Sie hob ihre Hand, die mit der Zigarettenspitze, betrachtete sie gelangweilt. Es war eine schöne Hand, ohne Ringe. Schöne Hände sind selten wie blühende Jacarandabäume, besonders in einer Stadt, in der hübsche Gesichter so alltäglich sind wie Laufmaschen in Strümpfen für einen Dollar das Paar.

Sie drehte den Kopf, blickte auf die Frau mit den starren Augen, an ihr vorbei auf die Menge auf der Tanzfläche. Das Orchester spielte sacharinsüß und eintönig.

„Ich verabscheue diese Lokale", sagte sie halblaut. „Sie sehen aus, als existierten sie nur bei Dunkelheit, wie Gespenster. Die Menschen sind ohne Anmut ungehemmt, sündig ohne Ironie." Sie ließ ihre Hand auf das weiße Tischtuch sinken. „Aber zu diesen Briefen zurück — warum sind sie denn so gefährlich, Erpresser?"

Mallory lachte. Er hatte ein klingendes Lachen, das Härte verriet, mit einem schneidenden Ton. „Sie sind gut", sagte er. „An den Briefen ist vielleicht nicht viel dran, nur banales Liebesgeschwätz. Die Erinnerungen eines Schulmädchens, das einmal verführt wurde und nicht aufhören kann, darüber zu reden."

„Das ist niederträchtig", antwortete Rhonda Farr mit einer Stimme voller Eis und Samt.

„Der Mann, an den sie geschrieben sind, macht sie erst interessant", entgegnete Mallory kalt. „Ein Schieber, ein Spieler, einer, der schnell Geld macht, und alles, was sonst noch dazugehört. Ein Kerl, in dessen Gesellschaft Sie sich nicht sehen lassen können, wenn Sie beim Film bleiben wollen."

„Ich lasse mich mit ihm nicht sehen, Erpresser. Ich bin ihm seit Jahren nicht mehr begegnet. Landrey war ein sehr anständiger Junge, als ich ihn kannte. Die meisten von uns haben etwas hinter sich, wovon man lieber nicht redet. Diese Geschichte habe ich lange hinter mir."

„Wirklich? Mir einmal Erdbeeren mit Schlagsahne", sagte Mallory mit plötzlichem Hohn. „Sie haben ihn doch gerade erst um Hilfe gebeten, Ihre Briefe zurückzubekommen."

Ihr Kopf fuhr hoch. Ihr Gesicht schien auseinanderzufallen, zu zusammenhanglosen Gesichtszügen zu werden. Ihre Augen schienen einen Schrei anzukündigen — aber nur für eine Sekunde.

Fast augenblicklich gewann sie ihre Selbstbeherrschung zurück. Ihre Augen hatten ihre Farbe verloren, waren fast so grau wie seine geworden. Mit übertriebener Sorgfalt legte sie die Zigarettenspitze nieder, schlang ihre Finger ineinander. Ihre Knöchel schimmerten weiß.

„Kennen Sie Landrey so gut?" fragte sie bitter.

„Vielleicht habe ich nur meine Verbindungen, erfahre einiges ... Kommen wir zu einem Geschäft, oder beschränken wir uns darauf, uns gegenseitig anzuknurren?"

„Woher bekamen Sie die Briefe?" Ihre Stimme klang noch rauh und erbittert.

Mallory zuckte mit den Schultern. „Über diese Dinge redet man in unserem Gewerbe nicht."

„Ich habe einen Grund, daß ich danach frage. Schon ein paar andere haben versucht, mir diese verdammten Briefe zu verkaufen. Deshalb bin ich hergekommen. Ihr Angebot machte mich neugierig. Aber ich habe den Verdacht, daß Sie nur einer von ihnen sind und nichts als den Preis hochtreiben wollen, um mich einzuschüchtern oder zu veranlassen, etwas zu unternehmen."

Mallory antwortete: „Nein, ich arbeite allein."

Sie nickte. Ihre Stimme war kaum lauter als ein Flüstern. „Jetzt wird es noch besser. Wahrscheinlich ist ein heller Kopf darauf gekommen, meine Briefe zu vervielfältigen. Fotokopien vermutlich ... Nun, es ist umsonst. Ich zahle nicht. Es würde mir nicht das geringste helfen. Kein Geschäft zu machen, Erpresser. Von mir aus können Sie ins Wasser gehen mit Ihren verfluchten Briefen."

Mallory zog die Nase kraus und blinzelte mit dem Ausdruck tiefster Konzentration vor sich hin. „Das ist hübsch gesagt, Miss Farr, aber so kommen wir nicht weiter."

Selbstsicher entgegnete sie: „Darauf lege ich gar keinen Wert. Um es deutlicher zu sagen: wenn ich daran gedacht hätte, meine kleine Pistole mit dem Perlmuttgriff mitzubringen, hätte ich Ihnen mit Kugeln geantwortet, und es wäre mir nichts passiert. Aber auf diese Art Reklame lege ich keinen Wert."

Mallory hob zwei seiner mageren Finger und betrachtete sie spöttisch. Er sah amüsiert, fast zufrieden aus. Rhonda Farr hob ihre schlanke Hand zu ihrer weißen Perücke, ließ sie einen Moment dort liegen und senkte sie wieder.

Eine Mann, der für sich allein ein paar Tische weiter saß, stand sofort auf und kam auf sie zu.

Er kam schnell, ging mit leichten, schwingenden Schritten und hielt einen weichen, schwarzen Hut neben seinem Oberschenkel. Er wirkte in seinem schwarzen Abendanzug gepflegt.

Während er näher kam, fragte Rhonda Farr: „Sie hatten doch nicht geglaubt, daß ich allein hierherkäme, oder doch? Aber ich gehöre nicht zu denen, die allein in einen Nachtklub gehen."

Mallory grinste. „Das hätten Sie auch kaum nötig, Kindchen", sagte er trocken.

Der Mann trat an den Tisch. Er war klein, elegant, dunkel. Er hatte einen kleinen, schwarzen Schnurrbart, der wie Seide schimmerte, und die klare Blässe, die Lateinamerikaner an Rubinen schätzen.

Mit einer gewandten Geste beugte er sich leicht dramatisch über den Tisch und nahm eine von Mallorys Zigaretten aus dem silbernen Etui. Mit einer großspurigen Bewegung zündete er sie an.

Rhonda Farr hob eine Hand zu ihrem Mund und gähnte. Sie sagte: „Das ist Erno, mein Leibwächter. Er paßt auf mich auf. Freundlich von ihm, nicht wahr?"

Sie stand langsam auf. Erno half ihr, das Cape über die Schultern zu legen. Dann verzog er die Lippen zu einem unfreundlichen Lächeln, blickte Mallory an und sagte:

„Na, Sie Jüngling?"

Er hatte dunkle, fast undurchsichtige Augen, in denen heiße Lichter funkelten.

Rhonda Farr zog ihr Cape um sich, nickte leicht, verzog ihre feingeformten Lippen zu einem kurzen, sarkastischen Lächeln, wandte sich langsam ab und ging zwischen den Tischen davon. Sie ging mit stolz gehobenem Kopf, ihr Gesicht ein wenig gespannt und wachsam, wie eine Königin in Gefahr, nicht furchtlos, aber nicht bereit, ihre Angst zu zeigen. Sie machte das sehr gut.

Die beiden gelangweilten Männer blickten ihr interessiert nach. Die dunkle Frau brütete finster über der Frage, ob sie ihren Highball noch etwas aufmöbeln solle, der so schon ein Pferd umgeworfen hätte. Der Mann mit dem fetten, verschwitzten Nacken schien eingeschlafen zu sein.

Rhonda Farr schritt die fünf scharlachrot belegten Stufen zur Halle hinauf, an dem sich verneigenden Kellner vorbei. Sie ging zwischen den zurückgezogenen Goldvorhängen hindurch und verschwand.

Mallory sah ihr nach, bis sie außer Sicht war. Dann blickte er Erno an. Er sagte: „Na, du Lump, was willst du denn?"

Er sagte es in beleidigendem Ton mit einem kalten Lächeln. Erno straffte sich. Seine behandschuhte Hand mit der Zigarette zuckte, so daß Asche von ihr abfiel.

„Bild dir nur nichts ein, Jüngelchen", warnte er drohend.

„Worauf denn, du Lump?"

Rote Flecken erschienen auf Ernos blassen Wangenknochen. Seine Augen schlossen sich zu schwarzen Schlitzen. Er bewegte seine handschuhlose rechte Hand ein wenig, krümmte die Finger, so daß die kleinen rosa Fingernägel schimmerten. Halblaut sagte er: „Auf ein paar Briefe, Jüngling. Es hat keinen Wert. Laß es bleiben, Junge."

Mallory betrachtete ihn mit zynisch zur Schau gestelltem Interesse, strich sich mit den Fingern durch sein starres, dunkles Haar. Langsam sagte er: „Vielleicht verstehe ich gar nicht, wovon Sie reden, Kleiner."

Erno lachte. Es hatte einen metallisch scharfen, tödlichen Klang. Mallory kannte dieses Lachen. An manchen Orten bildete es das Vorspiel für eine Schießerei. Er beobachtete Ernos flinke, kleine rechte Hand.

Grob antwortete er: „Verschwinde, du Angeber. Ich komme sonst noch in Versuchung, dir die Bartstoppeln von deiner Oberlippe zu wischen."

Ernos Gesicht zuckte. Die roten Flecken auf seinen Backenknochen verbreiterten sich plötzlich. Er hob die linke Hand mit der Zigarette, langsam und vorsätzlich, und schnippte die brennende Zigarette direkt in Mallorys Gesicht. Mallory nahm den Kopf ein wenig zur Seite, und der glühende Stummel flog in einem Bogen über seine Schulter. Sein hageres, kaltes Gesicht zeigte keinen Ausdruck. Trüb, von weit her, wie die Stimme eines anderen klang seine Stimme, als er sagte: „Vorsicht, du Lump. Dafür wurden schon ganz andere verprügelt."

Erno stieß das gleiche metallisch scharfe Lachen aus.

„Erpresser schießen nicht, Jungchen", höhnte er, „oder doch?"

„Verschwinde, dreckiger, kleiner Jumbo."

Diese Worte, ihr verächtlicher, kalter Ton, versetzten Erno in Wut. Wie eine zuschlagende Schlange fuhr seine rechte Hand hoch, hielt plötzlich eine Waffe. Dann stand er regungslos drohend da. Mallory beugte sich etwas vor, seine Hände vor sich, die Finger um die Tischkante geschlossen. Um seine Mundwinkel spielte der Anflug eines Lächelns.

Die dunkle Frau stieß einen unterdrückten Schrei aus. Die Farbe wich aus Ernos Gesicht, ließ es blaß und eingefallen erscheinen. Mit einer Stimme, die vor Wut zischte, sagte er:

„Los, Jüngling, wir gehen hier raus. Geh vor . . ."

Einer der gelangweilten Männer, drei Tische weiter, machte eine plötzliche bedeutungslose Bewegung. Gering wie sie war, nahm Erno sie wahr. Sein Blick irrte ab. Dann rammte sich ihm der Tisch gegen den Magen, warf ihn rücklings zu Boden.

Es war ein leichter Tisch, aber Mallory war kein Leichtgewicht. Es folgte ein aus vielen verschiedenen Lauten bestehendes Poltern. Geschirr klirrte, Bestecke klapperten. Erno lag auf dem Boden ausgestreckt, den Tisch quer über seinen Oberschenkeln. Seine Waffe befand sich einen Fuß von seiner tastenden Hand entfernt. Sein Gesicht war verzerrt.

Für einen gebannten Augenblick schien es, als ob die Szene zu Stein erstarrt wäre, sich nie verändern würde. Dann kreischte die dunkle Frau wieder, lauter diesmal. Darauf geriet alles in heftige Bewegung. Auf allen Seiten erhoben sich Leute von ihren Stühlen. Zwei Kellner streckten ihre Arme hoch in die Luft und begannen laut auf neapolitanisch zu schreien. Ein schwitzender, überanstrengter Kellnerlehrling kam angelaufen; seine Furcht vor dem Oberkellner war größer als vor einem plötzlichen Tod. Ein rötlicher, dicker Mann mit lohfarbenem Haar eilte die Stufen herunter und wedelte mit einem Packen Speisekarten.

Erno strampelte seine Beine frei, erhob sich auf die Knie und packte seine Waffe. Fluchend fuhr er herum. Mallory, als einziger mitten in diesem Aufruhr gelassen, beugte sich vor, und seine Faust knallte hart gegen Ernos schmalen Kiefer.

Das Bewußtsein verflog aus Ernos Augen, und er sank in sich zusammen wie ein halb mit Sand gefüllter Sack.

Mallory beobachtete ihn ein paar Sekunden aufmerksam. Dann nahm er sein Zigarettenetui vom Boden auf. Es waren noch zwei Zigaretten darin. Er schob eine davon zwischen die Lippen, steckte das Etui ein. Aus der Hosentasche zog er ein paar Geldscheine, faltete einen der Länge nach zusammen und hielt ihn einem der Kellner hin.

Ohne Eile ging er auf die fünf scharlachrot belegten Stufen und auf den Ausgang zu.

Der Mann mit dem dicken Nacken öffnete vorsichtig ein fischiges Auge. Die betrunkene Frau erhob sich taumelnd von ihrem Stuhl, nahm, kichernd über ihren Einfall, eine Schale Eiswürfel mit ihren ringgeschmückten Händen hoch und leerte sie ziemlich genau auf Ernos Magen aus.

II

Mallory trat mit seinem weichen Hut unter dem Arm unter das Vordach hinaus. Der Portier sah ihn fragend an. Mallory schüttelte den Kopf und ging ein paar Schritte über den Fußweg weiter, der neben der halbkreisförmigen Auffahrt entlangführte. Er blieb in der Dunkelheit am Rande des Fahrwegs stehen und dachte angestrengt nach. Bald darauf rollte langsam ein Isotto-Fraschini an ihm vorbei.

Es war ein offener Wagen. Selbst für die anspruchsvollen Maßstäbe Hollywoods war er groß. Als er unter den Lichtern unter dem Hauseingang vorbeiglitt, schimmerte er wie eine Gruppe Ziegfeld-Girls, danach war er nur trübes Grau und Silber. Hinter dem Steuer saß steif ein livrierter Chauffeur, die Schirmmütze schräg über ein Auge gezogen. Rhonda Farr saß unter dem halbgeschlossenen Verdeck im Fond mit der starren Bewegungslosigkeit einer Wachsfigur.

Der Wagen glitt lautlos die Auffahrt entlang, zwischen einem Paar eckiger Steinsäulen hindurch und verlor sich zwischen den Lichtern auf dem Boulevard. Mallory setzte in Gedanken versunken seinen Hut auf.

Etwas in der Dunkelheit hinter ihm regte sich zwischen den hohen italienischen Zypressen. Er fuhr herum, sah den stumpfen Schimmer auf dem Lauf einer Waffe.

Der Mann, der die Waffe hielt, war sehr groß und breit. Ein zerdrückter Filzhut saß auf seinem Hinterkopf, ein abgetragener Mantel stand vorn offen. Gedämpftes Licht von einem hochgelegenen schmalen Fenster ließ buschige Augenbrauen und eine Hakennase erkennen. Hinter ihm stand ein weiterer Mann.

Er sagte: „Das ist ein Revolver, Freund. Er macht bum-bum, und dann fällt einer um. Wollen Sie es versuchen?"

Mallory sah ihn ausdruckslos an und antwortete: „Lassen Sie den Quatsch, Greifer. Was soll der Unsinn?"

Der Große lachte. Sein Lachen hatte einen trüben Klang, wie Wellen, die im Nebel gegen Klippen schlagen. Er sagte mit aufdringlichem Spott:

„Der Wunderknabe hat uns durchschaut, Jim. Einer von uns muß nach Polente riechen."

Er betrachtete Mallory und fügte hinzu: „Hab gesehen, wie Sie dadrin einem Kleinen Ihre Knarre unter die Nase hielten. War das anständig?"

Mallory warf seine Zigarette fort, beobachtete den Bogen, den sie in der Dunkelheit beschrieb. Vorsichtig fragte er:

„Könnten zwanzig Dollar Sie veranlassen, die Sache andersherum anzusehen?"

„Heute nicht, Mister. In den meisten Fällen schon, aber heute abend geht's nicht."

„Und ein Hunderter?"

„Nicht mal der, Mister."

„Das muß Ihnen verdammt schwerfallen", meinte Mallory ernst.

Der Große lachte wieder, kam etwas näher. Der andere glitt hinter ihm aus dem Schatten hervor und legte eine weiche, schmierige Hand auf Mallorys Schulter. Mallory schob sich zur Seite, ohne die Füße zu bewegen. Die Hand rutschte von ihm ab.

„Bleiben Sie mir mit Ihren Pfoten vom Leib, Schleicher."

Der andere stieß einen knurrenden Ton aus. Etwas zischte durch die Luft, traf Mallory sehr hart hinter das linke Ohr.

Er sackte in die Knie. Kniend schwankte er einen Augenblick hin und her, schüttelte heftig den Kopf. Seine Augen wurden wieder klar. Er konnte das Mosaikpflaster des Fußweges wieder erkennen. Ziemlich langsam stand er auf.

Er sah den Mann, der ihn niedergeschlagen hatte, an und beschimpfte ihn mit rauher, heiserer Stimme und einer so bedrohlichen Wildheit, daß der Mann unwillkürlich zurückfuhr und sein formloser Mund wie schmelzender Gummi zerfloß.

„Verdammt noch mal, Jim", sagte der Große, „warum, zum Teufel, hast du das getan?"

Der mit Jim angesprochene Mann legte seine weiche, fette Hand an den Mund und nagte an einem Knöchel. Er schob den Totschläger in die Seitentasche seiner Jacke.

„Das ist meine Sache", antwortete er. „Bringen wir den Mistkerl jetzt hier fort. Ich brauche was zu trinken."

Er ging über den Fußweg davon. Mallory drehte sich langsam um, sah ihm nach und rieb sich die linke Seite seines Kopfes. Der Große machte eine unmißverständliche Bewegung mit seiner Waffe und sagte: „Kommen Sie, Mann, wir machen eine kleine Fahrt im Mondschein."

Mallory setzte sich in Bewegung. Der Große ging neben ihm. Der Jim genannte setzte sich auf seine andere Seite. Er klopfte sich fest auf den Bauch und jammerte:

„Ich muß was zu trinken haben, Mac! Ich brauche es dringend!"

Der große Mann antwortete friedfertig: „Wer braucht das nicht, du armes Würstchen."

Sie kamen zu einem Tourenwagen, der am Rande des Boulevards parkte. Der Mann, der Mallory geschlagen hatte, setzte sich hinter das Steuer. Der Große schob ihn hinten in den Wagen und stieg neben ihm ein. Er hielt seine Waffe auf seinem dicken Oberschenkel, schob seinen Hut noch etwas weiter in den Nacken und zog eine zerdrückte Zigarettenpackung aus der Tasche. Vorsichtig zündete er mit der linken Hand eine an.

Der Wagen glitt in einen See von Licht hinaus, rollte ein kurzes Stück nach Osten, bog dann nach Süden ab, die lange Steigung hinunter. Die Lichter der Stadt bildeten eine unendliche, schimmernde Fläche. Neonlichter glühten auf und funkelten. Der dünne Finger eines Scheinwerfers tastete zwischen hohen, dünnen Wolken.

„Es ist folgendes", sagte der große Mann und stieß Rauch durch seine großen Nasenlöcher aus. „Wir sind Ihnen auf die Schliche gekommen. Sie versuchten, ein paar faule Briefe an diese Farr zu verhökern."

Mallory lachte kurz und mürrisch auf. Er antwortete: „Wenn ich euch Plattfüße höre, bekomme ich Bauchweh."

Der große Mann schien darüber nachzudenken und starrte vor sich hin. Bogenlampen, unter denen sie hindurchfuhren, warfen kurze Lichtwellen über sein breites Gesicht.

Nach einer Weile sagte er: „Sie sind schon der Mann, den wir suchen. In unserem Beruf müssen wir das wissen."

Mallory kniff in der Dunkelheit die Augen zusammen. Seine Lippen lächelten. „In welchem Beruf?" fragte er.

Der Große öffnete weit den Mund, schnappte ihn dann hörbar zu.

„Für Sie ist es besser, wenn Sie auspacken, Wunderknabe. Jetzt ist die richtige Zeit dazu. Mit Jim und mir ist es nicht schwer auszukommen. Wir haben aber Freunde, die nicht so zartfühlend sind."

„Was soll ich denn auspacken, Inspektor?" fragte Mallory.

Der große Mann schüttelte sich vor lautlosem Lachen, ohne zu antworten. Der Wagen zog einen Bogen um einen Bohrturm, der mitten auf dem La Cienega Boulevard stand, bog dann in eine stille, von Palmen gesäumte Seitenstraße ein. Jim stellte den Motor ab und schaltete das Licht aus. Aus der Tasche an der Tür zog er eine Flasche, setzte sie an den Mund, seufzte dann tief auf und reichte sie über die Schulter nach hinten.

Der große Mann trank einen Schluck, schüttelte die Flasche und sagte:

„Wir müssen hier auf einen Freund warten. Inzwischen wollen wir uns unterhalten. Mein Name ist Macdonald, ich bin von der Kriminalpolizei. Sie versuchten, diese Farr auszunehmen. Dann mischte sich ihr Bodyguard ein. Den haben Sie fertiggemacht. Das war saubere Arbeit und gefiel uns gut. Aber das andere gefiel uns gar nicht."

Jim drehte sich um und griff nach der Whiskyflasche, trank noch einen Schluck, schnüffelte an dem Flaschenhals und sagte: „Der Stoff ist miserabel."

Macdonald fuhr fort: „Wir wurden auf Ihre Fährte gesetzt. Aber daß Sie so offen vorgehen, kommt mir komisch vor. Daran stimmt was nicht."

Mallory stützte sich mit einem Arm seitlich an dem Wagen und sah zu dem stillen, dunklen, sternbedeckten Himmel hinauf.

„Sie wissen mehr als wahr ist, Greifer. Und was Sie wissen, haben Sie nicht von der Farr. Kein Filmstar würde wegen einer Erpressung bei der Polizei Hilfe suchen."

Macdonald drehte ihm schnell seinen großen Kopf zu. Seine Augen schimmerten schwach in dem dunklen Wagen.

„Ich habe nichts darüber gesagt, von wem wir unseren Tip bekamen, Wunderknabe. Aber Sie haben doch tatsächlich versucht, sie auszunehmen, was?"

Ernst antwortete Mallory: „Miss Farr ist eine alte Freundin von mir. Jemand versucht sie zu erpressen. Aber ich bin es nicht. Ich habe so meine Vermutung."

Schnell fragte Macdonald: „Und weshalb hielt der Jumbo Ihnen seine Knarre unter die Nase?"

„Er konnte mich nicht leiden", antwortete Mallory gelangweilt. „Ich habe ihn schlecht behandelt."

„Dummes Geschwätz", knurrte Macdonald ärgerlich. Der Mann auf dem Vordersitz sagte: „Hau dem Kerl doch eins in die Schnauze, Mac."

Mallory streckte seine Arme nach unten. Er bewegte die Schultern wie einer, der vom Sitzen einen Krampf hat. Er spürte den Druck seiner Luger unter seinem linken Arm. Langsam und widerwillig sagte er:

„Sie behaupten, daß ich versuchte, ein paar faule Briefe zu verkaufen. Weshalb glauben Sie, daß die Briefe faul sind?"

Macdonald antwortete bedächtig: „Vielleicht, weil wir wissen, wer die richtigen hat."

„So hatte ich mir das gedacht, Greifer", knurrte Mallory. Dann lachte er.

Macdonald bewegte sich plötzlich, riß seine geballte Faust hoch, traf ihn ins Gesicht, aber nicht sehr fest. Mallory lachte wieder, betastete dann mit vorsichtigen Fingern die schmerzende Stelle hinter seinem linken Ohr.

„Das hat scheinbar gesessen", sagte er.

Macdonald fluchte unterdrückt. „Vielleicht sind Sie eine Kleinigkeit zu gerissen. Aber da werden wir bald noch dahinterkommen, Wunderknabe." Er verfiel in Schweigen.

Der Mann hinter dem Steuer nahm seinen Hut ab und kratzte sich in seinem kurzgeschorenen, grauen Haar. Von dem Boulevard, einen halben Block entfernt, erklang das Stakkato der Hupensignale. Scheinwerferstrahlen strömten am Ende der Straße vorbei. Nach einiger Zeit schwang ein Paar in einem weiten Bogen um die Ecke, schoß die weiße Lanzen unter den Palmen vorbei. Eine dunkle Masse kam herangerollt, glitt vor den Tourenwagen an den Straßenrand. Die Scheinwerfer gingen aus.

Ein Mann stieg aus und kam zurück. Macdonald rief ihm zu: „He, Slippy, wie hat's geklappt?"

Der Mann war ein großer, schlanker Bursche. Sein Gesicht wurde von einer tief in die Stirn gezogenen Mütze beschattet. Beim Sprechen lispelte er etwas. Er antwortete:

„Alles ging glatt. Niemand wurde verrückt."

„Gut", grunzte Macdonald. „Schaff den heißen Wagen weg und nimm dann diese Karre."

Jim stieg hinten in den Tourenwagen ein, drängte sich links neben

Mallory und bohrte ihm scharf den Ellenbogen in die Rippen. Der Hagere glitt hinter das Steuer, ließ den Motor an und fuhr den Wagen zum La Cienega Boulevard zurück, dann nach Süden zum Wilshire, dann wieder nach Westen. Er fuhr schnell und rücksichtslos.

Unbekümmert überfuhr er ein rotes Licht, kam an einem großen Kino vorbei, dessen Lampen zum größten Teil ausgeschaltet und dessen glasverkleidete Kassen leer waren. Dann fuhr er durch Beverly Hills hindurch, über Verbindungsstraßen zwischen den Stadtteilen. Der Motor dröhnte lauter, als sie eine lange Steigung zwischen hohen Abhängen wie durch eine Schlucht hinaufrasten.

Plötzlich sagte Macdonald: „Verdammt, Jim, ich habe vergessen, dieses Kind zu durchsuchen. Nimm den Revolver einen Augenblick."

Er beugte sich dicht vor Mallory vorbei, atmete ihm Whiskydunst ins Gesicht. Eine große Hand tastete über Mallorys Taschen, unter seiner Jacke, um seine Hüften herum, unter seinem linken Arm nach oben. Dort hielt sie an, ruhte kurz auf der Luger in ihrem Schulterhalfter. Dann fuhr sie auf der anderen Seite nach unten, zog sich wieder zurück.

„In Ordnung, Jim. Der Wunderknabe hat keine Waffe bei sich."

Wie ein gleißendes Licht flammte Verwunderung in Mallorys Kopf auf. Seine Augenbrauen zogen sich zusammen. Ihm wurde trocken im Mund.

„Darf ich eine Zigarette rauchen?" fragte er nach einer Pause.

Macdonald antwortete mit spöttischer Höflichkeit: „Warum sollten wir gegen eine Kleinigkeit wie das etwas haben, Liebling?"

III

Das Apartmenthaus stand auf einem Hügel oberhalb von Westward Village, es war neu und sah ziemlich billig aus. Macdonald, Mallory und Jim stiegen davor aus, und der Tourenwagen verschwand um eine Ecke.

Die drei Männer gingen durch eine stille Halle, an einer Telefonvermittlung vorbei, die im Augenblick nicht besetzt war, und fuhren mit dem Fahrstuhl in den dritten Stock. Sie gingen durch den Korridor, blieben vor einer Tür stehen. Macdonald zog einen einzelnen Schlüssel aus seiner Tasche und schloß die Tür auf. Sie traten ein.

Es war ein sehr neues Zimmer, sehr hell und die Luft von Zigarettenrauch sehr geschwängert. Die Möbel waren in grellen Farben gepolstert, der Teppich eine Ansammlung von knallgrünen und gelben Rauten. In dem Zimmer war ein Kaminsims mit Flaschen darauf.

An einem achteckigen Tisch saßen zwei Männer mit hohen Gläsern vor sich. Der eine hatte rotes Haar, sehr dunkle Augenbrauen und ein totenbleiches Gesicht mit tiefliegenden dunklen Augen. Der andere hatte eine leuchtende, lange knollige Nase, überhaupt keine Augenbrauen und Haar in der Farbe des Inneren einer Sardinenbüchse. Er legte langsam ein paar Karten hin und kam mit einem breiten Lächeln durch das Zimmer. Er hatte einen weichen, gutmütigen Mund und einen liebenswürdigen Ausdruck.

„Gab's Schwierigkeiten, Mac?" fragte er.

Macdonald rieb sein Kinn, schüttelte mißgelaunt den Kopf. Er sah den Mann mit der Nase an, als ob er ihn haßte. Der Mann mit der Nase lächelte ungerührt.

„Durchsuche ihn", befahl er.

Macdonald verzog sein Gesicht zu einem breiten, höhnischen Grinsen und stampfte durch das Zimmer zu dem Kamin und den Flaschen.

„Der Wunderknabe hat keine Waffe. Der arbeitet mit dem Köpfchen. Der ist gerissen", sagte er in herausforderndem Ton.

Plötzlich kam er durch das Zimmer zurück und schlug mit seinem harten Handrücken Mallory auf den Mund. Mallory lächelte dünn, rührte sich aber nicht. Er stand vor einem großen, von giftgrünen und flammendroten Quadraten bedeckten Sofa. Seine Arme hingen schlaff an seinen Seiten, von seinen Fingern stieg Zigarettenrauch auf und vermischte sich mit dem Dunst, der bereits unter der rauhen, gewölbten Decke hing.

„Bleib auf dem Teppich, Mac", sagte der Mann mit der Nase. „Du hast deinen Teil erledigt. Du kannst mit Jim jetzt gehen. Schmier deine Räder und verschwinde."

Macdonald knurrte: „Wem willst du Großmaul etwas befehlen? Ich bleibe hier, bis dieser Halunke da bekommen hat, was er verdient, Costello."

Der mit Costello angesprochene Mann zuckte kurz mit den Schultern. Der Rothaarige am Tisch drehte sich ein wenig in seinem Sessel und betrachtete Mallory mit dem unpersönlichen Ausdruck eines Sammlers, der einen aufgespießten Käfer vor sich hat. Dann nahm er aus einem flachen, schwarzen Zigarettenetui eine Zigarette und zündete sie umständlich mit einem goldenen Feuerzeug an.

Macdonald ging zum Kamin zurück, goß aus einer quadratischen Flasche Whisky in ein Glas und trank ihn unverdünnt. Mit gerunzelter Stirn lehnte er sich mit dem Rücken gegen das Kaminsims.

Costello stand vor Mallory und knackte mit den Gelenken seiner langen, knochigen Finger.

„Wo kommen Sie her?" fragte er.

Mallory sah ihn träumerisch an und hob seine Zigarette zum Mund. „McNeil's Island", antwortete er leicht amüsiert.

„Wie lange sind Sie hier?"

„Zehn Tage."

„Weshalb waren Sie dort?"

„Fälschung." Mallory gab die Informationen mit leiser, zufriedener Stimme.

„Waren Sie früher schon hier?"

„Ich wurde hier geboren", antwortete Mallory. „Wußten Sie das nicht?"

Costellos Stimme klang freundlich, fast begütigend. „Nein, das wußte ich nicht", sagte er. „Weshalb kamen Sie denn hierher — vor zehn Tagen?"

Macdonald stampfte wieder quer durch das Zimmer, schwang seine kräftigen Arme. Er schlug Mallory zum zweitenmal auf den Mund, beugte sich dazu über Costellos Schulter vor. Auf Mallorys Gesicht erschien ein roter Fleck. Er schüttelte den Kopf hin und her. In seinen Augen glimmte ein stumpfes Feuer.

„Quatsch, Costello, der Kerl kommt nicht von McNeil. Der nimmt dich doch auf den Arm." Macdonalds Stimme dröhnte. „Der Wunderknabe ist nichts anderes als ein kleiner Lump aus Brooklyn oder Kansas City oder einem dieser Nester, in dem die Polente nur aus Krüppeln besteht."

Costello hob eine Hand und schob Macdonald leicht an der Schulter zurück. „Wir brauchen deine Hilfe jetzt nicht, Mac", sagte er mit kühler, tonloser Stimme.

Macdonald ballte wütend die Fäuste. Dann lachte er, trat einen Schritt vor und setzte seinen Absatz hart auf Mallorys Fuß.

„Verflucht", stöhnte Mallory und ließ sich schwer auf das Sofa fallen.

Die Luft in dem Zimmer enthielt fast keinen Sauerstoff mehr. Fenster befanden sich nur in einer Wand, und die schweren Netzgardinen davor waren fest zugezogen. Mallory zog sein Taschentuch, wischte sich über die Stirn, tupfte seine Lippen ab.

„Du und Jim, ihr könnt verschwinden, Mac", sagte Costello in dem gleichen, ausdruckslosen Ton.

Macdonald senkte den Kopf, fixierte ihn unter seinen buschigen Augenbrauen hervor scharf. Sein Gesicht glänzte vor Schweiß. Er hatte seinen schäbigen, zerknitterten Mantel nicht ausgezogen. Costello drehte sich nicht einmal nach ihm um. Nach ein paar Sekunden stampfte Macdonald zum Kamin zurück, stieß den grauhaarigen Kriminalbeamten mit dem Ellbogen beiseite und griff nach der viereckigen Whiskyflasche.

„Ruf den Boss an, Costello", bellte er über die Schulter zurück. „Für den Fall hier langt dein Verstand nicht. Zum Teufel, tu auch mal etwas anderes als nur quatschen." Er wendete sich dem kleinen Jim zu, stieß ihn mit dem Daumen in den Rücken und fragte höhnisch: „Wolltest du auch noch einen Schluck, Plattfuß?"

„Weshalb sind Sie hierhergekommen?" fragte Costello Mallory noch einmal.

„UmVerbindungen aufzunehmen." Mallory blickte ihn träge an. Das Funkeln in seinen Augen war erloschen.

„Komische Methode haben Sie sich dazu ausgesucht, Mann."

Mallory zuckte mit den Schultern. „Ich nahm an, daß ich auf diese Weise mit den richtigen Leuten in Kontakt kommen würde."

„Vielleicht war Ihre Weise aber verkehrt", sagte Costello ruhig. Er schloß die Augen und strich sich mit dem Daumennagel über die Nase. „Manchmal ist das schwer zu beurteilen."

Macdonalds rauhe Stimme dröhnte durch die verräucherte Luft des Zimmers. „Der Wunderknabe macht keinen Fehler, Mister. Mit seinem Verstand nicht."

Costello öffnete die Augen und sah sich über die Schulter nach dem rothaarigen Mann um. Der Rothaarige schwenkte sich gelassen in seinem Drehstuhl hin und her. Seine rechte Hand ruhte auf seinem Bein, locker, halb geschlossen. Costello wendete sich nach der anderen Seite und sah Macdonald gerade an.

„Raus jetzt", befahl er kalt. „Verschwindet! Du bist betrunken, und ich streite mich mit dir nicht herum."

Macdonald rieb seine Schultern gegen das Kaminsims und steckte die Hände in die Seitentaschen seiner Jacke. Sein Hut hing formlos und zerdrückt auf seinem großen, eckigen Hinterkopf. Jim, der grauhaarige Kriminalbeamte, wich etwas von ihm zurück, sah ihn unsicher mit zuckenden Lippen an.

„Ruf den Boss an!" grölte Macdonald. „Du kannst mir keine Befehle geben. Dazu bist du mir nicht schön genug."

Costello zögerte, ging dann zum Telefon hinüber. Seine Augen waren starr auf eine Stelle oben an der Wand gerichtet. Er nahm den Hörer von der Gabel und wählte, Macdonald den Rücken zugekehrt, eine Nummer. Dann lehnte er sich gegen die Wand, lächelte Mallory über den Hörer mit einem dünnen Lächeln an. Er wartete.

„Hallo .. Ja ... Costello. Alles in Ordnung, außer Macdonald. Der hat einen sitzen. Er benimmt sich ziemlich unverschämt — will hier nicht abhauen ... Das weiß ich noch nicht ... kommt irgendwoanders her. Gut."

Mit einer ungeduldigen Handbewegung forderte Macdonald: „Warte ..."

Costello lächelte und legte ohne Hast den Hörer zurück. In Mac=

donalds Augen funkelte ein grünliches Feuer. Er spuckte auf den Teppich in die Ecke zwischen einem Sessel und der Wand.

„Das war schlecht, Costello", sagte er. „Miserabel. Man kann Montrose von hier nicht wählen."

Costello machte eine vage Handbewegung. Der Rothaarige stand auf. Er trat von dem Tisch zurück und stand gelassen da, den Kopf zurückgebeugt, damit ihm der Rauch seiner Zigarette nicht in die Augen stieg.

Macdonald schaukelte sich gereizt auf seinen Absätzen hin und her. Von seinem geröteten Gesicht hob sich sein Kiefer als scharfe, weiße Linie ab. In seinen Augen lag ein tiefes, hartes Glitzern.

„Wie's scheint, spielen wir besser so", erklärte er. Er zog beiläufig die Hände aus seinen Jackentaschen, und seine bläuliche Dienstwaffe beschrieb einen knappen, bedrohlichen Bogen.

Costello blickte den rothaarigen Mann an und sagte: „Übernimm du ihn, Andy."

Der Rothaarige richtete sich auf, spie die Zigarette zwischen seinen blassen Lippen aus und hob blitzschnell die Hand.

„Nicht schnell genug", sagte Mallory. „Hier ist die Musik."

Seine Bewegung war so schnell und geringfügig gewesen, daß sie kaum merkbar erschienen war. Er beugte sich auf dem Sofa etwas vor. Die lange, schwarze Luger war direkt auf den Leib des Rothaarigen gerichtet.

Der Rotkopf ließ langsam seine rechte Hand von seinem Revers sinken. Es war sehr still im Zimmer. Costello warf Macdonald einen Blick voll unbeschreiblicher Verachtung zu, streckte dann die Hände vor sich aus, die Handflächen nach oben, und sah mit einem leeren Lächeln darauf nieder.

Langsam und erbittert begann Macdonald zu sprechen. „Menschenraub geht mir einen Strich zu weit, Costello. Damit will ich nichts zu tun haben. Ich steige aus eurem komischen Verein aus. Ich hatte damit gerechnet, daß mir der Wunderknabe helfen würde."

Mallory stand auf und bewegte sich seitwärts auf den Rothaarigen zu. Als er den halben Abstand zurückgelegt hatte, stieß der grau=

haarige Jim einen unterdrückten Schrei aus, stürzte auf Macdonald los, wühlte dabei mit einer Hand in der Tasche. Macdonald sah ihn überrascht an. Er streckte seine große, linke Hand aus, packte die Aufschläge von Jims Mantel dicht unter dem Kinn. Jim schlug mit beiden Fäusten wild auf ihn ein, traf ihn zweimal ins Gesicht. Macdonald bleckte die Zähne. Er rief Mallory zu: „Passen Sie auf die beiden Vögel auf", legte ganz ruhig seine Waffe auf das Kaminsims, griff in Jims Jackentasche und zog einen lederbezogenen Totschläger heraus.

„Du bist eine Laus, Jim. Du warst immer eine Laus", sagte er.

Sein Ton war fast nachdenklich und ohne Feindseligkeit. Dann hob er den Totschläger und traf den grauhaarigen Mann seitlich am Kopf. Jim sackte langsam in die Knie. Er tastete wild nach dem Saum von Macdonalds Mantel. Macdonald beugte sich über ihn und schlug ihn noch einmal mit dem Totschläger auf die gleiche Stelle am Kopf. Diesmal sehr fest.

Jim sank seitlich zu Boden, der Hut fiel ihm vom Kopf, und er blieb mit offenem Mund liegen. Macdonald schwang den Totschläger langsam nach beiden Seiten. Ein Schweißtropfen lief ihm seitlich an der Nase herunter.

„Du bist hart im Nehmen und im Geben, Mac, was?" meinte Costello. Er sagte es gelangweilt, fast geistesabwesend, als ob es ihn nicht interessierte, was um ihn herum vorging.

Mallory näherte sich dem Rothaarigen. Als er hinter ihm stand, befahl er: „Heben Sie die Hände hoch!"

Als der Rothaarige das getan hatte, griff Mallory mit seiner freien Hand über seine Schulter und unter seine Jacke. Mit einem Ruck zog er eine Waffe aus dem Schulterhalfter und ließ sie hinter sich auf den Boden fallen. Er tastete die andere Seite ab, klopfte auf die Taschen. Dann trat er von ihm zurück und nahm sich Costello vor. Costello hatte keine Waffe bei sich.

Mallory ging auf die andere Seite zu Macdonald, blieb an einer Stelle stehen, wo er jeden im Zimmer vor sich hatte.

„Wer wurde verschleppt?" fragte er.

Macdonald nahm seine Waffe wieder und griff nach dem Whiskyglas. „Die Farr", sagte er. „Sie haben sie sich auf der Fahrt nach Hause geschnappt, nehme ich an. Es wurde geplant, als sie von ihrem Bodyguard, diesem Jumbo, von Ihrer Verabredung im Bolivar erfuhren. Wo sie hingebracht wurde, weiß ich nicht."

Mallory stellte sich breitbeinig hin und zog die Nase kraus. Seine geschmeidige Hand hielt die Luger schußbereit.

„Und was bedeutet Ihre kleine Komödie?" fragte er.

Macdonald antwortete grimmig: „Packen Sie zuerst aus. Ich habe Ihnen eine Chance gegeben."

Mallory nickte. „Gewiß", bestätigte er, „dazu hatten Sie auch Grund . . . Ich wurde beauftragt, nach ein paar Briefen zu suchen, die von Rhonda Farr stammen." Er sah Costello an.

Costellos Ausdruck verriet nichts.

„Das ist schon möglich", antwortete Macdonald. „Ich hielt es für eine Art Falle. Deshalb habe ich etwas riskiert. Ich will nicht mehr, als aus der Geschichte hier herauskommen." Er machte eine Handbewegung, die das Zimmer und alles, was sich darin befand, umschloß.

Mallory nahm ein Glas, blickte hinein, um festzustellen, ob es sauber sei, goß einen kleinen Schuß Scotch hinein, trank ihn in kleinen Schlucken, ließ jeden einzelnen über seine Zunge und in seinem Mund herumlaufen.

„Erklären Sie mir den Menschenraub", forderte er. „Mit wem hat Costello telefoniert?"

„Atkinson. Großer Anwalt in Hollywood. Die Fassade für diese Burschen hier. Es ist auch der Anwalt der Farr. Feiner Bursche, dieser Atkinson. Eine Laus."

„Ist er an der Entführung beteiligt?"

Macdonald lachte. „Klar", antwortete er.

Mallory zuckte mit den Schultern. „Das scheint mir reichlich dumm — von seinem Standpunkt aus."

Er ging an Macdonald vorbei, an der Wand entlang, bis zu der Stelle, an der Costello stand. Er preßte die Mündung der Luger gegen

Costellos Kinn, drückte dessen Kopf damit gegen den rauhen Putz der Wand.

„Costello ist ein netter, alter Herr", sagte er nachdenklich. „Der hat bestimmt kein Mädchen verschleppt, oder etwa doch, Costello? — Nein. Eine unauffällige kleine Erpressung vielleicht, aber mehr nicht. Stimmt's, Costello?"

Costellos Augen blickten leer. Er schluckte hart. Zwischen zusammengepreßten Zähnen sagte er: „Lassen Sie den Quatsch. Was sollen die Witze?"

„Es wird noch witziger werden", versprach Mallory. „Aber Sie wissen vielleicht auch nicht alles."

Er hob die Luger, kratzte mit ihrer Mündung fest an der Seite von Costellos großer Nase herunter. Sie hinterließ eine weiße Spur, die gleich darauf zu einer roten Schramme wurde. Costellos Ausdruck wurde ängstlich.

Macdonald war gerade damit fertig, eine fast volle Flasche Scotch in seine Manteltasche zu zwängen, und sagte: „Überlassen Sie mir den . . ."

Mallory schüttelte ernst den Kopf und sah Costello unentwegt an.

„Das wird zu laut. Sie wissen ja, wie diese Häuser gebaut sind. Wir müssen uns an Atkinson halten. Immer an die oberste Spitze gehen, wenn man an sie herankann."

Jim öffnete die Augen, tastete mit den Händen über den Boden, versuchte aufzustehen. Macdonald hob einen großen Fuß und stieß ihn gleichgültig dem grauhaarigen Mann ins Gesicht. Jim sank wieder zurück. Sein Gesicht bekam eine schlammige Farbe.

Mallory blickte zu dem Rothaarigen hinüber und trat dann zum Telefon. Er hob den Hörer ab und wählte mit der linken Hand unbeholfen eine Nummer.

„Ich rufe meinen Auftraggeber an", erklärte er. „Er hat einen großen, schnellen Wagen. Inzwischen wollen wir die Burschen hier für eine Weile unschädlich machen."

IV

Landreys großer schwarzer Cadillac rollte geräuschlos über die lange Gerade nach Montrose. Links schimmerten von der Talsohle Lichter herauf. Die Luft war kühl und klar, und die Sterne leuchteten sehr hell. Landrey sah vom Vordersitz nach hinten zurück, einen Arm über die Rückenlehne gelegt, einen langen, schwarzen Arm, der in einem weißen Handschuh endete.

Zum dritten- oder viertenmal wiederholte er: »Es ist also ihr eigener Rechtsanwalt, der sie ausnimmt. Sieh mal einer an!«

Er lächelte gefällig und beherrscht. Alle seine Bewegungen waren gefällig und beherrscht. Landrey war ein großer blasser Mann mit weißen Zähnen und jettschwarzen Augen, die in dem Lichtschimmer vom Armaturenbrett funkelten.

Mallory und Macdonald saßen auf dem Rücksitz. Mallory sagte nichts. Er starrte durch die Scheibe in die Nacht hinaus. Macdonald nahm einen Schluck aus der viereckigen Scotchflasche, ließ den Korken fallen und beugte sich unterdrückt fluchend vor, um im Dunkel danach zu tasten. Als er ihn gefunden hatte, lehnte er sich zurück und sah mürrisch in Landreys klares, blasses Gesicht über dem weißen Seidenschal.

„Haben Sie immer noch die Bude am Highland Drive?" fragte er.

„Ja, Greifer, die habe ich noch", antwortete Landrey, „und sie geht nicht besonders gut."

Macdonald grunzte. Er sagte: „Das ist aber eine verdammte Schande, Mr. Landrey." Dann legte er seinen Kopf gegen das Polster und schloß die Augen.

Der Cadillac bog von der Fernstraße ab. Der Fahrer schien seinen Weg zu kennen. Er kurvte durch ein parkähnliches Wohngebiet mit weitschweifigen, anspruchsvollen Häusern. Drei Frösche quakten in der Dunkelheit, und es duftete nach Orangenblüten.

Macdonald öffnete die Augen und beugte sich vor. „Das Haus da an der Ecke", sagte er zu dem Fahrer.

Das Haus stand ein ganzes Stück von der weitgezogenen Kurve

der Straße zurück. Es hatte ein breites Ziegeldach, einen Eingang mit einem romanischen Bogen, und zu beiden Seiten der Tür brannten handgeschmiedete Laternen. Die Zufahrt wurde von einer Pergola mit üppigen Rankenrosen gesäumt. Der Fahrer löschte seine Lichter und rollte dicht an die Pergola heran.

Mallory gähnte und öffnete die Wagentür. Hinter der Kurve parkten Wagen am Straßenrand. Die glühenden Zigaretten von einigen der wartenden Chauffeure bildeten leuchtende Flecke in dem weichen, bläulichen Dunkel.

„Eine Party", sagte er. „Das macht es leichter."

Er stieg aus, blieb einen Augenblick stehen und blickte über den Rasen. Dann ging er über das weiche Gras zu einem mit stumpfen Ziegeln gepflasterten Weg, die so weit auseinander verlegt waren, daß in den Zwischenräumen Gras wuchs. Unter den handgeschmiedeten Laternen blieb er stehen und drückte auf die Klingel.

Ein Mädchen in Häubchen und Schürze öffnete die Tür.

„Es tut mir leid, daß ich Mr. Atkinson stören muß, aber es ist dringend", sagte er. „Mein Name ist Macdonald."

Das Mädchen zögerte, trat dann in das Haus zurück. Sie ließ die Haustür einen Spalt offen. Mallory stieß sie unverfroren ganz auf und sah in die geräumige Halle, deren Boden und Wände von indianischen Teppichen bedeckt waren. Er trat ein.

Ein paar Schritte entfernt stand die Tür zu einem schwach erleuchteten Raum offen, der mit Büchern und dem Geruch nach guten Zigarren angefüllt war. Über die Sessel lagen Hüte und Mäntel verstreut. Aus dem hinteren Teil des Hauses ertönte aus einem Radio Tanzmusik.

Mallory zog seine Luger und lehnte sich gegen den Türrahmen.

Ein Mann im Abendanzug kam durch die Halle. Er war dick, mit dichtem weißem Haar über einem gerissenen, rosigen, ungehaltenen Gesicht. Die prachtvoll gearbeiteten Schultern seiner Jacke konnten nicht über seinen zu dicken Bauch hinwegtäuschen. Seine buschigen Augenbrauen waren zusammengezogen. Er kam schnell näher und sah verärgert aus.

Mallory trat aus der Türöffnung und drückte seine Waffe gegen Atkinsons Leib.

„Sie suchen nach mir", sagte er.

Atkinson blieb stehen, zuckte etwas zurück und stieß einen Überraschungslaut aus. Seine Augen waren weit aufgerissen und erschrokken. Mallory hob die Luger, legte die kalte Mündung gegen das Fett an Atkinsons Hals, direkt in das „V" seines weiten Kragens. Der Rechtsanwalt hob einen Arm ein Stück, als wolle er die Waffe schnell beiseite schieben. Dann erstarrte seine Bewegung, sein Arm blieb in der Luft hängen.

Mallory sagte: „Sagen Sie kein Wort. Überlegen Sie nur. Sie sind verkauft. Macdonald hat Sie verraten. Costello und zwei andere sind in Westwood sicher aufgehoben. Wir wollen Rhonda Farr."

Atkinsons Augen waren von einem trüben Blau, stumpf, ohne inneres Licht. Rhonda Farrs Name schien keinen sonderlichen Eindruck auf ihn zu machen. Er zuckte vor der Waffe zurück und fragte:

„Warum kommen Sie zu mir?"

„Weil wir glauben, daß Sie wissen, wo sie ist", antwortete Mallory gedämpft. „Aber wir wollen nicht hier drin darüber sprechen. Kommen Sie mit hinaus."

Atkinson protestierte erregt: „Nein, nein, ich habe Gäste."

Mallory entgegnete kalt: „Der Gast, den wir suchen, ist nicht hier." Er drückte mit der Waffe härter zu.

Eine plötzliche Welle der Erregung lief über Atkinsons Gesicht. Er trat einen kurzen Schritt zurück und griff nach der Waffe. Mallory preßte die Lippen zusammen. Sein rechtes Handgelenk beschrieb einen engen Kreis, und das Visierkorn der Waffe riß über Atkinsons Mund. Blut erschien auf seinen Lippen, die schnell anschwollen. Er wurde sehr blaß.

„Behalten Sie Ihren klaren Kopf, Dicker", sagte Mallory. „Dann werden Sie die Nacht vielleicht überleben."

Atkinson drehte sich um und trippelte mit hastigen Schritten blindlings aus dem Haus hinaus.

Mallory packte ihn am Arm, zerrte ihn nach links auf das Gras. „Langsamer!" befahl er gedämpft.

Sie kamen um die Pergola herum. Atkinson streckte seine Hände vor sich aus und taumelte gegen den Wagen. Ein langer Arm reckte sich aus der offenen Tür ihm entgegen und packte ihn. Er stieg ein, fiel gegen den Sitz. Macdonald schlug ihm eine Hand über das Gesicht und drückte ihn in die Polster zurück. Mallory stieg ein und zog die Wagentür hinter sich zu.

Mit quietschenden Reifen wendete der Wagen schnell und raste davon. Der Fahrer fuhr einen Block weit, ehe er die Lichter wieder einschaltete. Dann drehte er ein wenig den Kopf und fragte: „Wohin, Boss?"

Mallory sagte: „Irgendwohin. Zurück zur Stadt. Und immer mit der Ruhe."

Der Cadillac bog wieder auf die Fernstraße ein und rollte die lange Gerade entlang. Wieder tauchten die Lichter in dem Tal auf, kleine, weiße Lichter, die sich langsam durch die Talsohle bewegten. Scheinwerfer.

Atkinson richtete sich auf dem Sitz auf, zog ein Taschentuch und betupfte damit seinen Mund. Er sah Macdonald von der Seite an und fragte in beherrschtem Ton: „Um was geht es denn, Mac? Willst du mich ausnehmen?"

Macdonald lachte rauh. Dann rülpste er. Er war etwas betrunken. Mit schwerer Zunge sagte er: „Teufel, nein. Die Bande hat sich heute nacht Rhonda Farr gegriffen. Ihre Freunde hier mögen das nicht. Aber darüber wissen Sie doch bestimmt nichts, oder etwa doch?" Er lachte wieder herausfordernd.

Gedehnt antwortete Atkinson: „Es klingt vielleicht komisch, aber woher sollte ich was davon wissen?" Er hob seinen weißen Kopf höher und fuhr fort: „Und wer sind diese Leute hier?"

Macdonald gab ihm keine Antwort. Mallory zündete sich eine Zigarette an, verdeckte die Flamme des Streichholzes mit seinen Händen.

„Das ist wohl nicht so wichtig", antwortete er langsam. „Entweder Sie wissen, wohin Rhonda Farr gebracht wurde, oder Sie können uns einen Tip geben. Überlegen Sie sich das gründlich. Sie haben jetzt reichlich Zeit dazu."

Landrey drehte den Kopf um und sah zurück. In der Dunkelheit war sein Gesicht nur ein blasser Fleck.

„Das ist nicht sehr viel verlangt, Mr. Atkinson", sagte er ernst. Seine Stimme klang kühl, überredend, freundlich. Mit seinen behandschuhten Fingern trommelte er auf die Rückenlehne.

Atkinson starrte eine Weile in seine Richtung. Dann lehnte er den Kopf gegen das Polster. „Und wenn ich nun nicht das geringste darüber weiß?" antwortete er unwillig.

Macdonald hob die Hand und schlug ihm ins Gesicht. Der Kopf des Anwalts wurde gegen das Polster zurückgerissen.

Mit scharfem, unfreundlichem Ton sagte Mallory: „Unterlassen Sie das, Macdonald."

Macdonald fluchte unterdrückt und wendete sein Gesicht ab. Der Wagen fuhr weiter.

Sie hatten jetzt den Talgrund erreicht. Das dreifarbige Leuchtfeuer vom Flughafen funkelte nicht weit entfernt am Himmel. Sie erreichten bewaldete Abhänge mit schmalen Taleinschnitten, die zwischen dunkle Hügel führten. Von dem Newhall-Tunnel dröhnte ein Zug herunter, gewann Tempo und raste mit ohrenbetäubendem Rattern vorbei.

Landrey gab seinem Fahrer einen Befehl. Der Cadillac bog in einen Feldweg ab. Der Fahrer schaltete die Scheinwerfer aus und suchte sich seinen Weg im Dunkel. Der Feldweg führte zu einem Platz mit totem braunem Gras, von niedrigen Büschen umgeben. Auf dem Boden waren undeutlich alte Konservendosen und verfärbte, zerfetzte Zeitungen erkennbar.

Macdonald zog seine Flasche heraus, setzte sie an und trank mit einem lauten Gluckern.

Mühsam sagte Atkinson: „Mir ist etwas schwach. Geben Sir mir auch einen Schluck."

Macdonald drehte sich ihm zu, hielt ihm die Flasche hin, knurrte dann: „Ach was, gehen Sie zum Teufel", und schob die Flasche in seine Manteltasche zurück.

Mallory zog aus der Tasche an der Tür eine Stablampe, schaltete sie ein und richtete den Strahl Atkinson ins Gesicht.

„Reden Sie!“ befahl er.

Atkinson legte seine Hände auf seine Knie und starrte gerade in den Schein der Taschenlampe. Sein Blick war glasig, und sein Kinn wies Blutspuren auf.

„Das hat sich Costello ausgedacht“, sagte er. „Ich weiß gar nicht, worum es geht. Aber wenn Costello dahintersteckt, ist ein gewisser Slippy Morgan daran beteiligt. Er hat eine Hütte an dem Tafelberg bei Baldwin Hills. Vielleicht haben sie Rhonda Farr dort hingebracht.“

Er schloß die Augen, und in dem grellen Licht der Taschenlampe glitzerte eine Träne.

„Darüber müßte Macdonald Bescheid wissen“, sagte Mallory gedehnt.

Atkinson hielt seine Augen geschlossen. „Wahrscheinlich ja“, sagte er. Seine Stimme klang dumpf und ohne jede Empfindung.

Macdonald ballte die Faust, bog sich zur Seite und schlug Atkinson wieder ins Gesicht. Der Anwalt stöhnte, sackte seitlich zusammen. Mallorys Hand zuckte, die Taschenlampe fuhr hoch. Seine Stimme bebte vor Wut.

„Wenn Sie das noch mal machen, kriegen Sie eine Kugel in den Bauch, Plattfuß. Darauf können Sie sich verlassen.“

Mit einem törichten Lachen zog Macdonald sich in seine Ecke zurück. Mallory knipste die Lampe aus. Etwas ruhiger sagte er: „Ich glaube, daß Sie die Wahrheit sagen, Atkinson. Wir werden uns die Hütte von diesem Slippy Morgan mal vornehmen.“

Der Fahrer drehte sich um und wendete den Wagen, suchte sich wieder den Weg zu der Fernstraße zurück.

V

Für einen Augenblick tauchte ein weißer Lattenzaun auf, ehe die Scheinwerfer ausgingen. Dahinter erhoben sich auf einem Abhang die mageren Skelette von ein paar Bohrtürmen, die in den Himmel hinauftasteten. Ohne Lichter rollte der Wagen langsam weiter und hielt gegenüber einem kleinen Fachwerkhaus auf der anderen Straßenseite. Auf dieser Seite der Straße gab es keine Häuser, und nichts lag zwischen dem Wagen und dem Ölfeld. Das Haus zeigte kein Licht.

Mallory stieg aus und überquerte die Straße. Ein kiesbedeckter Fahrweg führte zu einem torlosen Schuppen. Unter seinem Dach war ein Tourenwagen abgestellt. Neben dem Fahrweg wuchs dünnes, ausgetretenes Gras, und daneben lag eine ausgedörrte Fläche, die früher einmal ein Rasen gewesen war. Ein Draht war als Wäscheleine gespannt, und die Hütte hatte eine kleine, offene Veranda mit einer Tür, die mit rostigem Fliegendraht bespannt war. Das alles war im Mondlicht zu erkennen.

Hinter der Veranda befand sich ein einzelnes Fenster mit einer geschlossenen Jalousie. An den Rändern der Jalousie schimmerte durch zwei schmale Ritzen Licht. Mallory ging über das trockene Gras geräuschlos zu dem Wagen zurück.

„Kommen Sie raus, Atkinson", befahl er.

Mühsam stieg Atkinson aus, taumelte wie ein Mann im Halbschlaf über die Straße. Mallory packte seinen Arm. Die beiden Männer gingen die hölzernen Stufen hinauf, überquerten leise die Veranda. Atkinson tastete im Dunkel nach dem Klingelknopf. Er drückte darauf. In dem Haus erklang ein gedämpftes Summen. Mallory preßte sich gegen die Hauswand, auf der Seite, wo ihn die Fliegentür nicht behinderte, wenn sie geöffnet wurde.

Dann wurde die Haustür geräuschlos geöffnet, und hinter dem Fliegendraht war eine Gestalt erkennbar. Hinter der Gestalt befand sich kein Licht.

„Ich bin's, Atkinson", murmelte der Anwalt gedämpft.

Der Haken der Fliegentür wurde gelöst. Sie bewegte sich nach außen.

„Was soll denn das bedeuten?" fragte eine lispelnde Stimme, die Mallory schon einmal gehört hatte.

Mallory bewegte sich vor, hielt seine Luger in Gürtelhöhe. Der Mann in der Türöffnung drehte sich ihm schnell zu. Mallory befand sich dicht neben ihm, schnalzte mit der Zunge und schüttelte vorwurfsvoll den Kopf.

„Sie werden doch nicht etwa eine Waffe haben, Slippy?" sagte er und preßte ihm die Luger gegen die Rippen. „Drehen Sie sich langsam und vorsichtig um, Slippy. Wenn Sie etwas an Ihrem Rückgrat spüren, gehen Sie vor. Wir kommen direkt hinter Ihnen her."

Der schmächtige Mann hob seine Hände und drehte sich um. Mallorys Waffe gegen sein Rückgrat gepreßt, ging er tastend in die Dunkelheit nach hinten. Aus einem kleinen Wohnzimmer roch es nach Staub und billigem Fett. Unter einer Tür war ein Lichtschimmer zu sehen. Langsam ließ der Schmächtige eine Hand sinken und öffnete sie.

Eine Glühbirne ohne Schirm hing von der Mitte der Decke herunter. Eine magere Frau mit einem schmutzigen, weißen Kittel stand darunter, die Arme schlaff an ihren Seiten. Trübe, farblose Augen brüteten unter einer rostroten Mähne. Ihre Finger zuckten und zitterten von einem unbeherrschbaren Zusammenziehen der Muskeln. Sie gab einen dünnen klagenden Laut von sich, wie eine hungrige Katze.

Der schmächtige Mann trat ein, ging bis zur gegenüberliegenden Wand des Zimmers und preßte seine Handflächen gegen die Tapete. Auf seinem Gesicht stand ein starres, nichtssagendes Lächeln.

Hinter ihnen sagte Landreys Stimme: „Ich werde auf Atkinsons Freunde aufpassen."

Er trat, eine große Pistole in seiner behandschuhten Hand, in das Zimmer. „Hübsches, gemütliches Heim hier", fügte er freundlich hinzu.

In einer Ecke des Raumes stand ein Metallbett. Darauf lag Rhonda Farr, bis zum Kinn von einer braunen Militärdecke verhüllt. Die weiße Perücke auf ihrem Kopf war verrutscht und ließ feuchte, goldene Locken sehen. Ihr Gesicht schimmerte bläulich weiß, eine Maske, auf der sich Rouge und Lippenstift grell abhoben. Sie schnarchte.

Mallory schob seine Hand unter die Decke, tastete nach ihrem Puls. Dann hob er ihr ein Augenlid und betrachtete sich genau ihre Pupille. „Betäubt", sagte er.

Die magere Frau in dem weißen Kittel fuhr sich mit der Zunge über die Lippen.

„Kleine Spritze Morphium", sagte sie schläfrig. „Kann keinem was schaden, Mister", fügte sie entschuldigend hinzu.

Atkinson setzte sich auf einen Stuhl, über dessen Lehne ein schmutziges Handtuch hing, legte die Hände auf die Knie, wie um sich zu stützen. Sein Frackhemd schimmerte glänzend in dem grellen Licht. Der untere Teil seines Gesichts war mit verkrustetem Blut verschmiert. Der schmächtige Mann sah ihn verächtlich an und klopfte mit der flachen Hand gegen die fleckige Tapete. Dann trat Macdonald in das Zimmer.

Sein Gesicht war gerötet und verschwitzt. Er taumelte ein wenig und legte eine Hand gegen den Türrahmen.

„Hallo, Leute", sagte er ausdruckslos. „Dafür sollte ich befördert werden."

Der Schmächtige hörte auf zu lächeln. Er duckte sich sehr flink seitlich nieder und hielt überraschend eine Waffe in der Hand. Ein Krachen füllte den Raum, ein lautes, ohrenbetäubendes Krachen. Dann wieder ein Krachen.

Das Zusammenducken des Schmächtigen wurde zu einem Taumeln, und das Taumeln endete in einem Fall. Langsam streckte er sich auf dem nackten Boden aus. Irgendwie wirkte es behaglich. Er lag völlig still. Ein halb offenes Auge schien offensichtlich Macdonald anzusehen. Die magere Frau riß weit den Mund auf, aber es kam kein Schrei.

Macdonald legte seine andere Hand gegen den Türrahmen, stützte sich dagegen und begann zu husten. Hellrotes Blut lief ihm über das Kinn. Langsam glitten seine Hände an dem Türrahmen herunter. Dann zuckte seine Schulter vor, er drehte sich um seine Achse wie ein Schwimmer in einer brechenden Welle und stürzte. Er fiel auf das Gesicht, den Hut noch auf dem Kopf, das mausfarbene Haar in seinem Nacken kräuselte sich in unordentlichen Locken.

„Zwei weniger", sagte Mallory und warf Landrey mit angewidertem Ausdruck einen Blick zu. Landrey sah auf seine große Pistole hinunter und steckte sie dann ein, in die Seitentasche seines dünnen, dunklen Mantels.

Mallory beugte sich zu Macdonald hinunter, legte ihm einen Finger an die Schläfe. Kein Pulsschlag war zu spüren. Er versuchte es an der Halsschlagader mit dem gleichen Ergebnis. Macdonald war tot und roch immer noch stark nach Whisky.

Unter der Glühlampe löste sich eine dünne Rauschschwade auf. Der scharfe Geruch des Schießpulvers stand in dem Zimmer.

Die magere Frau beugte sich vor und sprang auf die Tür zu. Mit harter Hand stieß Mallory sie gegen die Brust, daß sie zurücktaumelte.

„Wir brauchen Sie hier noch."

Atkinson nahm seine Hände von den Knien und rieb sie gegeneinander, als ob er jedes Gefühl darin verloren hätte.

Landrey ging zu dem Bett hinüber, streckte seine behandschuhte Hand hinunter und berührte Rhonda Farrs Haar.

„Hallo, Kindchen", sagte er leichthin, „lange nicht gesehen." Er verließ das Zimmer mit den Worten: „Ich lasse den Wagen auf diese Seite der Straße bringen."

Mallory sah Atkinson an. Gleichmütig fragte er: „Wer hat die Briefe, Atkinson? Die Briefe, die von Rhonda Farr stammen."

Langsam hob Atkinson sein ausdrucksloses Gesicht, blinzelte, als ob ihm das Licht in den Augen weh täte. Er antwortete mit tonloser, wie aus weiter Ferne klingender Stimme.

„Ich . . . ich weiß es nicht. Vielleicht Costello. Ich habe sie nie gesehen."

Mallory stieß ein kurzes, rauhes Lachen aus, das den harten, kalten Ausdruck seines Gesichtes nicht veränderte. „Es wäre doch verdammt komisch, wenn das wahr sein sollte."

Er beugte sich über das Bett in der Ecke und hüllte Rhonda Farr fest in die braune Decke. Als er sie hochhob, hörte sie auf zu schnarchen, aber sie wurde nicht wach.

VI

Ein oder zwei Fenster an der Front des Apartmenthauses zeigten Licht. Mallory hob seine Hand und blickte auf die flache Uhr an der Innenseite seines Handgelenks. Die schwachleuchtenden Zeiger wiesen auf halb vier. Er sagte über die Schulter in den Wagen: „Geben Sie mir etwa zehn Minuten. Dann kommen Sie nach. Ich lasse die Türen offen."

Die Eingangstür des Apartmenthauses war verschlossen. Mallory öffnete sie mit einem einzelnen Schlüssel, ließ sie angelehnt. In der Halle war wenig Licht. Es kam von einer Stehlampe und einer abgedeckten Lampe über der Telefonvermittlung. Ein ausgemergelter, weißhaariger kleiner Mann schlief in einem Sessel bei der Telefonzentrale. Sein Mund stand offen, und er atmete mit langem, klagendem Schnarchen, das wie das Jaulen eines verletzten Tieres klang.

Mallory stieg über die läuferbedeckte Treppe nach oben. Im zweiten Stock drückte er auf den Fahrstuhlknopf. Als der Lift mit gedämpftem Summen von oben heruntergekommen war, stieg er ein und drückte auf den Knopf mit der Ziffer sieben. Er gähnte. Seine Augen waren glanzlos vor Müdigkeit.

Der Fahrstuhl kam stockend zum Halten, und Mallory ging durch den hellen stillen Korridor. Vor einer olivgrauen Tür blieb er stehen und legte sein Ohr gegen die Füllung. Dann schob er einen einzelnen Schlüssel behutsam in das Schloß, drehte ihn langsam, drückte die Tür einen kleinen Spalt auf. Er lauschte wieder, dann trat er ein.

Eine Lampe mit einem roten Schirm, die neben einem Polstersessel stand, brannte. In dem Sessel lag ein Mann ausgestreckt, und der Lichtschein fiel ihm ins Gesicht. An Handgelenken und Knöcheln war er mit breiten Leukoplaststreifen gefesselt. Über seinem Mund war ebenfalls ein breiter Leukoplaststreifen geklebt.

Mallory drückte die Tür hinter sich zu, schloß sie aber nicht ab. Mit schnellen, leisen Schritten ging er quer durch das Zimmer. Der Mann in dem Sessel war Costello. Sein Gesicht hatte neben dem weißen Leukoplaststreifen, der ihm den Mund verschloß, eine bläuliche Farbe. Seine Brust hob und senkte sich mit krampfhaftem Zucken, und beim Atmen durch seine große Nase gab er schnarchende Töne von sich.

Mallory riß mit einem Ruck das Pflaster von Costellos Mund los, drückte mit einer Handfläche sein Kinn herunter, so daß der Mund sich weit öffnete. Costellos stoßweises Atmen beruhigte sich etwas.

Seine Brust hörte auf zu zucken, und die bläuliche Färbung seines Gesichts wich einer tiefen Blässe. Er regte sich und stöhnte.

Mallory nahm eine unangebrochene Flasche Whisky vom Kaminsims, riß die Stanniolkapsel über dem Verschluß mit den Zähnen ab und schraubte den Verschluß auf. Er bog Costellos Kopf weit zurück, träufelte ihm Whisky in den offenen Mund, schlug ihm mit der flachen Hand klatschend ins Gesicht.

Costello hustete, schluckte krampfhaft. Etwas Whisky lief ihm aus den Nasenlöchern. Er öffnete die Augen, sein starrer Blick gewann langsam Leben. Er murmelte etwas Unverständliches.

Mallory ging durch die Samtvorhänge, die eine Türöffnung am hinteren Ende des Zimmers verdeckten, und trat in einen kurzen Gang. Die erste Tür führte in ein Schlafzimmer mit zwei Betten. Eine Lampe brannte, und auf jedem der Betten lag ein gefesselter Mann.

Jim, der grauhaarige Kriminalpolizist, schlief entweder oder war noch bewußtlos. Das Haar an der Seite seines Kopfes war steif von geronnenem Blut. Sein Gesicht war schmutziggrau.

Die wütenden Augen des Rothaarigen waren weit geöffnet, funkelten wie Diamanten. Sein Mund unter dem Heftpflaster arbeitete, er versuchte es durchzukauen. Er hatte sich auf die Seite gewälzt und war fast von dem Bett heruntergefallen.

Mallory stieß ihn auf die Mitte des Bettes zurück. „Das ist in dem Spiel alles mit drin", sagte er.

Er ging in das Wohnzimmer zurück und machte mehr Licht. Costello hatte sich in dem Sessel mühsam höhergezogen. Mallory zog ein Taschenmesser, beugte sich über ihn und durchtrennte die Pflasterstreifen, die Costellos Handgelenke auf dem Rücken zusammenhielten. Costello riß seine Hände auseinander, grunzte und rieb den Rücken seiner Handgelenke, wo durch das Pflaster Haare ausgerissen worden waren. Er beugte sich vor und löste das Pflaster von seinen Füßen.

„Das hat mir nicht sehr gut getan", sagte er. „Ich atme immer durch den Mund." Seine Stimme klang undeutlich, tonlos und ohne Ausdruck.

Er stand aus dem Sessel auf, goß sich ein Glas halb voll Whisky und trank ihn in einem Zug herunter, setzte sich wieder und lehnte seinen Kopf gegen die hohe Rückenlehne des Sessels. Sein Gesicht gewann wieder Leben, in seinen blassen Augen erschien ein Glitzern.

„Was gibt es Neues?" fragte er.

Mallory rührte mit einem Löffel in einer Schale mit Wasser, das einmal Eis gewesen war, runzelte die Stirn und trank einen Schluck unverdünnten Whisky. Er strich mit den Fingerspitzen vorsichtig über die linke Seite seines Kopfes und zuckte zusammen. Dann setzte er sich, zündete sich eine Zigarette an.

„Allerlei", sagte er. „Rhonda Farr ist wieder zu Hause, Macdonald und Slippy Morgan hat es erwischt. Aber das ist unwichtig. Ich bin hinter ein paar Briefen her, die Sie an Rhonda Farr zu verhökern suchten. Rücken Sie die Briefe heraus!"

Costello hob den Kopf und grunzte. „Ich habe die Briefe nicht", antwortete er.

„Rücken Sie die Briefe raus, Costello. Jetzt sofort!" Er klopfte vorsichtig die Asche von seiner Zigarette in die Mitte eines grellgrünen Karos auf dem Teppich.

Costello machte eine ungeduldige Handbewegung. „Ich habe sie nicht", erklärte er starrköpfig, „ich habe sie nie gesehen."

Mallorys Augen waren schiefergrau, sehr kalt, und seine Stimme hatte eine knappe Schärfe. „Es ist erbärmlich, wie wenig ihr Lumpen von eurem Geschäft versteht", sagte er. „Ich bin müde, Costello. Ich habe keine Lust, mich herumzustreiten. Es wird Ihnen wenig Freude machen, wenn Ihnen einer Ihren großen Zinken von Nase mit dem Lauf einer Pistole krumm und schief schlägt."

Costello hob seine knochige Hand und strich sich um seinen Mund, wo die Haut durch das Losreißen des Pflasters wund und gerötet war. Er sah sich in dem Zimmer um. Die Samtvorhänge an der hinteren Tür bewegten sich leicht, fast als ob eine Brise wehte. Aber es wehte keine Brise. Mallory starrte vor sich auf den Teppich.

Costello erhob sich langsam aus dem Sessel. Er sagte: „Ich habe hier einen Wandsafe. Ich werde ihn öffnen."

Er ging durch das Zimmer zu der Wand, in der die Außentür lag, nahm ein Bild ab und drehte an der Nummernscheibe eines kleinen, in die Wand eingelassenen Stahlfachs. Er zog die kleine Tür auf und schob seinen Arm in den Safe.

„Keine Bewegung, Costello!“ befahl Mallory.

Träge schritt er durch das Zimmer, griff mit seiner linken Hand über Costellos Arm hinweg in den Safe. Als er sie herauszog, hielt er eine kleine, perlmuttbeschlagene Pistole. Er stieß einen leisen Pfiff zwischen den Lippen aus und steckte die kleine Waffe in seine Tasche.

„Sie werden es wohl nie lernen, Costello, wie?“ fragte er mit müder Stimme.

Costello hob die Schultern und ging zu dem Sessel zurück. Mallory griff wieder in den Safe, zog seinen Inhalt heraus und ließ ihn auf den Boden fallen. Er ließ sich auf ein Knie nieder. Vor ihm lagen ein paar lange, weiße Briefumschläge, ein Päckchen Zeitungsausschnitte, die von einer Papierklammer zusammengehalten wurden, ein längliches, dickes Scheckheft, ein kleines Fotoalbum, ein Notizbuch mit Adressen, verschiedene einzelne Papiere, ein paar gelbe Bankauszüge mit angehefteten Schecks. Mallory blätterte achtlos, ohne sonderliches Interesse, in den Papieren.

Die Vorhänge hinter der Türöffnung bewegten sich wieder. Costello stand regungslos vor dem Kamin. Durch den Vorhang erschien eine kleine Hand, die sehr sicher eine Waffe hielt. Der Hand folgte eine schlanke Gestalt mit weißem Gesicht und funkelnden Augen — Erno.

Mallory richtete sich auf, hielt die Hände in Höhe seiner Brust, sie waren leer.

„Höher, Jungchen“, krächzte Erno, „viel höher.“

Mallory hob seine Hände etwas weiter. Seine Stirn war scharf gerunzelt.

Erno trat ganz in das Zimmer. Sein Gesicht glänzte. Eine Locke öligen schwarzen Haares hing zu einer Augenbraue hinunter. Mit einem starren Grinsen zeigte er seine Zähne.

Er sagte: „Am besten verpassen wir dem hinterhältigen Betrüger das Ding gleich hier.“

Seine Stimme hatte einen fragenden Ton, als ob er auf Costellos Bestätigung wartete.

Costello sagte kein Wort.

Mallory bewegte ein wenig den Kopf. Sein Mund war knochentrocken. Er beobachtete Ernos Augen, sah, wie sie sich zusammenzogen.

Schnell sagte er: „Sie wurden betrogen, Dummkopf, aber nicht von mir."

Ernos Grinsen verbreiterte sich zu einer höhnischen Grimasse. Er beugte den Kopf zurück. Das erste Gelenk seines Zeigefingers am Abzug wurde weiß. Plötzlich kam von der Tür ein Geräusch, und sie wurde geöffnet.

Landrey erschien. Mit einem Stoß der Schulter schloß er die Tür hinter sich, lehnte sich mit dramatischer Pose dagegen. Die Hände hielt er in den Seitentaschen seines leichten, dunklen Mantels. Seine Augen unter dem weichen, schwarzen Hut funkelten teuflisch. Er sah zufrieden aus. Er bewegte sein Kinn in dem weißen, seidenen Schal, der achtlos um seinen Hals geschlungen war. Sein angenehmes, blasses Gesicht wirkte wie eine Schnitzerei aus altem Elfenbein.

Erno bewegte seine Waffe etwas. Fröhlich sagte Landrey: „Ich wette einen Tausender, daß Sie zuerst auf die Nase fallen."

Ernos Lippen zuckten unter seinem glänzenden, kleinen Schnurrbart. Zwei Waffen krachten im gleichen Augenblick. Landrey schwankte etwas, wie ein Baum, der von einem plötzlichen Windstoß getroffen wird. Das dumpfe Krachen seiner Fünfundvierziger ertönte noch einmal, durch den Stoff des Mantels und die Nähe seines Körpers etwas gedämpft.

Mallory ließ sich hinter das Sofa fallen, wälzte sich und kam mit der erhobenen Luger wieder zum Vorschein. Aber Ernos Gesicht hatte schon jeden Ausdruck verloren.

Er fiel langsam. Sein leichter Körper schien von dem Gewicht der Waffe in seiner rechten Hand zu Boden gezogen zu werden. Er knickte in den Knien ein, als er fiel, glitt vorwärts auf den Boden. Sein Rücken bog sich einmal durch, wurde dann schlaff.

Landrey zog seine linke Hand aus der Manteltasche und spreizte die Finger, als ob er etwas von sich fortschieben wollte. Langsam und schwerfällig zog er die große Pistole aus der anderen Tasche, hob sie Zentimeter um Zentimeter, drehte sich dabei auf den Fußballen. Er schwenkte seinen Körper in die Richtung von Costellos starrer Gestalt und drückte noch einmal ab. Putz splitterte von der Wand neben Costellos Schulter.

Landrey lächelte vage. „Verdammt", sagte er mit leiser Stimme. Dann verdrehte er die Augen nach oben, und die Waffe entfiel seinen kraftlosen Fingern, polterte auf den Teppich. Landrey sank Zentimeter um Zentimeter in sich zusammen, weich und elegant, kniete, schwang einen Augenblick hin und her, ehe er seitwärts fiel und sich fast ohne Geräusch auf dem Boden ausstreckte.

Mallory sah Costello an und sagte mit belegter, gereizter Stimme: „Mann, haben Sie ein Glück!"

Der Summer schnarrte hartnäckig. Drei kleine Lichter glühten rot auf der Schalttafel der Telefonzentrale. Der dürre, weißhaarige, kleine Mann schnappte seinen Mund zu und räkelte sich schläfrig in seinem Sessel auf.

Mallory schoß an ihm vorbei, den Kopf zur anderen Seite gewendet, hetzte durch die leere Halle und durch die Eingangstür des Apartmenthauses hinaus, die drei Marmorstufen hinunter, über den Bürgersteig und auf die andere Straßenseite. Der Fahrer von Landreys Wagen hatte schon auf den Starter getreten. Mallory sprang außer Atem auf den Sitz neben ihm, schlug die Wagentür hinter sich zu.

„Fahren Sie los, schnell", keuchte er. „Vermeiden Sie den Boulevard. In fünf Minuten ist Polizei hier."

Der Fahrer sah ihn an und fragte: „Wo ist Landrey? Es wurde geschossen."

Mallory hob die Luger, befahl scharf und kalt: „Fahr los, Kerl!"

Der Gang wurde eingeschaltet, der Cadillac schoß von der Stelle. Verwegen bog der Fahrer um die nächste Ecke, am Rand seines Blickfeldes sah er die Mündung der Waffe.

„Landrey hat was abbekommen", sagte Mallory. „Er ist tot." Er hob die Mündung der Luger dem Fahrer unter die Nase. „Aber nicht von meiner Waffe. Riechen Sie daran, Freundchen. Sie wurde nicht abgeschossen."

„Mein Gott", sagte der Fahrer mit heiserer Stimme. Der Wagen schlug einen wilden Bogen, entkam um Zentimeter dem Bordstein.

Der Tag begann zu dämmern.

VII

„Publicity, mein Lieber", sagte Rhonda Farr, „nichts als Publicity. Jede beliebige Art ist besser als keine. Ich bin nicht so sicher, ob mein Vertrag erneuert wird. Dazu werde ich sie wahrscheinlich brauchen."

Sie saß in einem tiefen Sessel in einem großen, länglichen Raum. Mit trägen, gleichgültigen, veilchenblauen Augen sah sie Mallory an und streckte ihre Hand nach einem großen, beschlagenen Glas aus. Sie trank einen Schluck.

Der Raum war riesig. Chinesische Teppiche in sanften Farben bedeckten den Boden. Es war viel Teakholz und roter Lack vorhanden. Hoch die Wände hinauf funkelten Goldrahmen, und die Decke erschien undeutlich und fern, wie der dunstige Himmel an einem heißen Tag. Ein großes, geschnitztes Radiogerät sandte gedämpfte, unwirkliche Töne aus.

Mallory zog die Nase kraus und sah auf eine grimmige Weise amüsiert aus.

„Sie sind eine häßliche kleine Ratte", sagte er. „Ich kann Sie nicht ausstehen."

„O doch, das tun Sie, mein Lieber", entgegnete Rhonda Farr. „Sie sind verrückt nach mir."

Sie lächelte und befestigte eine Zigarette in einer jadegrünen Zigarettenspitze, deren Farbton zu ihrem jadegrünen Hausanzug paßte. Dann streckte sie ihre schöngeformte Hand aus und drückte auf einen Klingelknopf, der in die Platte eines mit Perlmutt eingelegten Teakholztisches eingelassen war. Geräuschlos tauchte ein japanischer Butler in einer weißen Jacke in dem Raum auf und mixte neue Highballs.

„Sie sind ein recht kluger Bursche, mein Lieber, nicht wahr", begann Rhonda Farr, als der Butler wieder verschwunden war. „Und Sie haben ein paar Briefe in der Tasche, von denen Sie glauben, daß sie mir alles in der Welt bedeuten." Sie nahm einen Schluck von ihrem frischen Highball. „Die Briefe, die Sie da haben, sind gefälscht. Sie wurden vor etwa einem Monat geschrieben. Landrey hat sie nie gehabt. Seine Briefe gab er mir vor langer Zeit zurück. Was Sie da haben, ist wertlos." Sie hob eine Hand zu ihrem prachtvoll gewellten Haar. Das Erlebnis der vergangenen Nacht schien keine Spuren bei ihr zurückgelassen zu haben.

Mallory betrachtete sie aufmerksam. „Wie wollen Sie das beweisen?" fragte er.

„Durch das Briefpapier — falls ich es wirklich beweisen muß. An der Ecke der Fourth und der Spring Avenue wohnt ein kleiner Mann, der auf diesem Gebiet Fachmann ist."

„Und die Handschrift?" meinte Mallory.

Rhonda Farr lächelte leicht. „Handschriften sind leicht zu fälschen, wenn man genügend Zeit hat. Das hat man mir jedenfalls gesagt. Und ich werde sie als Fälschung bezeichnen."

Mallory nickte. Er schlürfte an seinem Glas. Er griff mit der Hand in seine Innentasche und zog einen großen, gelben Briefumschlag heraus. Er legt ihn auf seine Knie.

„Vier Männer wurden in der vergangenen Nacht wegen dieser gefälschten Briefe erschossen", sagte er ohne besondere Betonung.

Rhonda Farr sah ihn ungerührt an. „Zwei davon waren Banditen, der dritte ein bestechlicher Polizist. Soll ich wegen solcher Halunken vielleicht nicht schlafen? Um Landrey tut es mir natürlich leid."

Höflich sagte Mallory: „Es ist nett von Ihnen, daß es Ihnen wegen Landrey leid tut."

Friedfertig antwortete sie: „Wie ich Ihnen schon einmal gesagt habe, war Landrey vor ein paar Jahren, als er versuchte, beim Film anzukommen, ein recht netter Junge. Aber dann ergriff er einen anderen Beruf, und in diesem Gewerbe mußte er eines Tages eine Kugel einfangen."

Mallory rieb sein Kinn. „Es ist merkwürdig, daß er sich nicht daran erinnerte, Ihnen Ihre Briefe zurückgegeben zu haben. Wirklich sehr merkwürdig."

„Das war so seine Art, mein Lieber. Er spielte gern Theater und setzte sich gern in Szene. Es gab ihm die Möglichkeit zu einer prachtvollen Pose. Das muß ihm enormen Spaß gemacht haben."

Mallorys Gesicht wurde hart und zeigte seinen Abscheu. „Ich hielt die Geschichte für sauber. Ich wußte nicht viel über Landrey, aber er kannte einen guten Freund von mir in Chikago. Er dachte sich einen Weg aus, wie man mit den Burschen in Verbindung kommen konnte, die Sie unter Druck setzten, und den schlug ich ein. Dann passierte einiges. Dadurch wurde es alles leichter. Es wurde aber auch sehr viel lauter."

Rhonda Farr klopfte mit ihren kleinen schimmernden Nägeln gegen ihre kleinen schimmernden Zähne. Sie fragte: „Was sind Sie eigentlich bei sich zu Hause, mein Lieber? Einer dieser Burschen, die sich Privatdetektiv nennen?"

Mallory lachte rauh, machte eine unbestimmte Handbewegung und strich sich mit den Fingern durch sein starres, dunkles Haar. „Lassen Sie das, Kindchen", sagte er leise, „das ist gleichgültig."

Rhonda Farr sah ihn mit überraschtem Blick an. Dann lachte sie fast schrill. „Es ist alles verrückt, nicht wahr?" sagte sie besänftigend und fuhr im sachlichen Ton fort: „Atkinson hat mich seit Jahren auf die eine oder andere Art ausgesaugt. Ich schrieb die Briefe und bewahrte sie an einer Stelle auf, wo er sie in die Hände bekommen konnte. Sie verschwanden. Ein paar Tage später rief einer dieser Männer mit der scharfen Stimme an und begann mich unter Druck zu setzen. Ich ließ es laufen. Ich rechnete damit, daß ich es irgendwie Atkinson anhängen könne. Unser beider Ruf würde für eine Geschichte in der Zeitung ausreichen, die mir nicht allzuviel schaden konnte. Aber die Geschichte wuchs sich aus, und ich bekam es mit der Angst. Mir kam der Gedanke, Landrey um Hilfe zu bitten. Ich war überzeugt, er würde es gern tun."

Mallory sagte grob: „Was haben Sie doch für ein naives aufrichtiges Gemüt, Sie kleines Aas."

„Sie haben nicht sehr viel Ahnung, was hier in Hollywood gespielt wird, mein Lieber, wie?“ antwortete Rhonda Farr. Sie neigte den Kopf zur Seite und summte leise die Melodie einer Tanzkapelle mit, die aus dem Radio gedämpft durch die stille Luft klang. „Das ist eine herrliche Melodie. Sie ist aus einer Sonate von Weber gestohlen ... Publicity muß einem hier ein kleines bißchen weh tun, sonst glaubt niemand daran.“

Mallory stand auf, nahm den Briefumschlag von seinen Knien. Er ließ ihn auf ihren Schoß fallen.

„Das hier kostet Sie fünftausend“, sagte er.

Rhonda Farr lehnte sich zurück und schlug ihre jadegrünen Beine übereinander. Ein kleiner grüner Pantoffel glitt von ihrem nackten Fuß auf den Teppich, und der Briefumschlag fiel daneben. Sie rührte sich nicht, um sich danach zu bücken.

„Warum?“ fragte sie.

„Ich bin Geschäftsmann, mein Kind. Ich werde für meine Arbeit bezahlt. Landrey hat mich nicht bezahlt. Fünftausend war der vereinbarte Preis. Erst war es sein Preis, jetzt ist es der Ihre.“

Sie sah ihn fast gleichgültig aus gelassenen, kornblumenblauen Augen an und sagte: „Kein Geschäft für mich ... Erpesser! Wie ich Ihnen schon im Bolivar gesagt habe. Ich bin Ihnen herzlich dankbar, aber mein Geld verwende ich für mich selbst.“

Knapp antwortete Mallory: „Das hier ist eine verdammt gute Gelegenheit, etwas auszugeben.“

Er beugte sich vor, ergriff ihr Glas und trank einen Schluck daraus. Als er das Glas wieder absetzte, klopfte er ein paarmal mit den Nägeln von zwei Fingern dagegen. Ein kleines, knappes Lächeln spielte um seine Mundwinkel. Er zündete eine Zigarette an und warf das Streichholz in eine Schale mit Hyazinthen.

Langsam sagte er: „Landreys Fahrer hat natürlich ausgeplaudert. Landreys Freunde wollen mit mir sprechen. Sie wollen wissen, wie es kam, daß Landrey in Westwood umgelegt wurde. Nach einiger Zeit wird mir auch die Polizei auf die Spur kommen. Irgend jemand wird denen bestimmt einen Tip geben. Gestern nacht war ich dabei, wie vier Männer getötet wurden. Und natürlich werde ich nicht davonlaufen. Wahrscheinlich muß ich der Polizei die ganze Geschichte auseinandersetzen. Die Polizei wird Ihnen jede Menge Publicity geben, Kindchen. Und Landreys Freunde — nun, ich weiß nicht, was die tun werden. Aber es wird etwas sein, daß Ihnen sehr weh tun wird, nehme ich an."

Rhonda Farr sprang von ihrem Platz auf, ihre Zehen tasteten nach dem grünen Pantoffel. Ihre Augen waren weit aufgerissen und erschrocken.

„Sie wollen ... Sie wollen mich verkaufen?" fragte sie atemlos.

Mallory lachte. Seine Augen funkelten hart.

„Weshalb sollte ich Sie denn decken?" fragte er in fast gelangweiltem Ton. „Ich bin Ihnen nichts schuldig. Und Sie sind zu verdammt geizig mit Ihrem Geld, um mich zu engagieren. Ich habe keine Vorstrafen, aber Sie wissen ja, welche Vorliebe die Polizei für einen meiner Sorte hat. Und Landreys Freunde werden die Geschichte für einen tückischen Hinterhalt ansehen, der ihm gelegt wurde. Warum, zum Teufel, sollte ich eine Schlange wie Sie decken?"

Er knurrte wütend. In seinem sonnengebräunten Gesicht standen rote Flecken.

Rhonda Farr stand völlig regungslos und schüttelte langsam ihren Kopf. Sie sagte: „Kein Geschäft, Erpresser! Kein Geschäft mit mir!" Ihre Stimme klang schwach und erschöpft, aber sie reckte hart und tapfer ihr Kinn vor.

Mallory streckte die Hand aus und ergriff seinen Hut. „An Ihnen ist schon etwas dran", sagte er grinsend. „Aber, Himmel, mit euch Hollywoodpuppen muß schwer auszukommen sein."

Er beugte sich plötzlich vor, legte seine linke Hand auf ihren Hinterkopf und küßte sie fest auf den Mund. Dann schnippte er mit seinen Fingerspitzen über ihre rechte Wange.

„Sie sind ein nettes Mädchen — in gewisser Weise", sagte er. „Und eine gute Lügnerin, einigermaßen gut, jedenfalls. Aber Sie haben keine Briefe gefälscht, mein Kind. Auf diesen Trick wäre Atkinson nicht hereingefallen."

Rhonda Farr beugte sich nieder, packte den Briefumschlag, der auf dem Teppich lag, und schüttelte heraus, was sich in ihm befand. Eine Anzahl engbeschriebener grauer Blätter mit Büttenrand und einem zarten, goldenen Monogramm. Mit zitternden Nasenflügeln starrte sie auf die Briefe.

Langsam sagte sie dann: „Ich werde Ihnen das Geld schicken."

Mallory legte seine Hand unter ihr Kinn und hob ihren Kopf. Überraschend freundlich sagte er: „Ich habe nur einen Scherz gemacht, Kind. Das ist eine meiner schlechten Gewohnheiten. Aber an diesen Briefen gibt es zwei komische Dinge. Erstens haben sie keine Umschläge, und nicht das geringste in ihnen verrät, an wen sie gerichtet sind — aber auch nicht ein Wort. Und zweitens, Landrey hatte sie in seiner Tasche, als er getötet wurde."

Er nickte und wendete sich ab.

„Warten Sie", rief Rhonda Farr scharf. Ihre Stimme war plötzlich verängstigt.

Er ging ein paar Schritte durch das Zimmer, drehte dann den Kopf. „Ich muß gehen", sagte er. „Ich habe eine Verabredung in der dunklen, schwarzen Nacht . . Schicken Sie mir ein paar Blumen. Blaue Wildblumen, wie Ihre Augen."

Er ging unter einem Bogen hindurch hinaus. Eine Tür öffnete sich und fiel schwer ins Schloß. Rhonda Farr saß lange Zeit da, ohne sich zu rühren.

VIII

Zigarrenrauch hing in der Luft. Eine Gruppe Personen in Abendkleidung stand Cocktails schlürfend neben einem von einem Vorhang bedeckten Durchgang, der in die Spielräume führte. Hinter den Vorhängen war hellbeleuchtet das Ende eines Roulettetisches zu sehen.

Mallory stützte seinen Ellbogen auf die Bar, und der Barmann verließ die beiden jungen Mädchen in Abendkleidern und wischte mit einem weißen Tuch über das polierte Holz vor ihm.

„Was wird gewünscht, Chef?" sagte er.

„Ein kleines Bier", antwortete Mallory.

Der Barmann schenkte es ein, lächelte und begab sich zu den beiden Mädchen zurück. Mallory schlürfte an dem Bier, verzog das Gesicht und blickte in den breiten Spiegel, der die ganze Wand hinter der Bar bedeckte und ein wenig vorgeneigt war, so daß man darin den ganzen Boden bis zur anderen Wand übersehen konnte. Eine Tür in der Wand wurde geöffnet, und ein Mann im Abendanzug erschien. Er hatte ein runzeliges, braunes Gesicht und Haar in der Farbe von Stahlwolle. Seine Augen begegneten Mallorys Blick in dem Spiegel, und er kam nickend durch den Raum.

Er sagte: „Ich bin Mardonne. Nett, daß Sie gekommen sind."

Er hatte eine weiche, gedeckte Stimme, die Stimme eines fetten Mannes, aber er war nicht fett.

„Ich komme nicht zu einem Freundschaftsbesuch", sagte Mallory.

„Gehen wir also in mein Büro", antwortete Mardonne.

Mallory trank noch einen kleinen Schluck von dem Bier, verzog wieder das Gesicht und schob das Glas über den Bartisch von sich.

Sie gingen durch die Tür hinaus, eine teppichbelegte Treppe hinauf, auf die in halber Höhe eine weitere Treppe stieß. Aus einer offenen Tür fiel Licht auf den Treppenabsatz.

Sie traten in den beleuchteten Raum.

Das Zimmer war einmal ein Schlafzimmer gewesen, und man hatte sich keine besondere Mühe damit gemacht, es zu einem Büro umzuwandeln. Die Wände waren grau, mit zwei oder drei Farbdrucken in schmalen Rahmen. Es befanden sich ein großer Aktenschrank, ein guter Safe und Sessel darin. Auf einem Walnußschreibtisch stand eine Lampe mit einem Pergamentschirm. Ein sehr blonder junger Mann saß auf der Ecke des Schreibtisches und wippte mit einem Bein, das er über das andere geschlagen hatte. Er trug einen weichen Filzhut mit einem buntfarbigen Band.

Mardonne sagte: „Es ist gut, Henry, ich habe zu tun."

Der junge Mann erhob sich von dem Schreibtisch, gähnte, hob mit einem affektierten Schlenkern des Handgelenks eine Hand vor den Mund. An einem Finger trug er einen großen Brillanten. Er sah

Mallory an, lächelte und ging langsam aus dem Zimmer, schloß die Tür hinter sich.

Mardonne setzte sich auf einen mit blauem Leder überzogenen Sessel. Er zündete eine dünne Zigarre an und schob den Zigarren=behälter über die gemaserte Schreibtischplatte. Mallory schob den Sessel vom Ende des Schreibtisches zwischen die Tür und die beiden offenstehenden Fenster. Das Zimmer hatte noch eine weitere Tür, aber sie wurde von dem Safe verdeckt.

Er zündete sich eine Zigarette an und sagte: „Landrey schuldet mir Geld. Fünftausend. Gibt es jemand, der daran interessiert ist, mich zu bezahlen?"

Mardonne legte seine braunen Hände auf die Armlehnen und schwenkte sich auf dem drehbaren Sessel hin und her. „So weit sind wir noch nicht", antwortete er.

„Richtig. Wie weit sind wir denn?" entgegnete Mallory.

Mardonne kniff seine trüben Augen zusammen. Seine Stimme klang flach und tonlos. „Wie wurde Landrey getötet?"

Mallory nahm seine Zigarette zwischen die Lippen und faltete seine Hände hinter seinem Kopf zusammen. Er stieß Rauch aus und sprach durch den Rauch zu der Wand über Mardonnes Kopf.

„Er hinterging jeden, bis er schließlich sich selbst hinterging. Er spielte zu viele Rollen und konnte sie schließlich nicht mehr ausein=anderhalten. Er war schießwütig. Wenn er eine Waffe in der Hand hatte, mußte er auf jemand losknallen. Und dann schoß einer zu=rück."

Mardonne schaukelte sich weiter hin und her und sagte: „Viel=leicht können Sie es ein bißchen verständlicher darstellen?"

„Gewiß ... Ich könnte Ihnen eine Geschichte erzählen ... Etwa von einem Mädchen, die früher einmal ein paar Briefe schrieb. Sie glaubte, sie sei verliebt. Es waren verwegene Briefe, die Art Briefe, die ein Mädchen schreibt, das mehr riskiert, als gut für es ist. Die Zeit verging, und irgendwie fielen die Briefe in die Hände von Er=pressern. Ein paar fingen an, das Mädchen auszuquetschen. Nicht ge=rade sehr schlimm, nicht so sehr, daß es ernstlich in Verlegenheit kam. Aber wie es scheint, gehört die junge Dame zu der Sorte, die alles gründlich und umständlich macht. Landrey glaubte, er könne ihr behilflich sein. Er hatte einen Plan, und für diesen Plan brauchte er einen Mann, der sich in einem Smoking bewegen konnte, den Löffel beim Kaffeetrinken aus seiner Tasse nahm und hier in der Stadt nicht bekannt war. Er wendete sich an mich. Ich betreibe eine kleine Agentur in Chikago."

Mardonne drehte sich den offenen Fenstern zu und starrte auf die Gipfel einiger Bäume, die draußen zu sehen war. „Privatdetektiv also", grunzte er teilnahmslos. „Aus Chikago."

Mallory nickte, warf ihm einen kurzen Blick zu und sah dann wieder auf die gleiche Stelle an der Wand.

„Und stehe im Ruf, zuverlässig zu sein, Mardonne. Nach der Gesellschaft, in der ich mich in letzter Zeit bewegt habe, sollte man es nicht glauben."

Mardonne machte eine schnelle ungeduldige Handbewegung, sagte aber nichts.

Mallory fuhr fort: „Nun, ich gab der Geschichte einen kleinen Stoß, und das war mein erster und schlimmster Fehler. Ich kam in der Geschichte gerade etwas weiter, als sich aus dem, was als Abrechnung gedacht war, ein Menschenraub entwickelte. Das war nicht angenehm. Ich setzte mich mit Landrey in Verbindung, und er entschloß sich, sich mit mir zu zeigen. Wir fanden das Mädchen ohne sonderliche Schwierigkeiten. Wir brachten sie nach Hause. Aber wir mußten immer noch die Briefe beschaffen. Während ich versuchte, sie aus dem Burschen herauszuholen, von dem ich glaubte, daß er sie habe, kam mir einer der bösen Buben in den Rücken und wollte mit seiner Pistole spielen. Landrey bekam einen glänzenden Auftritt, zeigte eine dramatische Pose und ließ sich mit dem Lumpen in eine Schießerei ein, auf zwei Meter Abstand. Dabei fing er Blei ein. Wenn man Geschmack an Geschichten dieser Art hat, war sie sehr hübsch, aber ich saß dadurch in der Tinte. Vielleicht bin ich also voreingenommen. Jedenfalls mußte ich verschwinden und erst einmal dahinterkommen, was eigentlich gespielt wurde."

Mardonnes trübe, braune Augen zeigten eine flüchtig aufflackernde Erregung. „Die Darstellung des Mädchens zu hören wäre auch interessant", sagte er kühl.

Mallory blies eine blasse Rauchwolke aus. „Sie stand unter Morphium und weiß überhaupt nichts. Wenn sie was wüßte, würde sie nichts sagen. Außerdem kenne ich ihren Namen nicht."

„Aber ich", antwortete Mardonne. „Landreys Fahrer hat ausgepackt. Darüber brauchen Sie sich also nicht zu sorgen."

Mallory sprach gelassen weiter. „So sieht die Geschichte von außen aus, ohne Anmerkungen. Mit Anmerkungen ist sie merkwürdiger — und auch verdammt viel schmutziger. Das Mädchen bat Landrey nicht um seine Hilfe, aber er wußte von der Abrechnung. Er hatte die Briefe einmal besessen, weil sie an ihn gerichtet waren. Sein Plan, um ihnen auf die Spur zu kommen, bestand darin, daß ich bei dem Mädchen selbst einen falschen Schritt unternahm, sie in dem Glauben wiegte, ich hätte die Briefe, um sie zu überreden, sich mit mir in einem Nachtklub zu treffen, wo sie von den Leuten beobachtet werden konnte, die sie ausnehmen wollten. Sie würde sich darauf einlassen, weil sie die Nerven dazu hatte. Sie würde beobachtet werden, weil in ihrer Nähe ein Spitzel war — Zofe, Chauffeur oder sonst jemand. Die anderen würden wissen wollen, was ich für eine Rolle spielte. Sie würden mich greifen. Und wenn ich nicht versagte oder ausfiel, konnte ich auf diese Weise erfahren, wer hinter der Erpressung stand. Ein hübscher Plan, finden Sie nicht?"

Mardonne antwortete kalt: „Nicht in allen Punkten ganz überzeugend, aber ... reden Sie weiter."

„Als die Täuschung gelang, wußte ich, daß alles vorher abgesprochen war. Ich blieb dabei, weil ich im Augenblick nichts anderes tun konnte. Bald darauf wurde wieder etwas sauer, diesmal unvorbereitet. Ein großer Plattfuß, der von der Bande bestochen war, bekam kalte Füße und ließ sie hochgehen. Gegen ein bißchen Erpressung hatte er nichts einzuwenden, aber ein Menschenraub führte für seinen Geschmack doch etwas zu weit ins Dunkel. Das erleichterte mir alles, ohne daß es Landrey schadete, denn der Plattfuß war keiner von den gescheitesten. Der kleine Lump, der Landrey niederschoß, war es vermutlich auch nicht. Der hatte nur eine Wut, weil er glaubte, er solle um seinen Anteil betrogen werden."

Mardonne klopfte mit seinen braunen Händen ungeduldig auf die Armlehnen seines Sessels wie ein Einkäufer, dem die Anpreisungen eines Vertreters zuviel werden. „Gehörte es zu Ihrem Auftrag, hinter die ganze Geschichte zu kommen?" fragte er höhnisch.

„Ich benutzte meinen Kopf, Mardonne. Nicht früh genug, aber ich benutzte ihn. Vielleicht wurde ich nicht engagiert, um zu denken, aber auch das war mir nicht auseinandergesetzt worden. Falls ich dahinterkam, war es eben Landreys großes Pech. Wie er dann herauskäme, mußte er sich dann selbst überlegen. Kam aber ich nicht hinter die eigentliche Geschichte, dann war ich der beste anständige Außenstehende, den er überhaupt finden und den er riskieren konnte, in die Geschichte hineinzuziehen."

Mardonne sagte gleichgültig: „Landrey hatte massenhaft Geld. Er besaß Verstand, nicht sehr viel, aber es reichte. Auf eine billige Geschichte wie die da hätte er sich nie eingelassen."

Mallory lachte rauh. „Für ihn war sie nicht so billig, Mardonne. Er wollte das Mädchen. Sie hatte ihn fallengelassen, war weitergekommen als er. Er konnte nicht zu ihr hinauf, aber er konnte sie zu sich herunterziehen. Dazu reichten die Briefe allein nicht aus. Wenn aber eine Verschleppung dazukam und die angebliche Befreiung durch den alten Liebhaber, der in fragwürdiger Gesellschaft gelandet war, dann hatte er etwas in der Hand, das sie nicht so leicht beiseite schieben konnte. Denn sollte die Sache öffentlich bekanntwerden, hätte sie von heute auf morgen ihre Stellung verloren. Und jetzt schätzen Sie mal, wie hoch der Preis war, daß sie nicht bekanntwerden würde."

„Hm", antwortete Mardonne und sah weiter aus dem Fenster.

„Aber das spielt jetzt alles keine Rolle mehr", fuhr Mallory fort. „Mein Auftrag war, ein paar Briefe zu finden, und ich fand sie — in Landreys Tasche, nachdem er umgelegt worden war. Und jetzt will ich für meine Zeit bezahlt werden."

Mardonne drehte sich mit seinem Sessel um und legte seine Hände flach auf die Schreibtischplatte. „Geben Sie sie her", sagte er, „und ich werde feststellen, was sie für mich wert sind."

Mallorys Blick wurde hart und bitter. „Das Widerliche mit euch Lumpen ist, ihr könnt euch nicht vorstellen, daß es jemand gibt, der nur das tut, wozu er sich verpflichtet... Die Briefe sind aus dem Verkehr gezogen. Sie sind schon zuviel umgelaufen und haben sich abgenutzt."

„Das ist ja ein reizender Einfall", höhnte Mardonne. „Aber für einen anderen. Landrey war mein Partner, und ich habe sehr viel von ihm gehalten... Sie haben also die Briefe weggegeben, und ich soll Sie dafür bezahlen, daß Sie Landrey umlegen ließen. Das müßte ich mir in mein Tagebuch schreiben. Mein Riecher sagt mir, daß Sie schon ausreichend bezahlt wurden – von Miss Rhonda Farr."

Sarkastisch entgegnete Mallory: „Ich habe erwartet, daß Sie das vermuten würden. Ihnen gefällt folgende Version der Geschichte vielleicht besser... Das Mädchen bekam es satt, daß Landrey ihr ständig lästig fiel. Sie fälschte ein paar Briefe und ließ sie an einer Stelle, wo ihr gerissener Anwalt sie in seine Finger bekam und sie an einen Mann weitergab, der das Schlägerkommando führt, das der Anwalt manchmal für seine Geschäfte braucht. Das Mädchen schrieb Landrey, er solle ihr helfen, und er holte mich. Dann machte das Mädchen mir ein besseres Angebot. Sie kaufte mich, um Landrey hineinzulegen. Ich spielte auf seiner Seite mit, bis ich ihn einem Scharfschützen vor den Lauf brachte, der so tat, als ob er es auf mich abgesehen hätte. Der Scharfschütze legte ihn um, und dann erschoß ich ihn mit Landreys Waffe, damit alles sauber und ordentlich aussah. Dann genehmigte ich mir einen Drink, ging nach Hause und legte mich schlafen."

Mardonne beugte sich vor und drückte auf einen Knopf an der Seite seines Schreibtisches. „So gefällt es mir bedeutend besser", sagte er. „Ich bin neugierig, ob mir gelingt, es zu beweisen."

„Sie könnten es versuchen", sagte Mallory gelassen. „Wahrscheinlich ist es nicht das erstemal, daß Sie so einen Trick versuchen."

IX

Die Tür öffnete sich, und der Blonde kam hereingeschlendert. Seine Lippen waren zu einem breiten Grinsen verzogen, und seine Zunge sah zwischen ihnen hervor. Er hielt eine Pistole in der Hand.

Mardonne sagte: „Ich bin jetzt nicht mehr beschäftigt, Henry."

Der Blonde schloß die Tür hinter sich.

Mallory stand auf und wich langsam zur Wand zurück. Grimmig sagte er: „Und jetzt soll der Spaß beginnen, wie?"

Mardonne hob seine Hand und kniff mit seinen braunen Fingern in die Haut unter seinem Kinn. Er sagte grob: „Bei mir hier wird nicht geschossen. In dieses Haus kommen anständige Leute. Vielleicht haben Sie Landrey nicht reingelegt, aber ich will Sie hier nicht haben. Sie sind mir im Wege."

Mallory wich weiter zurück, bis seine Schulter gegen die Wand stieß. Der Blonde runzelte die Stirn und kam einen Schritt auf ihn zu.

„Bleiben Sie, wo Sie sind, Henry", sagte Mallory. „Ich brauche Ellbogenfreiheit, um zu denken. Vielleicht gelingt es Ihnen, mir eine zu verpassen, aber das würde meine Waffe nicht davon abhalten, auch ein bißchen zu knallen. Und mich würde der Lärm überhaupt nicht stören."

Mardonne beugte sich über seinen Schreibtisch und blickte seitlich hoch. Der Blonde blieb stehen. Seine Zunge war immer noch zwischen seinen Lippen sichtbar.

„Ich habe in meinem Schreibtisch ein paar Hunderter. Zehn davon werde ich Henry geben. Er wird mit Ihnen in Ihr Hotel gehen. Er wird Ihnen sogar beim Packen helfen. Und wenn Sie in dem Zug nach Osten sitzen, gibt er Ihnen das Geld. Wenn Sie danach zurückkommen, werden die Karten neu verteilt. Diesmal von einem neuen Spiel."

Er streckte langsam seine Hand nach unten und öffnete eine Schreibtischschublade.

Mallory ließ den Blonden nicht aus den Augen. „Henry könnte

vielleicht die Reihenfolge ändern", sagte er freundlich. „Mir erscheint Henry nicht sonderlich zuverlässig."

Mardonne richtete sich auf und zog seine Hand aus dem Schubfach. Er ließ einen Packen Banknoten auf die Schreibtischplatte fallen.

„Das brauchen Sie nicht zu befürchten", sagte Mardonne. „Henry tut im allgemeinen das, was man ihm sagt."

Mallory grinste krampfhaft. „Vielleicht fürchte ich mich gerade davor", erwiderte er. Sein Grinsen wurde noch krampfhafter und bekam etwas Heimtückisches. Zwischen seinen bleichen Lippen schimmerten seine Zähne. „Sie haben gesagt, Sie hielten eine Menge von Landrey, Mardonne. Das ist leeres Geschwätz. Sie geben nicht einen lumpigen Sechser für Landrey, nachdem er tot ist. Wahrscheinlich haben Sie stillschweigend seinen halben Anteil an dem Lokal hier übernommen, und niemand kommt und fragt danach. Bei euch Halunken ist das doch so. Sie wollen mich aus dem Weg haben, weil Sie glauben, daß Sie mit Ihrem Schmutz noch was herausschlagen könnten — an der richtigen Stelle — weit mehr, als diese lächerliche Kneipe hier Ihnen in einem Jahr einbringt. Aber Sie können nicht mehr damit handeln, Mardonne. Der Markt ist geschlossen. Keiner wird Ihnen auch nur einen lumpigen Sechser dafür geben, ob Sie ausplaudern oder dichthalten."

Mardonne räusperte sich leicht. Er stand an der gleichen Stelle, etwas über den Schreibtisch gebeugt, beide Hände auf die Platte gestützt, den Packen Banknoten zwischen seinen Fingern. Er leckte sich über die Lippen. „Und weshalb nicht, Sie Klugschwätzer?"

Mallory machte eine kurze, aber vielsagende Bewegung mit seinem rechten Daumen.

„Ich bin der Reingefallene bei dem Geschäft. Sie sind der Gerissene, der gewinnt. Zuerst erzählte ich Ihnen eine klare und eindeutige Geschichte, aber meine Nase sagt mir, daß Landrey sich diesen sauberen Plan nicht allein ausgedacht hat. Sie steckten bis über den Hals mit drin. Aber Sie verdarben sich Ihr Spiel selbst, als Sie zuließen, daß Landrey die Briefe mit sich herumschleppte. Das Mädchen kann jetzt auspacken. Nicht sehr viel, aber genug, um von einem Unternehmen gedeckt zu werden, das sich nicht einen Ruf verderben läßt, der ihm eine Million Dollar wert ist, nur weil ein kleiner Ganove sich einbildet, er hätte einen klugen Einfall gehabt. Falls Ihre Geldgier Sie zu einer anderen Ansicht verleiten sollte, werden Sie was aufs Maul bekommen, daß Ihnen die Zähne ausbrechen, und Sie werden die schönste Vertuschung erleben, die Hollywood je gesehen hat."

Er schwieg, warf einen schnellen Blick auf den blonden Henry. „Noch etwas anderes, Mardonne. Wenn Sie etwas planen, wobei geschossen werden könnte, dann beschaffen Sie sich jemand, der etwas davon versteht. Ihr fröhlicher Caballero da hat vergessen, den Sicherungsflügel umzulegen."

Mardonne erstarrte. Der Blick des Blonden fiel für den Bruchteil einer Sekunde auf die Waffe in seiner Hand. Mallory sprang schnell an der Wand entlang, die Luger erschien in seiner Hand. Das Gesicht des Blonden verzerrte sich, seine Pistole knallte. Dann krachte die Luger, und ein Geschoß fuhr neben Henrys Hut mit dem bunten Band in die Wand. Henry duckte sich gewandt, während er wieder abdrückte. Der Schuß warf Mallory gegen die Wand zurück. Sein linker Arm wurde gefühllos.

Er verzog wütend die Lippen, richtete sich auf. Die Luger knallte zweimal sehr schnell hintereinander.

Der rechte Arm des Blonden wurde zurückgerissen, und seine Waffe flog im hohen Bogen gegen die Wand. Er riß die Augen auf, und sein Mund öffnete sich zu einem Schmerzensschrei. Dann fuhr er herum, riß die Tür auf und stürzte krachend auf den Vorplatz vor der Treppe.

Das Licht aus dem Zimmer fiel auf ihn. Irgendwo schrie jemand auf. Eine Tür schlug dröhnend zu.

Mallory sah Mardonne an und sagte gleichgültig: „Hat mich am Arm erwischt. Ich hätte den Kerl viermal umlegen können."

Mardonnes Hand hob sich vom Schreibtisch mit einem bläulich schimmernden Revolver darin. Vor Mallorys Füßen fuhr eine Kugel in den Boden. Mardonne taumelte wie betrunken und ließ die Waffe fallen, als wäre sie rotglühend. Seine Hände fuhren hoch in die Luft. Sein Gesicht war plötzlich angstverzerrt.

„Gehen Sie vor mir her, Sie Angeber", sagte Mallory. „Ich verschwinde jetzt hier."

Mallory trat hinter dem Schreibtisch hervor. Er bewegte sich ruckartig wie eine Marionette. Seine Augen waren so leblos wie eine übergegangene Auster. Speichel lief ihm über das Kinn.

Etwas tauchte in der Tür auf. Mallory warf sich zur Seite und schoß blindlings. Aber der Abschuß seiner Luger wurde von dem gewaltigen Krachen einer Jagdflinte übertönt. Eine sengende Flamme brannte in Mallorys rechter Seite. Der übrige Teil der Ladung erwischte Mardonne.

Mardonne fiel vornüber aufs Gesicht, er war tot, ehe er den Boden erreichte.

Eine Schrotflinte mit abgesägtem Lauf flog durch die offene Tür herein. Ein dickleibiger Mann in Hemdsärmeln tastete sich um den Türrahmen, versuchte sich zu halten, vollzog eine vollständige Drehung, als er fiel. Aus seinem Mund drang ein unterdrücktes Schluchzen, und auf der Brust seines gestärkten Hemdes breitete sich ein Blutfleck aus.

Plötzlich wurde es unten im Hause laut. Rufe, schnelle Schritte, ein schrilles, mißtönendes Lachen, ein hoher Ton, der ein Schrei sein konnte. Draußen wurden Wagen angelassen, rasten mit kreischenden Reifen davon. Die Gäste verließen das Lokal. Irgendwo zersplitterte eine Glasscheibe. Von der Straße her hörte man klappernde Absätze.

Hinter dem beleuchteten Fleck des Treppenabsatzes regte sich nichts. Der Blonde draußen auf dem Boden unter dem Toten in der Türöffnung stöhnte leise.

Mallory taumelte mit mühsamen Schritten durch das Zimmer, sank in den Sessel neben dem Schreibtisch. Mit dem Handballen, der die Waffe noch hielt, wischte er sich den Schweiß aus den Augen. Er lehnte sich mit der Brust gegen den Schreibtisch, keuchte, ließ die Tür nicht aus den Augen.

Sein linker Arm schmerzte jetzt, und in seinem rechten Bein brannte es wie höllisches Feuer. Aus seinem Ärmel lief ihm Blut über die Hand, tropfte von zwei Fingern herunter.

Nach einer Weile wendete er den Blick von der Tür ab, richtete ihn auf den Packen Banknoten, der unter der Lampe auf dem Schreibtisch lag. Er streckte den Arm aus und schob ihn mit dem Lauf der Luger in die offene Schublade. Mit schmerzverzerrtem Gesicht beugte er sich weit genug vor, um die Schublade zuzuschieben. Dann öffnete und schloß er schnell ein paarmal hintereinander die Augen, preßte die Lider fest zusammen, riß sie dann wieder weit auseinander. Dadurch wurde sein Kopf etwas klarer. Er zog das Telefon zu sich heran.

Unten war es jetzt still geworden. Mallory legte die Luger hin, hob den Telefonhörer von der Gabel, legte ihn neben seine Waffe.

Laut sagte er vor sich hin: „Sehr bedauerlich, Kindchen ... Vielleicht habe ich es doch falsch gemacht ... Vielleicht hatte die Laus nicht die Nerven, dir überhaupt etwas anzuhaben .. Aber was hilft's, jetzt muß einiges erklärt werden."

Als er zu wählen begann, wurde das Jaulen der Sirene auf der Straße lauter.

X

Der uniformierte Polizist hinter dem Schreibmaschinentisch sprach in ein Diktaphon. Dann sah er Mallory an und deutete mit dem Daumen auf eine Glastür mit der Aufschrift „Captain der Kriminalpolizei — Privat".

Mallory erhob sich steif von dem harten Stuhl und ging durch den Raum. Er lehnte sich gegen die Wand, um die Glastür zu öffnen, und trat ein.

Das Zimmer, in das er kam, war mit schmutzigbraunem Linoleum ausgelegt. Es war in der besonderen abstoßenden Häßlichkeit möbliert, die nur städtische Behörden erreichen können. Cathcart, Captain der Kriminalpolizei, saß allein in der Mitte zwischen einem mit Papieren übersäten Rollbüro, das mindestens zwanzig Jahre alt war, und einem einfachen Eichentisch, groß genug, um Pingpong darauf zu spielen.

Cathcart war ein schäbig gekleideter Ire mit einem schweißglänzenden Gesicht und einem undeutbaren Grinsen. Sein weißer Schnurrbart war in der Mitte von Nikotin verfärbt. An seinen Händen hatte er viele Warzen.

Mallory ging langsam auf ihn zu, stützte sich dabei auf einem kräftigen Stock mit einer Gummizwinge. Sein rechtes Bein fühlte sich geschwollen und heiß an. Den linken Arm trug er in einer Schlinge aus einem schwarzen Seidenschal. Er war frisch rasiert. Sein Gesicht war bleich, und seine Augen waren so dunkel wie Schiefer. Er setzte sich dem Captain gegenüber an den Tisch, legte seinen Stock darauf, klopfte eine Zigarette ab und zündete sie an. Dann fragte er gleichgültig: „Wie lautet das Urteil, Captain?"

Cathcart grinste. „Wie fühlen Sie sich, Junge? Sie sehen etwas mitgenommen aus."

„Es geht einigermaßen. Etwas steif."

Cathcart nickte, räusperte sich und fingerte ganz unnötig in einigen Papieren, die vor ihm lagen.

„Sie sind sauber", sagte er. „Es ist zwar lachhaft, aber Sie sind sauber. Chikago hat für Sie gutgesagt — zu verdammt gut. Ihre Luger erwischte Mike Corless, doch der hat schon zweimal gesessen. Ich behalte die Luger als Andenken. Einverstanden?"

Mallory nickte. „Einverstanden. Ich beschaffe mir eine Fünfundzwanziger mit Kupfergeschossen. Das ist eine Waffe für Scharfschützen. Keine durchschlagende Wirkung, aber sie paßt besser zum Abendanzug."

Cathcart betrachtete ihn eine Minute lang scharf. Dann fuhr er fort: „Mikes Fingerabdrücke waren auf dem Jagdgewehr. Mit dem Jagdgewehr wurde Mardonne umgelegt. Darüber weint sich niemand die Augen aus. Der blonde Jüngling ist nicht sehr schwer verletzt. Die Pistole, die wir bei Mardonne auf dem Boden fanden, trug seine Fingerabdrücke, und damit ist er für eine Weile aufgehoben."

Mallory strich sich erschöpft über das Kinn. „Was ist mit den anderen?"

Der Captain zog seine zottigen Augenbrauen hoch, seine Augen hatten einen abwesenden Blick. Er sagte: „Ich weiß nicht, wie man Sie damit in Verbindung bringen könnte. Sie etwa?"

„Nicht im geringsten", wehrte Mallory hastig ab. „Ich fragte nur so."

Der Captain sagte fest: „Fragen Sie nicht. Und fangen Sie nicht an zu raten, wenn jemand anders Sie fragen sollte ... Nehmen Sie mal die Geschichte in Baldwin Hills. Nachdem, was wir feststellen konnten, wurde Macdonald in Ausübung seines Dienstes getötet und nahm dabei einen Rauschgifthändler namens Slippy Morgan mit. Wir haben einen Haftbefehl gegen Slippys Frau erlassen, aber ich vermute, daß wir sie nicht erwischen. Mac gehörte übrigens nicht zum Rauschgiftdezernat, und er hatte dienstfrei, aber während seiner dienstfreien Stunden machte er sich einen Sport daraus, herumzuschnüffeln. Mac liebte seinen Beruf."

Mallory lächelte schwach, fragte höflich: „Tatsächlich?"

„Ja", bestätigte der Captain. „In der anderen Sache scheint es, daß dieser Landrey, ein der Polizei bekannter Spieler — er war übrigens auch Mardonnes Partner, und das ist ein seltsames Zusammentreffen — nach Westwood fuhr, um Geld von einem gewissen Costello zu kassieren, der Wetten für die Rennbahnen im Osten annahm. Jim Ralston, einer unserer Leute, begleitete ihn. Er hätte das nicht zu tun brauchen, aber er kannte Landrey recht gut. Offenbar gab es einigen Ärger wegen des Geldes. Jim bekam etwas mit einem Totschläger ab, und Landrey und irgendein kleiner Lump legten sich gegenseitig um. Es war noch ein anderer dabei. Wir konnten aber nicht feststellen, wer. Costello haben wir geschnappt, aber er will nicht auspacken, und wir fassen einen alten Mann nicht gern hart an. Wegen des Totschlägers wird er vor Gericht gestellt werden. Ich vermute, er wird sich schuldig bekennen."

Mallory rutschte auf seinem Stuhl vor, bis sein Nacken hinten auf der Lehne ruhte. Er blies Rauch direkt zu der fleckigen Decke hinauf.

„Was war denn vorgestern abend?" fragte er. „Oder gab es da nur eine Fehlzündung beim Roulette und sprengte einer mit einer Scherzzigarre ein Loch in den Garagenboden?"

Der Captain rieb sich mit beiden Händen kräftig sein feuchtes Gesicht. Dann zog er sein sehr großes Taschentuch und schneuzte sich.

„Ach das", sagte er wegwerfend. „Das hatte nichts zu bedeuten. Dieser Blonde — Henry Anson oder so ähnlich heißt er — sagt, es sei alles seine Schuld. Er war Mardonnes Bodyguard, aber das bedeutet nicht, daß er herumlaufen und auf jeden schießen konnte, wie es ihm in den Sinn kam. Damit ist er versorgt, aber wir werden nachsichtig mit ihm sein, weil er die Wahrheit gesagt hat."

Der Captain brach plötzlich ab und blickte Mallory scharf an. Mallory grinste. „Natürlich, wenn Ihnen seine Darstellung nicht gefällt . . .", fuhr der Captain kalt fort.

„Ich habe sie noch nicht gehört", unterbrach ihn Mallory. „Ich bin sicher, er sagte nur die reine Wahrheit."

„Also gut", knurrte Cathcart besänftigt. „Dieser Anson sagte also aus, daß Mardonne ihn hereinrief, während Sie mit seinem Boss sprachen. Sie regten sich über irgend etwas auf, vielleicht weil an einem der Roulettetische unten gemogelt wurde. Auf dem Schreibtisch lag Geld, und Anson nahm an, Sie wollten ihn ausplündern. Sie kamen ihm gefährlich vor, und da er nicht wußte, daß Sie Detektiv sind, wurde er etwas nervös. Seine Waffe ging dabei los. Sie schossen nicht gleich zurück, aber der dumme Esel drückte noch einmal ab und traf Sie. Und dann, verdammt noch mal, schossen Sie ihn in die Schulter, was jeder andere auch getan hätte, nur wenn ich es gewesen wäre, ich hätte ihm den Bauch voll Blei geblasen. Dann kam der Kerl mit dem Jagdgewehr hereingestürmt und drückte, ohne viel zu fragen, ab, legte Mardonne damit um und erwischte eine von Ihnen. Zuerst hatten wir den Verdacht, daß der Kerl Mardonne absichtlich umlegte, aber der Junge sagte, nein, Mike Corless sei gestolpert, als er durch die Tür kam. Zum Teufel, diese ganze Schießerei Ihretwegen gefällt mir nicht, weil Sie hier fremd sind und so weiter, aber ein Mann muß schließlich das Recht haben, sich gegen illegale Angriffe zu schützen."

Freundlich sagte Mallory: „Da ist doch noch der Staatsanwalt und der Coroner. Was ist mit denen? Ich würde aus der Geschichte gern so sauber wieder herauskommen, wie ich hergekommen bin."

Cathcart sah stirnrunzelnd auf das Linoleum und biß in seinen Daumen, als ob er sich weh tun wollte.

„Dem Coroner ist das alles gleichgültig, und wenn der Staatsanwalt auf komische Ideen kommen sollte, kann ich ihm ein paar Fälle unter die Nase reiben, die er längst nicht so sauber geklärt hat."

Mallory nahm seinen Stock von dem Tisch, schob den Stuhl zurück, stützte sich auf den Stock und stand auf.

„Ihre Polizei hier arbeitet ausgezeichnet", sagte er. „Man sollte nicht glauben, daß es hier überhaupt Verbrecher gibt."

Er ging auf die Tür zu.

„Gehen Sie nach Chikago zurück?" fragte der Captain hinter ihm.

Vorsichtig hob Mallory zweifelnd seine rechte Schulter, die unverletzte.

„Vielleicht bleibe ich auch hier", antwortete er. „Eine der Filmgesellschaften machte mir ein Angebot, gewissermaßen ein privates Dezernat für Erpressung und so weiter."

Der Captain grinste herzhaft. „Fein", sagte er, „die Eclipse-Films sind ein gutes Unternehmen. Zu mir waren sie immer zuvorkommend ... Erpressung ist eine leichte, ordentliche Arbeit. Dabei dürften Sie kaum in schwierige Situationen kommen."

Mallory nickte andächtig. „Eine ordentliche, leichte Arbeit, Captain, fast eine weichliche, wenn Sie verstehen, was ich damit sagen will."

Er verließ das Zimmer, ging durch den Gang zu den Fahrstühlen, fuhr hinunter, trat auf die Straße. Er stieg in ein Taxi. Es war heiß in dem Wagen. Als er in sein Hotel zurückkam, fühlte er sich schwach und schwindlig.

MORD UND MORAL

VON HANS RUDOLF BERNDORFF

I

„An der Rauhglas=Türscheibe steht mit abblätternder schwarzer Farbe: ‚Philip Marlowe — Ermittlungen.‘ Es ist eine ziemlich schä=bige Tür am Ende eines ziemlich schäbigen Korridors in einem Ge=bäude von der Art, wie sie ungefähr in dem Jahr neu waren, als das ausgekachelte Badezimmer zur Grundlage der Kultur wurde. Die Tür ist abgeschlossen, aber daneben ist noch eine Tür mit derselben Aufschrift, die nicht abgeschlossen ist. Treten Sie nur näher — es ist niemand weiter drin als ich und eine dicke Brummfliege."

Jeder Mensch in Deutschland, der Kriminalromane liest, weiß na=türlich, wer Mr. Marlowe ist. Ein Whisky saufender, fairer Raufbold, den Frauen keineswegs abgeneigt, wird er als Auftakt eines jeden Romans, der ihn zur Hauptfigur hat, fürchterlich zusammengeschlagen. Er bekommt so viel Prügel, daß man sich kaum vorstellen kann, daß er das Ende des Romans lebend erreicht. Als Medizin gegen alle Un=bilden, die er erleiden muß, nimmt er reichlich von dem Whisky, von dem er eine Taschenflasche, eine Büroflasche, eine Flasche im Hand=schuhfach des Autos und eine Flasche in der Bar seiner Wohnung in seinem billigen Apartmenthaus hat. Außerdem findet sich in dem Zimmer, in dem der Mord stattfindet, auch noch eine Flasche, und zwar überwiegend eine eines exquisiten, schottischen Whiskys.

Wenn man die Geschichten um Mr. Marlowe zu lesen beginnt, so ist man davon überzeugt, daß der Autor — zumindest was das Trinken anbelangt — seine eigenen Gewohnheiten schildert. Plötzlich aber stößt man auf eine Stelle: „... er nahm ein Glas ausgezeichneten franzö=sischen Cognac, einen Armagnac." Da bricht natürlich in dem Leser, der gelegentlich bei besonderen Anlässen ein kleines Gläschen zu sich nimmt, eine Welt zusammen. Ein Cognac ist ein feiner Branntwein aus der Landschaft Cognac, und ein Armagnac ist das gleiche aus der Landschaft Armagnac. Ein so grober Fauxpas kann nur einem amerikanischen Trinker unterlaufen.

Und wer ist nun der Autor? Das ist natürlich niemand anderes als Raymond Chandler. In Amerika gehören die Geschichten Chandlers zur Literatur. In Deutschland erst seit kurzem. Sie wurden und werden in Tausenden und aber Tausenden von Exemplaren gekauft und gelesen, aber zur Literatur gehörig? Um Gottes willen, nein, dazu gehören sie nicht. Das war die deutsche Meinung. Und wie viele deutsche Meinungen war das ein grotesker Irrtum.

Wie kam er zustande? Chandler erscheint in einer Reihe von Taschenbüchern. Sie präsentieren sich in einem bunten Umschlag. Sie sind broschiert. Sie sind wohlfeil. Broschierte Bücher zu niedrigem Preis können in Deutschland nur dann Anspruch darauf erheben, zur Literatur zu gehören, wenn das Werk ursprünglich in kostbarer gebundener Form teuer auf den Markt gebracht worden ist.

Bis zum zweiten Weltkrieg wußte man in Deutschland genau, was zur Literatur gehörte. Der Name des Verlages, die Aufmachung und der Preis verliehen einem Buch Anspruch, in diese Kategorie gerechnet zu werden.

Die Literatur-Päpste, die in Berlin saßen, reihten ein solches Buch entweder in die Literatur ein, oder sie verdammten es. Taten sie das letztere, dann war ein Absatz des Buches kaum mehr möglich.

Gäbe es in Deutschland noch Literatur-Päpste, und einer von ihnen hätte die Werke Chandlers als zur Literatur gehörig gerühmt und gelobt, was sie — unter uns gesagt — auch verdienten, dann hätten sie von vornherein zur Literatur gehört. Eine Nebenerscheinung der politischen Entwicklung ist jedoch, daß es nur noch Literatur-Bischöfe gibt. Sie können nicht „ex cathedra" sprechen wie die Päpste. Der Literatur-Bischof in Hamburg ist oft ganz anderer Meinung als sein Amtsbruder in Frankfurt oder München. Und so ist es eine der schrecklichen Folgen des Krieges, daß der deutsche Leser von heute nicht mehr genau mitgeteilt bekommt, was zur Literatur gehört und was nicht. Meistens muß er es selbst herausfinden.

Ist denn das für ein Buch überhaupt wichtig, ob es zur Literatur gehört oder nicht?

Für die Chandlerschen Bücher ist es ungeheuer wichtig. Der deutsche Mann mit Pensionsberechtigung oder einer, der aus anderen Gründen etwas von sich hält, liest Kriminalromane nur im Bett und am liebsten unter der Decke. Liest er sie im Eisenbahnzug oder im Flugzeug, so packt er den Kriminalroman in den Schutzumschlag eines Werkes von Plato, einer englischen Ausgabe von Dickens oder eines Werkes von Heidegger. Derartige Literatur schmückt den Mann ungemein und gibt ihm ein Air. Er ist an der Zeit, diese armen Männer von der Mimikry der Schutzumschläge zu befreien.

II

Die falsche Klassifizierung eines Autors und seiner Werke ist aber nun keineswegs — und das diene uns zum Trost — nur in Deutschland möglich. In einem viel schrofferen Fall hat sie sich in Frankreich ereignet. In Frankreich, dem klassischen Land des Romans!

In Frankreich ist für heutige Begriffe und für die Vorstellungen vergangener Jahrhunderte ein Roman immer ein Kunstwerk. Ein Roman gehört eo ipso zur Literatur. Alles andere ist „Kolportage".

Seit langem gibt es eine Defination des Romans, die Stendhal zugeschrieben wird, die aber wahrscheinlich viel älter ist:

„Ein Roman ist eine Erzählung, deren Handlung für die Zeit, in der der Roman spielt, typisch sein muß. Die Sprache darf nicht im Gegensatz zum Thema des Romans stehen. Da es unmöglich ist, in einem Roman eine genaue Schilderung der Sitten aller Bevölkerungskreise des Landes zu geben, in dem die Handlung spielt, muß man es dennoch verlangen, daß der Roman die Lebensweise bestimmter Schichten, ihre geistige und materielle Situation treffend erzählt."

In Frankreich lebte von 1804 bis 1869 der größte Literatur-Papst der Welt, Charles Augustine Sainte-Beuve. Er las über die Literatur vor allen Dingen im Collège de France, er las in der Universität in Lüttich, in Lausanne, war Mitglied der französischen Akademie und wurde von Napolen III. zum Senator ernannt. Sein Wort über Wert oder Unwert eines Buches galt nicht nur in Frankreich, es galt in der ganzen Welt. Er galt als unwiderlegbar, unbestechbar und unfehlbar.

Eines Tages befand sich Sainte=Beuve in der Gesellschaft des französischen Schriftstellers Gustave Flaubert sowie anderer Autoren von Rang und Namen. Man saß beim Mahle, aß und trank. Flaubert fragte den großen Kritiker: „Wer zum Teufel ist eigentlich dieser Honoré de Balzac? Ein Adelsgeschlecht dieses Namens gibt es überhaupt nicht. Ich habe nachgeschlagen."

Sainte=Beuve antwortete: „Aha, Sie haben also auch ‚Le dernier Chouan, ou la Bretagne en 1800' gelesen."

„Ja, das habe ich", antwortete Gustave Flaubert, „und ich muß gestehen, daß ich fast die ganze Nacht mit diesem Buch verbracht habe."

Mehrere Stimmen: „Aber es ist doch vieles andere von ihm erschienen! ‚Glanz und Elend der Kurtisanen' beispielsweise."

Gustave Flaubert fragte: „Nehmen Sie von ihm Notiz, Maître?"

„Aber nein", murrte der große Kritiker. „Der Mann schreibt doch Kolportage. Alles, was er schreibt, ist doch ebenso abenteuerlich wie sein Adelstitel."

Bei den jüngeren Tischgenossen gab es Opposition.

„Aber er schildert doch das bürgerliche Leben, wie es ist. Er zeichnet doch die Parvenus unserer Zeit prächtig und zutreffend. Den falschen Glanz des Reichtums unserer führenden Schicht. Die pseudoeleganten Formen, das alles ist doch genau gezeichnet. Die Sitten unserer Zeit in unserem Lande kann man überhaupt nicht prächtiger und spannender wiedergegeben, als er es verstanden hat. Die Sträflinge und Kokotten, diese Gerichtspräsidenten und Minister, die Wucherer und Rechtsanwälte, die Ärzte und Priester, die Kupplerinnen und die Geizhälse, das alles läuft durch seine Romane, wie es durch das Leben läuft."

Ein anderer: „Nehmen Sie, Maître, den Anfang von ‚Glanz und Elend der Kurtisanen'. Es wird ein Opernball im Jahre 1824 beschrieben."

„Ich kenne den Anfang", sagte Sainte-Beuve. „Er ist Kolportage."

Man verstummte am Tisch und sprach von anderen Dingen, denn der Literatur-Papst hatte „ex cathedra" gesprochen.

Ich bitte den Leser um die Erlaubnis, die Schilderung des Opernballes zitieren zu dürfen.

„Auf dem letzten Opernball des Jahres 1824 fiel einigen Masken die Schönheit eines jungen Mannes auf, der in den Korridoren und der Vorhalle auf und ab ging wie jemand, der auf der Suche nach einer Frau ist, die vielleicht durch unvorhergesehene Umstände zu Hause festgehalten wird. Das Geheimnis eines solchen zugleich lässigen und eiligen Hin- und Hergehens kennen nur die alten Frauen und ein paar ausgediente Flanierer. Bei diesem Massenstelldichein bemerken die vielen einander kaum, alle Interessen sind leidenschaftlich wach, und der Müßiggang selber ist voller Geschäftigkeit. Der junge Dandy war so sehr von seinem unruhigen Suchen in Anspruch genommen, daß er seines Erfolges gar nicht gewahr wurde: so merkte er nichts von den scherzhaften Ausrufen der Bewunderung von seiten gewisser Masken, nichts von dem ernsthaften Erstaunen, noch von den beißenden Späßen, noch auch von den zärtlichsten Worten rings um ihn. Obgleich man ihn seiner Schönheit nach hätte jenen auserwählten Persönlichkeiten zuzählen mögen, die auf den Opernball kommen, um hier ein Abenteuer zu erleben, und die das Abenteuer erwarten, wie man, als Frascati noch lebte, einen Roulettegewinn erwartete, schien er auf eine ganz bürgerliche Weise schon seines Abends sicher zu sein. Er mochte wohl der Held eines jener Mysterien zu dreien sein, aus denen der Maskenball der Oper hauptsächlich besteht, und die nur jenen bekannt sind, die dabei ihre Rolle spielen. Denn für die jungen Frauen, die dahin kommen, um sagen zu können: ‚Ich bin dabeigewesen', für die Provinzler, die unerfahrenen jungen Leute und die Ausländer muß die Oper an einem solchen Abend der Palast der Ermüdung und der Langeweile sein. Für sie muß diese schwarze, träge und drängende Menge, die kommt und geht, sich windet, sich dreht und kehrt, die auf- und niederwogt und die nur mit den Ameisen auf ihrem Haufen im Walde verglichen werden kann, ebenso unverständlich sein wie die Börse für einen niederbretonischen Bauern, der von der Existenz der Staatsschuld und der Renten keine Ahnung hat. Bis auf ganz seltene Ausnahmen maskieren sich Männer in Paris nicht: ein Mann im Domino wirkt lächerlich. Hierin bricht der Geist der Nation durch. Diejenigen, die ihr Glück verbergen wollen, können auf den Opernball gehen, ohne wirklich hinzukommen, und die Masken, die durchaus zum Eintreten gezwungen sind, verschwinden auch gleich wieder. Eines der lustigsten Schauspiele zu Anfang des Balles ist das Gedränge an der Tür, wo die, die schon vor Begegnungen flüchten, mit denen, die sie noch suchen, zusammentreffen. Maskierte Männer sind also eifersüchtige Gatten, die hierher kommen, um ihren Frauen nachzuspüren, oder Ehemänner auf Abwegen, die nicht wollen, daß ihre Frauen ihnen nachspüren — beide in gleich lächerlichen Situationen."

Das war also nun Balzac, mit der Schilderung eines Festes in Paris im Jahre 1824. Die klassische Anforderung an das Genre des Romans ist erfüllt. Die Handlung ist für die Zeit, in der der Roman spielt, typisch, die Sprache ist es ebenso. Typisch ist auch für die Sitten der damaligen Schicht das Fest.

Das war also, um es zu wiederholen, Paris 1824.

Und jetzt eine gleichwertige Szene in den Vereinigten Staaten von Nordamerika in Los Angeles, geschildert von dem Autor, um den es geht, von Raymond Chandler.

„Links war der Eingang zur Bar. Sie war dämmerig und still, und vor dem matten Schimmer von Glas und Kristall schwirrte der Barmann wie eine Motte hin und her. Eine schöne große Blondine in einem Kleid, das wie Meerwasser, auf dem Goldstaub schwamm, aussah, kam aus der Damentoilette, noch mit dem Lippenstift beschäftigt, und ging leise summend auf den Bogen zu, durch den Rumbarhythmen herüberklangen. Lächelnd nickte sie mit ihrem goldenen Kopf im Takt der Musik. Ein kleiner fetter Mann mit rotem Gesicht und glitzernden Augen wartete auf sie, ihren weißen Abendmantel über dem Arm. Er grub seine dicken Finger in das Fleisch ihres nackten Arms und grinste sie lüstern von unten herauf an.

Ein Garderobenmädchen in einem pfirsichfarbenen chinesischen Pyjama kam auf mich zu, um mir meinen Hut abzunehmen und meinen Anzug zu mißbilligen. Ihre Augen waren wie fremdartige Sünden. Dann kam ein Zigarettenmädchen durch den Gang, einen Reiherstutz im Haar, in einem Kostüm, das man hinter einem Zahnstocher verstecken konnte, das eine ihrer schönen nackten langen Beine war Gold, das andere Silber. Sie trug darüber die äußerst verächtliche und hoheitsvolle Miene einer Frau zur Schau, die ihre Verabredung per Kabel trifft.

Ich ging in die Bar und versank in einem tiefen weichgepolsterten Ledersessel. Gedämpftes Gläserklirren, gedämpft schimmerndes Licht, gedämpftes Geflüster von Liebe oder zehn Prozent oder wovon sie in so einem Lokal eben flüstern.

‚Sind Sie der Mann namens Marlowe?' fragte sie und musterte mich. Sie lehnte sich mit den Hüften gegen das Ende des Tisches und schlug die Knöchel übereinander. Ich bestätigte, ich sei der Mann namens Marlowe. ‚Im großen ganzen bin ich überzeugt, daß Sie mir verflucht unsympathisch sein werden. Also leiern Sie Ihr Sprüchlein her und verschwinden Sie lautlos.' — ‚Es gefällt mir an diesem Lokal, daß alles so schön echt ist — so absolut typisch. Der Polizist am Tor, der Klimbim am Eingang, die Zigaretten- und Garderobenengel, der fette, schmierige, lüsterne Kerl mit dem großen, dekorativen, blasierten, blonden Revuegirl, der elegante, betrunkene, fürchterlich ausfällige Generaldirektor, der den Barmann beschimpft, der unauffällige Bursche mit dem Revolver, der Besitzer des Nachtetablissements mit dem schönen grauen Haar und der Manieriertheit billiger Filme, und jetzt Sie — jeder Zoll ein schöner, dunkelhaariger Vamp mit einem anmaßend zynischen Lächeln, einer heiseren Baßstimme und burschikosem Wortschatz!' — ‚Ach wirklich?' sagte sie und griff sich eine neue Zigarette und zog daran. ‚Und wie paßt der witzige Schnüffler ins Bild mit seinen Witzchen vom vorigen Jahr und seinem unwiderstehlich einladenden Lächeln? Und was gibt demselben überhaupt das Recht, zu Ihnen zu sprechen?' — ‚Ja, was gibt ihm eigentlich das Recht?'"

Soweit Chandler.

Bei Balzac steht ein junger Dandy im Mittelpunkt der Szene, bei Raymond Chandler eine Frau. Um eine Erpressung geht es in beiden Fällen. Sie entwickelt sich im Laufe des Balzacschen Romans und im Verlauf der Chandlerschen Erzählung. Bei Balzac natürlich ohne Boxer, Revolver und Pistolen, bei Chandler mit Revolver und Pistolen. Und das ist ganz folgerichtig und natürlich. In Paris des 19. Jahrhunderts wurde die Erpressung mit feinen Mitteln durchgeführt. Niemandem drohte die Ermordung. Bei Balzac drohte nur der gesellschaftliche Tod.

Wer das 19. Jahrhundert nicht kennt, weiß nicht, was das bedeutet. Ein Mann, der in der Gesellschaft gelebt hat, für den ist der gesellschaftliche Tod schlimmer als der wirkliche. Der wirkliche Tod befreite von allen Vorurteilen, die Vorurteile waren im 19. Jahrhundert das große Glück. Zerrieben sie einen Mann oder eine Frau, dann befand man sich schon lebend in der Hölle. Und das muß damals etwas Fürchterliches gewesen sein.

Und die Sprache in beiden Fällen? Bei Balzac ist es — was nicht besonders bewiesen werden muß — die Sprache der gebildeten und einflußreichen Schicht der Leute, die diesen Opernball besuchen. Der Dichter wählt die Worte und die Formulierung, die diese Schicht gebraucht. Bei Chandler geschieht genau dasselbe. In seinem Roman „Das hohe Fenster" empfängt eine Millionärin den Privatdetektiv Marlowe. Chandler schreibt:

„Gegenüber der Tür am Fenster stand eine Rohrcouch mit genug Kissen, um einen Elefanten damit auszustopfen, und auf ihnen lehnte eine Frau, die ein Weinglas in der Hand hielt. Ich spürte den dicken, süßlichen Alkoholgeruch des Weins schon, ehe ich die Frau recht erkennen konnte. Dann gewöhnten sich meine Augen an die Beleuchtung. Ich konnte sie sehen.

Sie hatte eine Menge Gesicht und Kinn. Lehmfarbenes Haar mit spröder Dauerwelle, eine harte Schnabelnase und große feuchte Augen mit dem sympathischen Ausdruck nasser Steine. Vorn am Hals trug sie Spitzen — aber es war ein Hals, der besser in einen Fußballsweater gepaßt hätte. Sie trug ein graues Seidenkleid. Ihre nackten Arme waren dick und fleckig. In den Ohren steckten Jette-Boutons. Neben ihr stand ein niedriger Tisch mit gläserner Platte, darauf eine Flasche Portwein. Sie nippte an dem Glas, das sie in der Hand hielt, musterte mich und sagte nichts.

Ich stand da. Sie ließ mich stehen, während sie ihr Glas Portwein leertrank, auf den Tisch stellte und wieder vollgoß. Sie betupfte ihre Lippen mit dem Taschentuch. Dann sprach sie. Ihre Stimme hatte etwas Hartes, Baritonales und klang, als liebe sie keine Flausen.

‚Setzen Sie sich, Mr. Marlowe', sagte sie. ‚Bitte stecken Sie sich die Zigarette nicht an. Ich habe Asthma.'

Ich setzte mich in einen Schaukelstuhl aus Rohrgeflecht und verstaute die noch immer unangezündete Zigarette in meiner äußeren Rocktasche hinter dem Taschentuch."

Später geht es weiter:

„Plötzlich lachte sie, und dann hörte ich sie leise aufstoßen. Leicht, nicht ostentativ, aber völlig ungeniert.

‚Mein Asthma', bemerkte sie nebenbei. ‚Ich trinke diesen Wein als Medizin, deshalb habe ich Ihnen auch nichts davon angeboten.'"

IV

Es ist aufregend und spannend zu verfolgen, wie sich die Diktion der Menschheit von Jahrhundert zu Jahrhundert ändert. Nehmen wir einmal an, ein Schurke käme zu einem rechtlich Denkenden und mache ihm einen Vorschlag, den der rechtlich Denkende für unrechtlich halten müßte. Im 18. Jahrhundert schrieb einer der berühmtesten Schriftsteller der Welt eine solche Szene dergestalt:

Der unrechtlich Denkende: „Ich habe mir immer gewünscht, den Mann mit dem vernichtenden Blick zu sehen, wie er saß auf den Ruinen von Karthago – jetzt wünsche ich es nicht mehr."

Der rechtlich Denkende: „Und was führt Sie zu mir?"

Der unrechtlich Denkende: „O Hauptmann! Mein mehr als grausames Schicksal – ich habe Schiffbruch erlitten auf der ungestümen See dieser Welt. Die Hoffnungen meines Lebens habe ich müssen sehen in den Grund sinken, und mir blieb nichts übrig als die Marter der Erinnerung ihres Verlustes, die mich wahnsinnig machen würde, wenn ich sie nicht durch anderwärtige Tätigkeit zu ersticken suchte."

Der rechtlich Denkende will den unrechtlich Denkenden davonjagen, weil er eben ein unrechtlich Denkender ist.

Der rechtlich Denkende heißt Karl Mohr, der Mann, den der rechtlich Denkende für einen unrechtlich Denkenden hält, Kosinsky. Beides sind Figuren aus Schillers „Die Räuber", erschienen 1781.

Und wie sieht so etwas heute in diesem Falle im Amerika unserer Zeit aus? Chandler schildert eine derartige Begegnung in seiner Kriminalstory „Zu raffinierter Mord".

„Derek Walden ließ sich in einen braunen und goldenen Sessel an der Wand sinken und streckte seine Beine auf eine Fußbank. Er schwenkte den Whisky in seinem Glas und blickte darauf.

‚Was wollen Sie denn jetzt?' fragte er.

Dalmas starrte ihn an, es war etwas grimmig. Nach einem Augenblick antwortete er: ‚Ich bin gekommen, um Ihnen zu erklären, daß ich Ihren Auftrag niederlege.'

Walden trank den Whisky aus und stellte das Glas auf den Tisch. Er fummelte nach einer Zigarette, steckte sie in den Mund und vergaß, sie anzuzünden.

‚Wirklich?' Seine Stimme war undeutlich, gleichgültig.

Dalmas wandte sich von ihm ab und trat zu einem der Fenster. Es stand offen, und davor flatterte eine Markise. Der Verkehrslärm von dem Boulevard unten klang nur sehr gedämpft herauf.

Über die Schulter sagte er: ‚Meine Ermittlungen führen zu nichts, und zwar nur, weil Sie wollen, daß sie zu nichts führen. Sie wissen genau, weshalb Sie erpeßt werden. Ich nicht. Die Eclipse=Films sind daran interessiert, weil sie einen Haufen Geld in Filmen investierten, die Sie gedreht haben.'

‚Zum Teufel mit den Eclipse=Films', entgegnete Walden beinahe friedlich.

Dalmas schüttelte den Kopf und drehte sich um. ‚Von meinem Standpunkt aus nicht. Die Firma zahlt drauf, wenn Sie in eine Lage kommen, mit der die Reklamehaie der Eclipse nicht fertig werden. Sie haben mich beauftragt, weil die Eclipse es von Ihnen verlangt hat. Aber ich vergeude nur meine Zeit. Sie haben mich nicht für einen Cent unterstützt.'

Mit einem unangenehmen Ton sagte Walden: ‚Ich führe es auf meine Weise durch, und ich werde nicht in die geringsten Schwierig=keiten kommen. Ich kann allein verhandeln, wenn ich jemandem etwas abkaufen kann, was wirklich zu haben ist ... Und Ihre Aufgabe beschränkt sich darauf, den Herren von der Eclipse deutlich zu machen, daß die Geschichte in guten Händen ist. Ist das klar?'

Dalmas kam ein paar Schritte durch das Zimmer. Er blieb neben dem Tisch stehen, stützte eine Hand neben einen Aschenbecher, der mit von sehr dunklem Lippenstift rotgefärbten Stummeln gefüllt war. Geistesabwesend sah er darauf hinab.

‚Das wurde mir bisher nicht eindeutig erklärt, Walden', entgegnete er kalt.

‚Ich hielt Sie für gescheit genug, selbst dahinterzukommen', ant=wortete Walden verächtlich. Er beugte sich zur Seite und ließ Whisky in sein Glas plätschern. ‚Wollen Sie einen Drink?'

‚Nein, danke', lehnte Dalmas ab.

Walden fand die kalte Zigarette in seinem Mund und warf sie auf den Boden. ‚Zum Teufel noch mal, schnarrte er. ‚Sie sind Privat=

detektiv und werden dafür bezahlt, ein paar Wege zu machen, die nichts bedeuten. Das ist für Ihr Gewerbe immerhin ein sehr sauberer Auftrag.

Dalmas sagte: ‚Bemerkungen dieser Art können Sie sich sparen.

Walden machte eine abrupte, ärgerliche Bewegung. Seine Augen funkelten. Mürrisch zog er die Mundwinkel herab. Er wich Dalmas' hartem Blick aus.

‚Ich bin nicht gegen Sie eingenommen', fuhr Dalmas fort. ‚Aber ich bin auch nicht für Sie. Sie gehören nicht zu den Leuten, für die ich mich erwärmen kann. Wenn Sie mir gegenüber ehrlich gewesen wären, hätte ich getan, was ich konnte. Dazu bin ich immer noch bereit, aber nicht Ihretwegen. Ich brauchte Ihr Geld nicht.'"

Raymond Chandler selbst schreibt über die neuerliche Literatur Amerikas, die mit einem Male anfängt die Wahrheit über Amerika zu sagen, daß in ihr eine Welt geschildert wird, „in der Verbrecher ein Volk beherrschen könnten und tatsächlich fast ganze Städte beherrschen, in denen Hotels und Pensionen und berühmte Restaurants Leuten gehören, die sich ihr Geld mit Bordellen verdient haben, in der ein Filmstar die Strohpuppe einer Clique sein kann und der vornehme Mann unten im Empfangssalon Leiter eines illegalen Wettbüros — eine Welt, in der ein Richter, dessen Keller voll illegalen Alkohols ist, jemanden ins Gefängnis schicken darf, weil dieser eine Taschenflasche herumträgt, wo der Bürgermeister ein Auge zugedrückt hat über einen Mord, mit dem viel Geld verdient wurde, wo kein Mensch eine dunkle Straße entlanggehen kann, weil Recht und Ordnung Dinge sind, über die wir sprechen, die wir aber nicht durchführen, eine Welt, wo man in hellem Tageslicht Zeuge eines Überfalls werden und sehen kann, wer es war, und sich doch schnell in der Menge verdrückt, um nichts aussagen zu müssen, weil die Leute, die den Überfall inszeniert haben, vielleicht Freunde mit gut treffenden Revolvern haben oder weil die Polizei vom Zeugnis vielleicht nicht entzückt ist und weil auf jeden Fall der rechtsverdrehende Verteidiger dich dann vor Gericht angreifen und klein machen kann, vor einer Geschworenenbank voll ausgesuchter Idioten, ohne daß sich der wegen seiner politischen Verbindungen eingesetzte Richter auch nur im geringsten darum kümmert."

Wo kommt nun dieser Mann Raymond Chandler her, der die Welt so realistisch, so kritisch betrachtet, die Welt in Amerika selbstverständlich — und der sie in seinen Romanen seziert? Warum tut er das eigentlich? Man merkt bei der Lektüre seiner Werke sofort, daß er es nicht um der literarischen Wirkung willen macht, sondern daß ihn irgend etwas anderes bewegt, etwas anderes, das kaum ausgesprochen wird. Raymond Chandlers Eltern waren Engländer, keine Amerikaner. Zwar wurde er in Chikago geboren, aber seine Jugend verbrachte er in England. Seine Familie war fromm. Sie gehörte zu den Quäkern. Chandler sagte einmal im Autorsclub in New York: „Meine Leute gehören zu den strengen Quäkern. Meine Großeltern, auch meine Eltern noch waren echte Quäker. Sie zitterten noch vor dem Wort des Herrn."

Die Quäker stammen als eine religiöse Sekte aus England, ihr Stifter George Fox beendete jede seiner Ansprachen mit der Aufforderung: „Zittert vor dem Wort des Herrn!" Zittern heißt auf englisch to quake.

„Alle meine Vorfahren", fuhr Chandler bei diesem Gespräche fort, „waren der Überzeugung, daß schon der Handel mit Luxusartikeln, mit Kosmetika, mit feinen Seifen, daß schon das Tragen seidener Hemden, eleganter Krawatten eine schwere Sünde sei. Der Mißbrauch alkoholischer Getränke war etwas, von dem man fast täglich sprach. Bier, Wein, Branntwein waren Erfindungen des Teufels."

Chandler wurde in England im Dulwich College erzogen. Im Grunde genommen lebte er nach den Vorschriften der Sekte, aus der seine Vorfahren stammten, aber er trat ihrer Religionsgemeinschaft niemals bei. Nach dem College ging er nach Deutschland und Frankreich, manchmal war er Lehrer, einige Male Journalist, und als der erste Weltkrieg ausbrach, fand er seinen Platz in der kanadischen Armee. Der Krieg war zu Ende, Chandler lebte in dürftigen Verhältnissen. Er war Kassierer bei einer Erdölgesellschaft, Buchhalter in einer Kaffeehandlung und Steuerberater in Los Angeles. Als solcher mag er zum ersten Male mit der Welt zusammengekommen sein, die er später so hinreißend beschreibt.

Man kann sicher sein, daß er unter der Präsidentschaft Warren G. Hardings — 1921 bis 1923 — es miterlebte, wie sich das wirklich große und solide Geschäft Amerikas mit dem großen und wirklich unsoliden Geschäft vermischte, denn es war die Zeit der Prohibition. Das war jene Zeit, in der die Morde in den größeren Städten registriert wurden. Das war aber auch fast alles. Die Polizeibeamtenschaft hing von den Gangs ab. Zu der damaligen Zeit entstand etwas, was heute noch in Amerika durchaus üblich ist, die Bodyguards, die Leibwächter, deren sich die großen Herren aus der soliden Finanz sowohl wie aus der unsoliden bedienen mußten. Diese Zeit charakterisiert er in „Der tiefe Schlaf" durch den Mund einer seiner Figuren mit folgenden Sätzen:

> „Ich bin ein Polizeimann", sagte er, „ein ganz gewöhnlicher Polizeimann. Leidlich ehrlich. So ehrlich, wie man es von einem Mann in einer Welt erwarten kann, wo die Ehrlichkeit aus der Mode gekommen ist. Und hauptsächlich deshalb habe ich Sie heute hierherbestellt. Ich möchte, daß Sie mir das glauben. Da ich Polizeimann bin, liebe ich es, wenn das Gesetz siegt. Ich sähe nichts lieber, als daß diese wohlgenährten, gutgekleideten Galgengesichter wie Eddie Mars sich ihre manikürten Nägel im Steinbruch von Folson verdürben, Seite an Seite mit den armen, kleinen, hartgesottenen Burschen aus den Elendsvierteln, die bei ihrem ersten Fehltritt geschnappt wurden und niemals mehr eine Chance kriegen. Das ist das einzige, was ich mir wirklich wünsche. Aber Sie und ich, mein Lieber, sind keine so heurigen Häslein mehr, daß wir daran glauben. Nicht in dieser Stadt, nicht in einer halb so großen Stadt, nicht in irgendeinem Teil dieser weiten, grünen und schönen USA. Auf die Art wird unser Land nicht regiert."

Raymond Chandler, Sohn von Quäkern, ein Mann mit ausgeprägtem Gerechtigkeitssinn mit einer fanatischen Liebe zur bürgerlichen Ordnung, zur bürgerlichen Solidität, sah das mit an. Er erlebte es allerdings auch, daß unter den folgenden Präsidenten ein erbitterter und zum großen Teil erfolgreicher Kampf gegen die korrupte Verwaltung, gegen die korrupte Polizei tobte. Er erlebte auch den Sieg des Guten – wenn man das so allgemein sagen kann.

Noch war er Steuerberater, da fing er schon an zu schreiben. Er mußte sehr vorsichtig sein, denn seiner Klientel hätte ein Steuerberater wohl kaum gepaßt, der sich seine Figuren und seine Handlungen aus dem Milieu seiner Kundschaft zusammenklaubte.

Im Autorsclub sagte er später von sich selbst: „Ich war einer Versuchung erlegen, etwas mehr Geld zu verdienen, als ich mir bisher verschafft hatte. Es war nicht gerade ein Verbrechen oder ein Vergehen, das zu tun, aber es war die Übertretung einer Grenze, die einzuhalten mir eigentlich wohl anstand. Mit der Schilderung nämlich verbrecherischer Handlungen durfte ich kein Geld verdienen, wenn in meinen Absichten nicht mehr dahintersteckte."

Lange Zeit schrieb er an dem Buch, das sein erster Erfolg wurde. Es hieß „Der tiefe Schlaf" und erschien 1939. „Der tiefe Schlaf" machte ihn sofort zum gemachten Mann. Das Buch wurde in Amerika ein großer Erfolg. Die Verleger und die Filmgesellschaften rissen sich um die kommenden Werke des Autors. Seine materiellen Sorgen war Chandler für alle Zeiten los. Er war auch ansonsten mit sich selbst zufrieden. Er hatte eine Welt beschrieben, wie sie war, er hatte erreicht, daß halb Amerika und Millionen der übrigen Welt lasen, wie diese Welt aussah. Seine Hauptfigur, der Whisky saufende Detektiv Philip Marlowe, der ewig verprügelte, ständig unter der Ungerechtigkeit der offiziellen Polizei leidende Held, war ein Mann, der gegen die absolute Fäulnis der Plutokratie ankämpfte. Der Leser begriff, daß Marlowe das nicht wegen des Honorars, sondern um der Gerechtigkeit willen tat.

„Der tiefe Schlaf" war insofern eine noch kaum dagewesene Gattung des Kriminalromans. Den Leser interessierte es gar nicht so sehr, wer der Mörder, der Einbrecher oder der Erpresser war, sondern ihn faszinierte die Darstellung der Denk- und Lebensweise einer ganzen Schicht. Der Schicht nämlich, die knapp unter der unanfechtbar rechtlichen und regierenden stand. Aber Chandler machte es auch ganz klar: die Wahlen gehörten mit zu den Kampfmitteln der Gangs, so daß sich selbst die große innere Politik des Landes mit all dem Wüsten verquickte, das er schilderte.

Wir in Europa haben es ja im zweiten Weltkriege und nach dessen Beendigung erlebt, daß viele große amerikanische Reisegesellschaften in unsere Länder kamen. Sie kamen zuerst als Kompagnien, Bataillone, Divisionen in einheitlicher Kleidung. Dann mit der Dollar=Line, mit der United=States=Line und mit den Pan=American=Airways. Die letzteren Gruppen unterschieden sich von den ersteren hauptsächlich dadurch, daß sie ihre Kinder mitbrachten. Uniformiert waren sie eigentlich auch. Beide Gruppen nun sprachen von dem American way of life. Wir saßen zu ihren Füßen und hörten verzückt von einer tugendhaften Welt, die wir uns gar nicht vorstellen konnten.

Deshalb nicht, weil es eine Welt war, in der es nur Gute gab. Was machte es denn schon aus, was hatte es für eine Beweiskraft, wenn sich unter 150 750 000 Menschen ein einziger Al Capone befand, und das war schließlich ein Italiener. Und der Mann namens Hauptmann, der Lindberghs Baby geraubt hatte, war ein Deutscher.

VI

Chandler ist im Jahre 1959 gestorben. Die letzten zehn Jahre seines Lebens verbrachte er in La Jolla in seinem hübschen Haus, das er sich gebaut hatte. Die Küste Kaliforniens, an der fast alle seine Bücher spielen, hat er kaum noch verlassen. Die meisten seiner Bücher sind in fast alle Sprachen übersetzt. Ihr Held ist Philip Marlowe, der sich in allen Whiskysorten der Welt auskennt und ohne den kurzen oder langen Drink nicht leben kann.

Sehr schön ist folgende verbürgte Geschichte von Raymond Chandler. Er ging in Hollywood zusammen mit einem Freund über eine kurze Straße. Plötzlich bat Chandler: „Biegen wir hier rechts ab. Da kommt ein Betrunkener. Wenn ich Betrunkene sehe, wird mir immer schlecht."

Nun ja, Chandler stammte von den Quäkern ab, für die Wein, Bier und Branntwein eine Erfindung des Teufels war.